龍ノ眼
麻宮好
祥伝社

龍ノ眼

目次

装画　保光敏将
装幀　五十嵐 徹（芦澤泰偉事務所）

序

ひたひたと音がする。

とくとくと音が鳴る。

温かい水の中にわたしは浮かんでいる。とろりとした水の中でたゆたっている。ひたひた。とくとく。ゆらゆら。あまりの心地《ここち》よさにわたしは日がな一日眠っている。時折、誰かの声が聞こえ、ぼんやりと目を覚ます。けれど、その声もまた心地よく、優しい波に抱かれるように、再びとろとろと眠りに落ちる。

眠っては起き、声に揺すられ、また眠る。

そんな穏《おだ》やかな日々がある日、突然破られた。

温かな水から押し出されるように、わたしはいつしか狭《せま》く柔らかな道にいた。圧《お》され、引き寄せられ、締め付けられ、それでもわたしは道を進んでいく。

つらくはない。それが自然の理《ことわり》だとわかっているから。その正しい理に従って道を進んでいくだけなのだから。

やがて、一条の眩《まばゆ》いものが目に飛び込んでくる。ああ、光だ。その細い光は次第に広がり、音で溢《あふ》れ返る豊かな世界となってわたしを柔らかく包む。

大きく喘《あえ》ぐ。息を吸う。

身の内にどっと流れ込んでくる清々《すがすが》しいものに心が震え、わたしは歓喜の泣き声を上げる。

刹那《せつな》。

息が詰まり、眩い光が消えた。再びの闇《やみ》、いや、もっと深く冷たい闇に引き戻されそうになる。音が次第に遠ざかる。

恐ろしいまでの静寂の向こうで誰かがわたしを呼ぶ声が聞こえてくる。

そっちへ行ったら駄目《だめ》だ、と。

ああ、駄目なんだ。暗闇のほうへ行ったらいけないのだ。行ったら、二度と光のほうへは戻れなくなる。

わたしは光を求め、呼ぶ声へと懸命に手を伸ばした。

巻の一

あやかしの子

一

ふぉーん。ふぉーん。

渓流《けいりゅう》を挟《はさ》んだ向こう側の山から獣《けもの》の切なげな鳴き声が聞こえてくる。山犬か。それとも、冬眠明けの熊《くま》か。春の山はすっかり目覚め、盛んに青い息を吐く。可憐《かれん》な桜と初々《ういうい》しい萌黄《もえぎ》色がところどころで重なり、淡く煙って見えた。

集落から続く山道を登り始めて四半刻《しはんとき》（約三十分）。還暦《かんれき》間近でもまだ足腰は衰《おとろ》えていないと自負しつつ、長澤多門《ながさわたもん》はコナラの林の出口に立った――その瞬間、あっと息を呑《の》んだ。

これは――生きているのか。

山ごと大鉈《おおなた》で割ったような岩の壁である。風雨で削られた鋭《するど》いひだに、複雑な色が重なり合う美しい層。人の営《いとな》みなど吹けば飛ぶようなものだと、岩壁はせせら笑っているようだった。気の遠くなるような時の重なりに、今しも巻き込まれそうになったとき、首筋の汗が春風に掬《すく》い取られ、はっと我に返った。

その美しい岩壁の下に、まさしく人の営みがあるのだった。ぽっかりと開いた穴は砥石《といし》の切り場、砥窪《とくぼ》へと続く坑道の入り口である。

多門は息をひとつ吐き、丸太で支えられた坑口《こうぐち》へと近づいた。

恐る恐る中を覗《のぞ》き込めば、一瞬にして瞼《まぶた》の裏が闇《やみ》で塗《ぬ》り潰《つぶ》される。深い深い闇。地底まで延々と続いていそうな闇だ。その闇の中から湿気を孕《はら》んだ苔《こけ》むしたようなにおいがどっと押し寄せてくる。耳をそばだてれば微《かす》かに水の流れる音がするが、人の息衝《いきづ》きは感じられなかった。

ここは後日、案内してもらうか。小さく息を吐いたとき、背後に何かの気配を感じた。ぎょっとして振り返ると、立っていたのは若い男だった。二十歳《はたち》前後だろうか。すらりと背が高く、山の男にしては華奢《きゃしゃ》である。澄《す》んだ光の中で見るからか、肌が透き通るように白い。秀《ひい》でた額《ひたい》に切れ長の大きな目、となかなか端整な面差《おもざ》しをしている。

美しく澄んだ双眸《そうぼう》に吸い込まれそうになり、我に返った。

「別段、怪しい者ではない」

多門が言い訳がましく口にすると、若い男は柔らかく笑んだ。その拍子に背後で岩が崩れるような音がした。

咄嗟《とっさ》に振り返ったが、岩壁に異変はない。坑口も最前見たのと寸分違《すんぶんたが》わぬ形でそこにある。今の音は何だったのか。振り仰《あお》ぐと光の加減で細かい石の粒子が銀色に輝き、最前とはまた違った相貌《そうぼう》を呈していた。

「今の音は――」

多門は再び息を呑んだ。

若い男は煙のように失《う》せていた。辺りを見回したが、どこにも姿がない。山を下ったのかと思ったが、葉の落ちたコナラの木の間から見えるのは生き物のように蠢《うごめ》く春の光だけだった。

山の精か。はたまた狐狸《こり》の類《たぐい》か――そこまで考えて多門は苦笑を洩《も》らした。恐らくあそこへ戻ったのだろう、と坑口から五間（約九メートル）ほど離れた大きな板葺《いたぶ》きの建物へ向かってゆっくりと歩き出した。

建物の横は砥石を切り出す作業場になっているらしく、石の屑《くず》が無造作《むぞうさ》に散らばっていた。土にまみれたり枯葉《かれは》に埋もれたりしているのは、今が休閑期だからだ。多門は目に付いた石を幾《いく》つか拾うと懐《ふところ》の巾着袋《きんちゃくぶくろ》に入れた。

さて、と戸口の前に立ったとき、いきなり戸が開いた。

現れたのは若い女だ。銀鼠《ぎんねず》色の筒袖《つつそで》に裾《すそ》を絞った黒の山袴《やまばかま》、長い髪は結わずにひとつにまとめている。抜けるように肌が白くなかなかの器量よしだが、黒眸《くろめ》がちの大きな目は負けん気が強そうだった。

最前の男はどこへ行った。まさかこの女に化《ば》けたのではあるまい。それこそ狐《きつね》につままれたような心持ちでいると、

「あなた、誰？」

女がやけにはっきりした声で訊《き》いた。大きな目を細め、こちらをしげしげと眺めている。

「陣屋《じんや》から参った」

「陣屋――ああ、役人ね。下っ端《したっぱ》の」

下っ端という言葉をことさら強める。気短な役人なら怒鳴りつけているだろう。

「さよう。下っ端だ」

にっと笑ってみせると、女は形のよい眉《まゆ》をひそめ、

「で、その下っ端が何の用なの」

今は誰もいないよ、と半身をひねった。戸口の向こうは簡単な煮炊きができる土間と二十畳ほどの板間になっている。冬の間は使われていないからだろう、かび臭く冷え冷えとしている。

「少し見てもよいかな」

問いかけに女は答えなかったが、多門が通れるようにさっと身をよけた。

入ってすぐに目に入ったのは大きな道具箱だ。覗くと、砥石を切り出す鏨《たがね》や槌《つち》、整形のための鑿《のみ》などがきちんと収められていた。板間の奥には薄い夜具が積まれており、寝泊まりができるようになっている。村までは半里（約二キロ）ほどもあるから、仕事が詰まっていれば、砥切《とぎ》り百姓《ひやくしよう》たちはここで泊まることもあるのだろう。

「何で、ここへ来たの？」

どこか険のある物言いに多門は道具箱から目を離し、背後を振り返った。戸口の傍《そば》で女が訝《いぶか》しげに眉をひそめている。

「何で、とは？」

役人が常住するのは当たり前のことではないか。

「あなた、新しい役人でしょ。何で替わったのかなって」

なるほど。役人が替わったことに不審を抱《いだ》いているというわけか。

「前任者は評判がよかったのかの」

にこやかに訊《たず》ねると、女は肩をすくめた。

「さあ、どうなんだろう。けど、いなくなっても誰も文句は言わないみたいだから、たいしたことなかったんだろうね」

なかなか辛辣《しんらつ》だ。

「残念ながら、前任者とは面識がなくてな。この村に砥改人《とあらためにん》として行けとだけ言われたのだ。ゆえに、こうして砥窪を見にきたのだがな」

砥改人というのが、ここの役人の呼称だ。字義の通り、村に常住し、砥石の質や量、帳簿などを検《あらた》める。

「けど、どうして一人で来たの。村長《むらおさ》に頼めば、案内の一人や二人つけてくれるよ」

確かにそうだが、こういうのは抜き打ちだからよいのではないか。

「まあ、春の陽気に誘われて、というところかの」

戸口の向こうに広がる空は澄み渡っている。この空のお蔭《かげ》で山桜もコナラの芽《め》も鮮やかに目に映る。その上、どこを歩いていても涼やかな瀬の音が耳を潤《うるお》してくれる。まことに美しく豊かな山だ。

「変なじいさん。まあ、しょうがないか、こんな山に飛ばされるんだから。所詮《しょせん》、木っ端役人だものね」

女はずけずけと言う。確かにこんな山奥までお偉方は足を運ばぬ。まあ、隠密同心《おんみつどうしん》の己も奉《ぶ》行所《ぎょうしょ》の木っ端役人には違いない。胸裏《むなうら》で苦笑していると、

「なんだ。木っ端どころか、ぼんくらか」

女は溜息交《ためいきま》じりに呟《つぶや》いた。木っ端役人に何がしかの期待を抱いていたのか、その声色《こわいろ》にはあからさまに落胆がにじみ出ていた。

「そう、木っ端、木っ端、と言うな。こっぱずかしくなるではないか」

地口をたたき、愛想《あいそ》よく笑ってみせる。村人に嫌われるのは得策ではない。

「何よ、気色悪い」

今度は気色悪いときたもんだ。ただ、眉はひそめてはいるものの、口元は今にも笑い出しそうだ。果たして、女はぷっと噴《ふ》き出した。

「あなた、役人のくせに変わってるね」

「そうかの」

気色悪い、よりはいい。

「まあ、あなたに言ってもしょうがないかもしれないけどさ」

ここはちょっと胡乱《うろん》な場所だよ、と女は背後を振り返った。ひとつにまとめた髪は春の陽《ひ》で艶《つや》やかな栗《くり》色に染まっている。その向こうにはそそり立つ岩壁が見えた。

「胡乱な、とは。どういう意味かの？」

大仰《おおぎょう》に首をかしげてみせる。

「わかんないから、胡乱なんだよ」女がこちらへ向き直った。「ったく、本当に昼行灯《ひるあんどん》みたいなじいさんだね」

くすくす笑う。ぼんくらから昼行灯だ。木っ端といえども役人相手にこの口の利《き》きようは無礼千万。だが、不思議と悪い気はしないのはこの女の人徳か。まあ、媚《こ》びられるよりはいい。胡乱と言えば――

「今しがた、そこで男を見たのだが。歳《とし》の頃は二十くらい。すらりとして青白い顔をしておったのだが、姿を消してしまったのだ。ここにいるやと思うたのだが――」

「男？　今の時季、男衆《おとこしゅ》はみんな下にいるよ。ぼんやりしてて狐にでも化かされたんじゃないの」

女は形のよい鼻に皺《しわ》を寄せた。

やはり狐か。確かに人ならぬもののように思えたが――だが、男にこちらを揶揄《やゆ》したり愚弄《ぐろう》したりするような感じはなかった。もしかしたら、狐ではなく山の精かもしれぬ。まあ、いずれどこかで再会するやもしれぬから楽しみに待っていよう。

今の時季はと言ったが――

「村の男衆が砥山に入るのはいつからかの」

「そろそろみたいだよ。わたしもはっきりと知らないんだ。ここへ来てまだひと月余りだからわからないことばっかり。この小屋に来たのも初めて。何かあるかと思ったけど、何もなかった」

女は、残念そうに唇を噛《か》んだ後、多門を大きな目で見据えた。

「じいさん、わたしをここで見たことは村の誰にも言わないでよ」

言ったらただじゃおかないからね、と多門の返答も待たずにいきなり身を翻《ひるがえ》した。あっという間に芽吹き始めたコナラの木立《こだち》へと入っていく。すらりとした影は、光の帯に紛《まぎ》れ、すぐに見えなくなった。

——何かあるかと思ったけど、何もなかった。

あの者も何かを探《さぐ》りにここへ来たようだが、女の隠密がいるとは今まで聞いたことはない。いや、ぼんくらの己には知らされていないだけかもしれぬ。苦笑を洩らすと、多門はもう一度小屋の中と、念のために作業場を見て廻《まわ》った。

ことさら目に留まるものはなかったが、まあ、初日だから仕方あるまい。ともあれ、美貌の女と男前の〝狐〟は心に留めておこう。

さて、寒くならぬうちに山を下りるか、と多門は大きく伸びをしてから歩き始めた。木立がひんやりとした風を吐き出し、甘やかな春のにおいを連れてくる。目前を薄紅《うすべに》色の桜花《はな》がひらりと舞った。

砥改人の屯所《とんしょ》は村の一番外れ、砥山に近いほうにあった。村人の家々からは三丁（約三百二十七メートル）ほども離れているだろうか。炉の切られた八畳と寝間として使う六畳の二間なのだが、嬉《うれ》しいことに、裏には温泉が湧《わ》いており小さな露天風呂となっていた。火事を用心して御大《おだい》尽《じん》でも湯屋通いが当たり前の江戸暮らしから考えれば、何とも贅沢《ぜいたく》だ。

湯から上がり、さっぱりして部屋に戻ると床や柱から木の香が淡く立ち上った。清々《すがすが》しいというよりは、人に馴染《なじ》んでいないよそよそしいにおいだ。そのせいで見知らぬ土地に来たという実感が余計に強くなる。障子紙《しょうじがみ》を透かして差し込む月も冷たい色をしており、部屋の中をいっそう寒々と見せていた。

六畳間に敷いた夜具の傍《かたわ》らに座すと多門は懐のものを取り出した。月明かりに仄白《ほのじろ》く浮かび上がったのは灰青《はいあお》色の石のかけらである。一見、何の変哲《へんてつ》もない石だが、水を掛けると翡翠《ひすい》を思わせる鮮やかな碧《あお》色へと変じる。

最初にこの石を見せられたのは、江戸数寄屋橋御門《すきやばしごもん》の傍にある南町《みなみまち》奉行所内であった。奉行は広い敷地内の奥に暮らしているが、その役宅の奥座敷である。隠密同心の役目は奉行直々《じきじき》に下されるので、役宅での密談はよくあることだ。

隠密の仕事は字義通り、秘密裏《ひみつり》に行われることが多い。異人とつながった密売や銅座の目をすり抜けた銅の売買等、裏の犯罪の摘発などを行うが、探索によっては、行商人などに身をやつして御府外《ごふがい》まで足を延ばすこともある。

だが、しかし。此度《こたび》は御府外どころの話ではなかった。

——どうだ。美しかろう。

その日、南町奉行根岸肥前守鎮衛《ねぎしひぜんのかみやすもり》は嬉しそうな顔で盆の上の濡《ぬ》れた石を多門に見せた。少年が新しい悪戯《いたずら》を披露するように目を輝かせているが、実は六十六歳。五十八歳の多門より八つも上だ。

——おお、これはなんとも美しゅうございます。是非、いま少し大きなものを見てみたいですな。

多門は砥石を好む。長い時の積み重ねによってできた紋様《もんよう》は産によって様々で、いくら眺めていても飽きない。

まるで翡翠のようですな、とつい溜息を洩らすと、目の前の奉行がにやりと笑った。嫌な予感が多門の胸をよぎった。否《いな》、嵌《は》められたと思った。

——よかったな、長澤。石がたんと見られるぞ。お役目さまさまだの。

——お役目、でございますか。

やはり嵌められたか、と胸裏で歯嚙《はが》みする。

——うむ。この石の産を探って欲しいのだ。

上品《じようぼん》の砥石のかけらだという。砥石は荒砥《あらと》、中砥《なかと》、仕上砥《しあげと》と大別され、この順に粒子が細かくなるが、この肌理《きめ》の細かさは仕上砥だ。美しいだけではなく使うと刃が石に吸い付くようだという。

最初に見つかったのは京のとある商家で、水に濡れると翡翠の色に変じるというので近所では噂《うわさ》になっていたそうだ。京には山城《やましろ》を中心として何箇所か砥山があるが、いずれの産でもないらしい。砥石の産地は津々浦々《つつうらうら》にあるが、京に流れるとしたら、西国《さいごく》ならば岩国《いわくに》や伊予《いよ》、東に寄れば三河《みかわ》の名倉《なくら》か伊豆《いず》か、中山道《なかせんどう》廻りを考えれば上州《じようしゆう》か信州《しんしゆう》まで考えられる。

——この石は上州と信州の境目辺りではないか、と踏んでいる。

——なにゆえ、さようにご推察なさいましたか。

——江州商人《ごうしゆう》だ。

江州商人は「近江《おうみ》のノコギリ商い」で名を知られている。彼らは上方《かみがた》で仕入れた品を持ち、中山道を通って越前《えちぜん》、越中《えっちゅう》、越後《えちご》などを廻って売り歩き、帰りは上州や信州で帰り荷として品を仕入れて上方で売る。行きも儲《もう》け、帰りも儲け、の商法を「ノコギリ」と称しているのだ。上州や信州の生糸《きいと》や生絹《きぎぬ》、麻などは上方でも人気が高い。そういった荷に上品の砥石を紛れ込ませることは、そう難しくはないだろう、と奉行根岸肥前守は思慮深く眉を寄せた。

なるほど。話の筋が読めてきた。

——つまり、この石は御手山《おてやま》か運上山《うんじょうやま》の隠し砥窪から採掘されたものではないか。そう踏んでおられるわけでございますな。

御手山とは御公儀《ごこうぎ》の直轄。運上山は御公儀から保護を受けた砥山のことだ。保護とは砥窪が水没した際の改修費を御公儀から拠出するというものだが、いずれにしても不正な横流しが行われているとしたら、御公儀の沽券《こけん》に関わることである。上州、信州とも砥山は幾つもあるが——

——確か、石場村《いしばむら》というところに、運上山がございましたかな。

半《なか》ばやけになって言った。嵌められたら最後、お役目を全《まっと》うするまで抜けられぬことは、四年の付き合いでわかっている。この根岸肥前守という御仁、気さくな人柄で江戸市民には人気があるが、人使いは荒い。江戸の隠密同心に信州や上州くんだりまで行け、と言うのは、このお方くらいしかおるまい。

——さすがだの。石好きとあって、よう知っておる。まさしくその石場村よ。

果たして南町奉行根岸肥前守は、したり顔で膝を叩《たた》いた。

このような経緯《いきさつ》で、多門は江戸の八丁堀《はっちょうぼり》からはるか遠い小日向藩《こびなたはん》の石場村へと来ているのであった。江戸を出たのがちょうど三月の二日。途中、中山道の熊谷宿《くまがやじゅく》で一泊し、飛び地に置かれた代官所で近隣の村の様子を聞き込んだ後、さらに石場村を所領する小日向藩の陣屋に寄ってきた。ために、存外に日数が掛かり、村に入ったのが、今日、三月十日である。

先《ま》ずは数字から検めるか、と多門は陣屋の役人から手渡された帳簿の写しをおもむろに開いた。

仄白い月明かりに黒々とした文字が浮かび上がる。

――砥石八千五百駄《だ》（一駄は馬一頭が運べる量。約三十六貫で約百三十五キロ）。運上金二百五十両。

昨年の数字である。この村の戸数が五十戸と聞いているから、一戸につき、年間百七十駄ほどの砥石を切り出しているということになる。数字に改竄《かいざん》がなければ相当な産出量である。稲や麦などと違い、天候による凶作はないが限りはある。枯渇《こかつ》すれば新しい礦脈《こうみゃく》を見つけねばならぬが、一昨年、その前、と順に遡《さかのぼ》っていっても大体八千駄前後と数字は安定しており、運上金もきちんと納められているようだ。運上金を三分として差し引けば、残りはざっと見積もって五百八十両ほどになるだろうか。麓《ふもと》の砥会所に払う金や各地に運ぶ駄賃や船賃等々を差し引いたとしても、相当な額が砥山を管理する請負人《うけおいにん》に入る計算だ。そこから砥切り百姓と呼ばれる村人たちに手間賃が支払われる。

請負人は石場村の村長の親戚で、近隣の村に住んでおり、苗字《みょうじ》は村長と同じく田中《たなか》だと聞いている。砥石だけでなく上質の炭も焼いているため砥切り百姓らもそれなりに潤っているらしく、暮らしに困って請負人や村長の家を襲うなどという剣呑《けんのん》な話も聞かない。

ともかく、この帳簿からは不正の尻尾《しっぽ》は見つからない。だが――

――ここはちょっと胡乱な場所だよ。

女の言が耳にこびりついている。

――何かあるかと思ったけど、何もなかった。

あの女はいったい何を探っているのだろう。気にはなるが、まあ、それも明日から。帳簿の写しを閉じ、夜具に仰向《あおむ》けに寝転がったときである。

地面を打つ硬い音が夜のしじまを微かに震わせた。ゆっくりと、だが、小気味よい音は馬蹄《ばてい》の音だ。そろそろ亥《い》の刻《こく》（午後十時頃）である。こんな深更《しんこう》に何者が出歩いているのか。多門はおもむろに起き上がると、念のために脇差《わきざし》を持って表へ出た。

満月ではない。だが、空が澄んでいるからか、月光は驚くほど清らかで、集落からこちらへと連《つら》なる道は白々《しらじら》と濡れていた。その道を歩んでいるのは確かに馬、巨大な黒馬である。しかも、その背には子どもが二人。大きな子が小さな子を抱くようにして馬にまたがっているのだった。

呆然《ぼうぜん》として多門が屯所の前に突っ立っていると、近づいた馬が足を止め、長い鼻面をぬうっと伸ばした。生温かい息が頬《ほお》をかすめる。多門は声を上げ、後じさっていた。

「ナミ、なぜ止まる？」

馬上から澄んだ声がした。少年二人が真《ま》っ直《す》ぐにこちらを見下ろしていた。年長のほうは十

一、二歳、幼いほうは六つか七つだろうか。どちらも無造作に束《たば》ねた髪に藍地《あいじ》の着物を身にまとっている。地味ないでたちだが、月気を浴びた肌は透き通るように白く、眸《ひとみ》は青く輝いていた。

あやかしか。そんな思いに胸を摑《つか》まれるほど、少年たちは美しかった。色白の面差しがよく似ているから兄弟かもしれない。

「ナミ」

再び少年の声がした。馬は甘えるように鼻を鳴らすと首を戻し、前を向いた。どう、と少年が腹を足で軽く蹴《け》ると、巨大な黒馬は見事に張った尻を振りながら悠然と歩いていく。豊かな尾がぶるんと振られ、はっと我に返った。

「待て！　おまえらは――」

「ナミ、止まれ」

馬に命じる凜《りん》とした声が響き、兄のほうがおもむろに振り返った。澄んだ目は刃《やいば》のように鋭く、それ以上近寄ると本当に切りつけられそうだった。短い間《ま》の後、少年は何も言わずに前を向いた。それだけで馬は歩み始める。

後を追いかけたいのに、それこそあやかしの術にでもかかったようにその場から動けない。そうこうするうち、子らを乗せた馬はみるみる遠ざかっていく。砥山へ行くのか、と思ったが、黒馬は山道の手前を右に折れ、月で樹冠《じゅかん》の輝く杉林へと入った。木の間をちらちらと馬の脚が見え隠れする。

やはり、彼奴《きやつ》らはあやかしだ。子どもがこんな夜中に出歩いているはずがない。

あやかしを追うか否か。逡巡《しゅんじゅん》している間に馬の脚は見えなくなった。明るい夜空を背景に、黒く際立つ杉林のほうから微かに蹄《ひづめ》の音が聞こえてくる。だが、それも次第に小さくなり、ついには渓流の音に紛れて消えた。

ふと、何かの気配を感じて空を仰ぐ。昼間は春色だった山は黒々とした巨大な影となり、今にもこちらへ迫ってくるようだった。

二

春は水抜きの時季だという。冬の間の雪解け水が砥窪に溜《た》まってしまうそうだ。

「水抜きが終わったら砥石を切り出す作業が始まるんですよ。したら、どこの家も男は山に行ったきりになっちまいますけどね」

朝食の膳《ぜん》を持ってきてくれた、おくにという女房が快活に笑う。四十路《よそじ》は過ぎているだろうか。少々色の黒いのが玉《たま》に瑕《きず》だが、眸の綺麗《きれい》なふくよかな美人で、まあ、病《やまい》とは無縁そうだ。着ているものは縞《しま》の紬《つむぎ》で、着物にさほど詳しくない多門でもふっくらとした生地《きじ》は上物《じょうもの》だとわかる。やはり貧しい村ではなさそうだ。

「行ったきり何日も家に戻らないのか」

縁側から膳を受け取りながら多門はおくにに訊ねた。砥窪の近くには大きな建物があったからあそこで寝泊まりするのだろう。

「二、三日に一遍《いっぺん》くらいは戻ってきますけどね。砥石をここまで下ろさなきゃいけませんから。それをあたしらが磨いて、男衆が交代で麓の砥会所まで運ぶんです」

冬が来るまで年間二百日以上は砥山にいるそうだ。まだ砥窪の中は見ていないが、石の掘削が重労働であることは想像できた。中はむろん空気が悪いだろうし、切り取った原石を背負子《しょいこ》で外へ運ぶのも難儀《なんぎ》だろう。原石を削るときの粉塵《ふんじん》で肺の腑《ふ》をやられるとも聞いている。だが、日々の暮らしは豊かそうだ。箱膳を見下ろすとヤマメの塩焼きにたらの芽《め》の和《あ》え物《もの》に香の物、それに山盛りの飯だ。自然と口中に唾《つば》が溜まった。

三度の飯は村の女が交代で届けると村長からは聞いていた。屯所には煮炊きの道具はなく、七輪《しちりん》で湯を沸かすくらいのことしかできないのだが、それは特段気にならない。むしろ、茶を淹《い》れるのも覚束《おぼつか》ないくらいだから、上げ膳据え膳とは実に有《あ》り難《がた》い。だが、こうして三度三度飯を運ばねばならぬのに、どうして屯所が集落から三丁（約三百二十七メートル）も離れているのか。

それほどまでに役人を毛嫌いするか。

「この屯所はいつ頃建てたのだ」

膳を置き、少し迂遠《うえん》な問い方をする。

「一年ほど前ですかね。古くなって雨漏りがするようになったから」

縁側に腰を下ろし、おくにはからりと笑った。老いた役人の世間話に付き合おうという気になったようだ。

「それまでも、この辺りにあったのかの」

「ええ、さようですよ。屯所はずっとここです。裏に露天があったでしょう」

なるほど。風呂の湯を沸かさずに済むからか。

「村の衆は風呂をどうしておるのだ」

「銘々《めいめい》で沸かしますすよ。ほとんどの家は裏に風呂がありますから」

ふむ。薪《まき》も水も豊富にあるか。確かにどこにいても渓流の音がするが。

と、それで思い出した。

「昨夜、妙なものを見たのだが」

「妙なもの、ですか」

「うむ。亥の刻を過ぎているというのに、馬に乗って出掛ける子どもを見た。そら」

そっちのほうへ、と杉林へと目を遣《や》った。

「ああ、あの子らですね」

得心《とくしん》したようにおくには頷《うなず》いた。あやかしではなかったか。

「兄弟かな。面差しが似ておったが」

色白の整った顔を手繰《たぐ》り寄せる。ことに弟のほうは美しかった。

「はい。弟は口が利けないんですよ。六歳なんですけどおつむりのほうも少し遅れているみたいでね。それとお天道《てんと》さまに当たると駄目らしくって」

口が利けない——確かに声を聞いたのは兄のほうだけだったが、弟が遅れているようには見えなかった。切れ長の大きな目は真っ直ぐで、こちらの気を逸《そ》らさなかった。

「お天道さまに当たると駄目というのはどういうことだ」

「肌がかぶれちまうって、父親の菊治《きくじ》さんが言ってましたねぇ。だから、昼間は表に出せないんだそうです。けど、子どもだから遊びたいでしょう」

なるほど。夜しか遊べぬ子か。遊び盛りなのにお天道さまに嫌われるとは何とも気の毒だ。

「名は何というのだ」

「兄のほうが小弥太《こやた》で弟が伊万里《いまり》ですよ。まあ、可哀相《かわいそう》って言えば、可哀相ですね。小弥太はともかく、伊万里は砥窪で働くことができるかどうか。今は兄弟で一緒にいられるからいいですけど、あと二年もしたら小弥太は山に行かなきゃいけませんからね」

ここの男らは十三歳になったら山で働くんです、と、おくには遠くを見るようにして目を細めた。空《あ》いた間を涼やかな渓流の音が埋めていく。

しばらくすると、おくには微笑《ほほえ》みながら問うた。

「長澤さまは『桃源郷《とうげんきょう》』って言葉をご存知《ぞんじ》ですか」

「ふむ。『桃花源記《とうかげんき》』の『桃源郷』かな。唐国《からくに》の陶淵明《とうえんめい》が書いたと言われる」

唐突な問いにいささか戸惑いながら答える。

「ええ、たぶん。あたしはそんな難しそうな本は読んだことありませんけど。子どもの頃に誰かから、『桃源郷』ってのは、争いのない美しい場所でそこに住むものは幸せになれると聞きました」

『桃花源記』を材に取った画や書は多い。桃源郷という響きの甘美さゆえだろう。

――武陵《ぶりょう》の漁師が迷い込んだ村は美しく、そこでは世俗から離れ、人々が幸せに暮らしていた。村人たちはこの場所のことを口外しないで欲しいと念を押し、漁師を見送る。漁師は目印をつけつつ帰途に就き、役所の人間に報《しら》せ、再び村を訪れようとしたが、目印は消え、どうやっても村を探し出すことはできなかった――

ざっとそんな話だ。だが、おくにがいきなり『桃源郷』の話をした意図が読めない。

「あたし、この村に来る前に言われたんです。あんたが縁付くところは『桃源郷』なんだよって」

「誰に、言われたんだ。おっかさんか」

「いえ。あたしおっかさんもおとっつぁんもいないんです。小さい頃に亡くなっちまって。で、おっかさんの姉さんに預けられて。あたしにとっては伯母《おば》さんです。その人に言われたんですよ」

見知らぬ場所へ嫁《とつ》がせる姪《めい》を納得させるための作り話ということなのか。あるいは、この村の美しさを多門に伝えたいのか。話の落とし所はどこだ。

「で、どうだったのだ。伯母さんの言う通り、ここは『桃源郷』だったのかな」

「まあ、ご覧になったと思いますけど、桜は美しいですよ。それに――」

そこでおくには切った。言葉を探すように宙に視線を泳がせた後、

「水が綺麗ですよ。どこにいても、渓流の音が聞こえるでしょう。そこの杉林を抜けると流れの緩《ゆる》やかな場所に出ますよ。今度行ってみたらいかがですか」

昼餉《ひるげ》はまた別の者が届けますから、と腰を浮かせた。

丸みを帯びた背中を見送った後、多門は膳に箸《はし》をつけた。ヤマメは冷めていたが身がぎゅっと詰まって濃い味だった。川の恵みを存分に嚙《か》み締めながら、おくにが座していた縁先に目を当てる。

――それに――

あの間は何だったのだろう。本当は別のことを言いたかったのではないか。

我々が「桃源郷」に求めるものを凝縮すれば、「幸福」に他ならない。

――ここは『桃源郷』だったのかな。

結局、おくには多門の問いに答えなかった。答えないということは、当てが外れたか。

桜が美しく水が綺麗だ。そして、飯も美味《うま》い。それだけで十分幸せな気もするが、そう感じるのは己がよそ者だからだろうか。

身の詰まったヤマメを堪能《たんのう》すると、次はたらの芽に箸を伸ばした。嚙めば、ほろ苦い春の香りが口いっぱいに広がった。


飯を食べた後、多門は村長の家へと向かった。昨日は疲れていたので簡単な挨拶《あいさつ》で済ませたものの、山入りの時季など色々と訊ねたいことがあった。

山の傾斜を均《なら》すようにして作られた石垣の上に茅葺《かやぶき》屋根の家々が建っていた。その石垣に沿った勾配《こうばい》を、転がるように駆けて来たのは子どもらの一団である。男子ばかり、十名ほどはいるだろうか。先頭に立つのは、無造作に括《くく》った総髪にがっしりした体軀《たいく》、といかにもガキ大将といった風情《ふぜい》の少年である。とりあえず、このガキ大将に面通しをしておこう。

「そこの子どもら。済まぬが村長の家はどこかな」

先を塞《ふさ》ぐようにして子どもたちを呼び止める。歳の頃は五、六歳くらいからガキ大将の十二歳くらいまで。どの子も陽《ひ》焼けした顔にきらきらした目がくっついている。だが、その中に昨夜の兄弟はいなかった。

「村長に何の用ですか」

存外に丁寧《ていねい》な口調でガキ大将が問う。

「この村へ来た新しい役人なのだが、色々と訊きたいことがあってな」

「へえ。お役人さまかぁ。その割にはじじぃだじょ。しょぼくれてら」

役人相手に放言して憚《はばか》らないのは、ガキ大将の背後に立っていた丸顔の子どもである。歳は五つか六つ。幼い子どもの言と思えば腹も立たない。

「さようにしょぼくれておるか」

大仰に肩をすくめてみせる。

「うん。ちんまいし、顔なんか紙を握《にぎ》り潰したみてぇだ――」

「こらっ、佐三郎《さぶろう》、失礼だろ」

丸顔の子どもが言い終わらぬうちにガキ大将が制した。

「すみません、お役人さま。どうかご勘弁を」

おまえも謝れとばかりに佐三郎の頭に手を置き、自らも頭を下げる。

「いや。紙を握り潰したとは、なかなか上手《うま》い言い様じゃ」

多門がにっと笑ってみせると、

「ほら。おいらの言った通りだじょ」

佐三郎はしたり顔でガキ大将を見上げる。「だぞ」が「だじょ」になる幼子《おさなご》に腹を立てても仕方あるまい。

「こら、調子に乗るな」

ガキ大将は幼子の頭に軽く拳《こぶし》を置くと、

「すみません」

ほっとした面持ちで再び多門に詫《わ》びた。くっきりした眉に黒々とした目、引き締まった唇、となかなか凜々《りり》しい顔立ちをしている。はきはきとした物言いのみならず澄んだ眸に賢《かしこ》さが覗いているから、年長者というだけで一目置かれているわけではないのだろう。

「おれ、金吾《きんご》っていうんです」

賢そうなガキ大将は自ら名乗ると、他の子どもらの名も教えてくれた。丸顔の佐三郎には佐次《さじ》郎《ろう》と佐一《さいち》という兄がおり、三兄弟は鳶《とび》色をしたどんぐり眼《まなこ》がそっくりだった。他の男子も色黒で皆壮健そうな顔をしている。

「そうそう、村長の家に行くんですよね」金吾が思い出したように言った。「村の入り口に建つ、いっとう大きな構えですから、行けばすぐにわかると思いますけど」

うむ。知っている。昨日は疲れているので勧《すす》められても上がらなかったが、こんな小さな村には不釣合《ふつりあ》いなほど大きな屋敷だった。だが、そんなことは毛筋ほども表さず、

「さようか。できれば案内してくれると助かるのだが」

道案内を頼む。

「いいですよ。ちょうどその前を通りますんで、一緒に行きましょう」

快活に頷くと、金吾という少年は多門の傍らに立ち、「おまえらは先に行け」と他の子どもらを手で促《うなが》した。

「金吾と言ったかな、歳はいくつなのだ？」

「十二歳です」

「ほう、十二にしてはしっかりしておるな」

多門が驚いてみせると、図体《ずうたい》がでかいだけです、と金吾は謙遜《けんそん》し、

「お役人さまのこと、何と呼べばいいですか」

少し面映《おもはゆ》げに目を細め、こちらを見上げた。

「長澤だ。まあ、お役人さま、と呼ばれるのは、尻の辺りがむずむずするな」

多門が顔をしかめてみせると、金吾はくすりと笑った。

「長澤さまはこの辺りの方ではなさそうですけど」

なかなか鋭い。

「うむ。わかるか」

「はい。喋《しゃべ》り方で何となく。前のお役人は麓の近くの村の出だと言ってました。長澤さまは今までのお役人とはどこか違う。信が置ける気がします」

歩を緩め、真っ直ぐにこちらを見上げた。

「なぜそう思う？」

「佐三郎を叱らなかったからです」きっぱりとした返答だった。「大抵のお役人は威張《いば》ってますから。あんなこと言ったら、すぐに不機嫌になって、下手《へた》したら殴《なぐ》られます」

「分別《ふんべつ》のない者を殴っても詮無いからの」

「分別のない者、ですか？」

「そうだ。佐三郎はいくつだ？」

「五つです」

「五つではまだ善悪や理非の別がわからんだろう。そんな者を殴っても、なぜ殴られたのかがわかるまい。ただ殴られた痛みと憎しみしか残らぬ。殴ったほうも殴り損だ」

「殴り損、ですか」

金吾がくっきりした眉をひそめた。

「うむ、そうだ。殴るほうも痛いからな。拳だけでなく心もな」

「そうか、殴るほうもつらいってことですね」

眉のこわばりを解き、

「長澤さま、ありがとう」

子どもらしい笑みを浮かべた。謙虚で賢い子だ、と多門が感心したそのときだった。長閑《のどか》な集落に大きな泣き声が響き渡った。

見れば、村長の屋敷のちょうど向かい、砥石の作業小屋と厩《うまや》が並んで建っている辺りに子どもらが立ち止まっていた。

金吾について慌《あわ》てて駆けていく。地べたにへたり込んで泣き声を上げているのは佐三郎であった。その傍では子ども二人が一触即発とばかりに睨《にら》み合っている。佐三郎の兄、佐一ともう一人は——

美貌の兄弟の兄、小弥太である。やはり整った面立ちをしているが、明るい陽の下で見るからか、昨夜感じたような妖《あや》しさはなかった。口が利けず、少し遅れているという弟の伊万里の姿はない。

どうした——

「何があったんだ」

多門に先んじたのは金吾であった。佐一と小弥太を引き離すように割って入ると、その体軀の立派さがいっそう際立った。救われたとばかりに、ほっとした表情で佐一が金吾を見上げる。

「小弥太が佐三郎をぶったんだ」

確かに、地べたで泣いている佐三郎の頰には真っ赤な手の跡が印《しる》されている。

「伊万里を馬鹿にしたからだ」

毅然《きぜん》とした声で小弥太が言い返し、泣きじゃくる佐三郎を見下ろした。

最初にちょっかいを出したのは佐三郎のほうだという。小弥太を見るなり、剽《ひょう》げた顔で口を押さえながら、佐三郎自身の頭上で指をくるくる回したそうだ。唖者《あしゃ》であり、遅れている伊万里を愚弄するような仕草である。それが事実ならば決して許されぬこと。小弥太はさぞかし腹が立っただろう。

だが、五歳の子が誰にも教えられず、勝手にそんな仕草をすることはあるまい。周囲の者がやっているのを見て真似《まね》たに違いないが、ともあれ、ここは静観しようと多門は決めた。下手に大人が、それも新参者が口出しをするより、まとめ役の金吾にがつんと言ってもらったほうがいい。

「伊万里の代わりに、おれに詫びろ」

小弥太が地べたで泣く佐三郎を見下ろした。

「いや、詫びることはねぇ」

きっぱりと言い放ったのは金吾であった。引き締まった唇からは、さらに驚くべき言葉が続く。

「佐三郎が言った通り、伊万里は役立たずだ。口も利けねぇし、頭も遅れてる。砥窪に入れねぇ男なんざいらねぇ」

途端に小弥太の色白の頬に朱《しゅ》が走った。

「何だと。もういっぺん言ってみろ」

「おう。何べんでも言ってやらぁ。伊万里は役立たずだ。砥窪に入れねぇような男はいらねぇ。

とっとと村を出て行け」

「この野郎」

胸倉《むなぐら》を摑もうとした小弥太の手より、金吾が身をかわすほうが早かった。体勢を崩した小弥太から目を逸らし、金吾は佐三郎の腕を摑んで引っ張り上げる。

「けど、佐三郎。もう、こんな役立たずに構うんじゃねぇぞ」

行くぞ、と他の子どもらを強い口調で促した。

老いた新参者のことなどすっかり忘れてしまったのだろう、子どもらは大きなガキ大将の背中を追い、少し先に見える林のほうへ駆けていってしまった。

厩の前には多門と小弥太だけが取り残された。まさか金吾があんな対応をするとは。多門への非礼をたしなめたことやその後の会話から、弱い者を愚弄した佐三郎を叱り、小弥太に詫びるだろうと信じて見守っていたのだ。ところが、

——伊万里は役立たずだ。砥窪に入れねぇような男はいらねぇ。

とっとと村を出て行け、とまで言い放つとは、己の見立て違いということか。

腑《ふ》に落ちぬ。何だか胸底《むなそこ》が燻《いぶ》られたようにもやもやとする。だが、そのもやもやにとりあえず蓋《ふた》をし、

「済まぬ」

多門は目の前の少年に頭を下げた。

「あんた——味方じゃなかったのか」

味方とは？　どういうことだ。小弥太と会ったのはこれで二度目だし、一度目はほとんど口を利いていない。弟と一緒に屯所の前を馬に乗って通り過ぎたのを見ただけだ。

次の言葉を探しあぐねていると、棘《とげ》を含んだ少年の目がついと逸らされた。

「ナミが見誤ったたってことか」

吐き捨てるように言うと、そのまま厩へと入っていった。

ナミとは、あの黒馬か。多門は上部の窓から厩をちらりと覗いた後、桶《おけ》に飼葉《かいば》を入れ始めた小弥太と目が合わぬうちにその場から離れた。

馬は全部で七頭。あの黒馬以外はすべて栗毛《くりげ》だった。小さな村には一見過分な財産とも思えるが、一戸あたり年間百七十駄もの砥石を出荷しているのだから当然と言えば当然か。

それはさておき。

――ナミが見誤ったたってことか。

あの言葉から推測してみれば、月夜の短い邂逅《かいこう》で小弥太は多門を信ずるに値《あたい》する人間と判じたということだろうか。そして、その判断を下したのは馬のナミ――

苦笑が洩れた。馬鹿馬鹿しいにもほどがある。それよりも。

――砥窪に入れねぇような男はいらねぇ。とっとと村を出て行け。

金吾の言葉のほうが気になる。それこそ、己が見誤ったということか。子どもらについてはいま少し見守る必要がありそうだが、次は大人を攻めてみるか。

多門は気を取り直すと、集落でひときわ大きな一構《ひとかまえ》に向かって歩き出した。

「さようですか。子どもらに会いましたか」

石場村の村長、権左衛門《ごんざえもん》は人の好《よ》さげな丸顔をほころばせた。神妙な表情で隣に座しているのは息子の新太郎《しんたろう》である。通されたのは青畳の香りも清々しい十畳の座敷だ。黒磁《こくじ》の花器に活《い》けられた桜の一朶《いちだ》が、床の間で楚々《そそ》とした風情を漂わせていた。

「うむ。なかなかいい子たちだな。ことに金吾という子どもはしっかりしておった」

ええ、ええ、と権左衛門は深く顎《あご》を引くと、

「あの子は体も大きいですし、何より賢い。十三歳になったら男らは山に入りますが、いい働き手になってくれるでしょう」

同意を求めるように息子の新太郎へと視線を向けた。母親似なのだろう、赤ら顔で田舎《いなか》の好々爺《こうこうや》といった風体の権左衛門とは違い、白皙《はくせき》で端整な面差しをしている。藍と臙脂《えんじ》の唐桟縞《とうざんじま》をすっきりと着こなしており、江戸の大店《おおだな》の若旦那と言っても通りそうだ。

はい、と新太郎は如才《じょさい》なく父親の話を引き取り、にこやかに先を続ける。

「金吾は本当にいい子です。長澤さまはおくにとは会いましたでしょう」

「朝餉《あさげ》を持ってきてくれた女だな」

陽に焼けたおくにの面差しと金吾のそれとが重なった。

「金吾はおくにの息子なんです」そのまま新太郎が言葉を継いだ。「あの子の上には文吉《ぶんきち》という十五歳の兄がいましてね。これもまたいい男です」

「なるほど。おくにもなかなか賢そうな女子《おなご》だったな。そうそう」

ここを桃源郷と称していた、と言いさして多門は言葉を呑み込んだ。

――ここは「桃源郷」だったのかな。

多門の問いかけに、どこか含みのある返答をしたのを思い出したのだった。はきと言わなかったものを、当人のいないところで話すのは憚られ、

「――じきに水抜きに入ると申しておったが」

当たり障《さわ》りのない話柄《わへい》で空いた間を埋めた。

「さようです」と権左衛門は不審げな顔もせずに頷いた。「今日から男衆が交代で作業をしています。水抜きが終わればいよいよ山入りです」

「山入りはいつ頃になるかの」

「三月の十五日です。山入りは大事な日ですからね。晴れてくれればよいのですが。何しろ、男たちは二百日以上は砥山にいますから」

確かに山で働く男たちの身に何かあれば大変だ。村ごと干上がってしまう。

それにしても、その砥山でずいぶんと潤っているのだろう。戸口を入ってすぐの土間もそこからすぐの板間も広々としているばかりか、天井が高く、梁《はり》も柱も太くどっしりとしている。

「既《すで》にお聞き及びだと存じますが、小さな村でしてね。所帯は五十戸、村人は二百名もおりません」

五十戸は村として極端に少ないというわけではない。そんな村は他にもある。だが、戸数の割

に村人の数が少ないのは気のせいだろうか。一戸当たり四人、ということは夫婦二人に子ども二人か。だが、老人も勘定に入れれば一人子《ひとりご》の家も少なくないか――と、考えていたときだった。

「失礼致します」

涼やかな声がした。

何と。廊下《ろうか》に座していたのは昨日、山で会った女だった。今日は山袴ではなく朱と藍の万筋《まんすじ》の紬を身にまとっていた。きちんと結い上げた丸髷《まるまげ》には鼈甲《べっこう》の櫛《くし》がひとつ。どこから見ても村長の家の若い嫁といった佇《たたず》まいである。

「ああ、ちょうどよかった。嫁の加恵《かえ》です」

「加恵でございます。お初にお目にかかります。よろしくお願い致します」

丁寧に手をつき辞儀をする。

――ったく、本当に昼行灯みたいなじいさんだね。

役人相手にさんざっぱら毒を吐いていた女と同一人物とは思えない。多門が呆気《あっけ》に取られていると、女は顔を上げ、大きな目で多門を見据えた。

――言ったらただじゃおかないからね。

昨日の念押しだ。

ただじゃおかない。それがどの程度のことかはわからぬが、女が〝胡乱な〟何かを追っているのであれば、手を結べるのなら結んだほうがいい。しかも、相手は曲がりなりにも村長の家の嫁なのである。

「こちらこそ、よろしく頼む」

精一杯の笑みを返した。

「それではごゆっくり」

加恵はもう一度辞儀をして姿を消した。

「ひと月ほど前に来たばかりでしてね。無愛想なのはお許しください」

まあ、確かに愛想はよくない。

「だが、なかなか器量よしではないか」

女のことをもう少し知りたくて、褒めてみた。実際、相当な美貌だ。

「ええ。ですが、あまり育ちがよくないのですよ」

苦笑する父親の横で、新太郎は淡々とした表情をしていた。父親にとはいえ、嫁の育ちがよくない、と言われて腹が立たぬのか不思議だった。確かに山で会ったときは口が悪かったが、今の挨拶を見れば、武家の女子かと思えるほどに折り目正しかったではないか。

あの女、蓮《はす》っ葉《ぱ》を気取っているのか、あるいは猫をかぶっているのか。どちらだ。

「最前の挨拶を見れば、そう育ちが悪いようには思わなかったが」

率直《そっちょく》に口に出してみた。

「ここへ連れてきてから、わたしが仕込んだんですよ。村長の家の嫁ですから、挨拶くらいきちんとできないと」

連れてきてから？　まるで猫でも拾ってきたかのような言いざまだ。

「村の女子ではないのか」

多門の問いに、少し喋りすぎたか、と後悔らしきものが権左衛門の顔をよぎった。が、それも束《つか》の間《ま》、

「ま、その辺はご勘弁ください」

にこやかに話を収め、冷めないうちにどうぞ、と多門の前に置かれた茶を勧める。

何かを探っているだろう嫁と、嫁の素性《すじよう》を隠そうとする舅《しゆうと》。

二人の胸中は読めぬが、山の女には不釣合いな美貌と育ちが悪いという権左衛門の話を合わせれば、女は遊里にいたのかもしれなかった。惚《ほ》れた息子のたっての願いで身請《みう》けしたということだろうか。だが、眼前の新太郎を見ればいかにも真面目そうで、放蕩《ほうとう》な感じは受けない。

「では、遠慮なく」

多門は茶碗《ちやわん》を手に取った。口に含むと爽《さわ》やかな香りが鼻に抜けた。

「ほう。蓬茶《よもぎちや》かな」

「よくおわかりになりましたな」

「うむ。以前に喫《きつ》したことがあるのでな」

爽やかな香りの後に蓬特有の苦味が舌に残るものの、特段嫌な味ではない。胃の腑に落ちるとすっとする。だが、ずいぶんと濃い。

「ここでは長命茶《ちようめいちや》と呼んでおりましてね」

「長命茶？」

「はい。村の男衆は皆、これを飲みます。砥石を削る仕事は体にこたえますから。砥切り百姓は喉や肺の腑の病にかかると言われておりますが、この茶のお蔭で村の男衆は皆病知らずです」

「他所《よそ》の蓬と何が違うのだ」

茶についていま少し訊いてみる。

「さあ、土のせいでしょうか。ねぎなども土壌によって甘みを増すと申しますから、もしかしたらこの蓬もこの辺りの地味のせいかもしれません」

丸顔をほころばせた。

確かに、山の桜は色鮮やかで美しかったし、たらの芽も香り高く深い味わいがあった。何より、命を宿したような入り組んだ模様の岩壁は荘厳《そうごん》だった。美しい山に抱かれたこの村は、神から賜《たまわ》った豊かな地味を含んでいるのかもしれない。その地味が生んだ、病の気を取り除く蓬の茶。

――あんたが縁付くところは「桃源郷」なんだよって。

おくにの伯母が言ったのはそういう意味だろうか。

人の幸福を壊すもの。その最たるものとは病であろう。その病から本当に解き放たれるとしたら、ここ、桜の里は確かに「桃源郷」と言えるのかもしれない。

三

とりあえず、あの役人は見た目ほど〝ぼんくら〟ではなさそうだ。

加恵は厨《くりや》の洗い場で茶碗を拭きながら、老いた役人の顔を手繰り寄せた。小柄で痩《や》せているからか、顔はしわくちゃだが、話し方から察するに還暦手前くらいだろう。本人は好々爺を気取っているつもりだろうが、眼光の鋭さは隠しきれない。話す言葉からこの辺りの者ではなさそうだが――

「加恵」

いきなり背後から呼ばれ、茶碗を落としそうになる。恐る恐る振り向くと、夫の新太郎が仄暗い土間に立っていた。

「そんなに驚かせちまったか」

端整な顔に微苦笑を浮かべた。三年前に亡くなったという母親から受け継いだものか、丸い赤ら顔の権左衛門とは違い、新太郎は色白で女のような面長だ。それにしても、ここの女たちは皆器量よしだ。まあ、かく言う加恵自身も器量を見込まれて村長の家に入ったのだけれど。ただ、この顔を気に入ったのは、舅の権左衛門であって、眼前の夫ではない。

「ごめんなさい。気づかなくて。考え事をしていたんです」

茶碗を手にしたまま申し訳なさそうにうなだれてみせる。

「そうだったか。不意に声をかけて悪かったな」

「何か――」

「いや、悪いが先にやすませてもらう」

何だ、そんなことか、と加恵は拍子抜けした。わざわざ断るほどのことでもあるまい。

「どうぞ。おやすみになってください。ここが済んだらわたしも参ります」

微笑を貼り付けると、頬が引きつりそうになる。笑いたくもないのに笑うのは性《しょう》に合わぬが仕方ない。

夫は黙って頷くと、薄暗い廊下へ姿を消した。拭き終わった茶碗を水屋に戻しながら、肩の辺りがずいぶんこわばっていたことに気づく。この村へ来て日が浅いせいもあるが、どこにいても気が抜けなかった。

舅の権左衛門は一見抜け目のない古狸《ふるだぬき》といった感じの男だが、喜怒哀楽《きどあいらく》が表に出るのである意味わかりやすい。だが、夫の淡々とした面持ちは何を考えているのかわからず、却《かえ》って恐ろしかった。今みたいに知らぬ間に背後に立っていることもあるから、胸中の企《たくら》みを気取《けど》られぬようにしなければと改めて気を引き締める。

昨日、山に登ったことは舅にも夫にも内緒だ。半里の距離だからたいしたことはないと高を括っていたが、見知らぬ山道を登るのは案外に難儀だった。水抜きの作業に入る前に砥山を見ておきたくて足を運んでみたのだが、何の収穫もなかった。

ただ――恐ろしかった。

ことに、あの岩壁の迫力といったら。卵黄色に赤茶の斑紋《はんもん》、灰白に碧《あお》の筋、白地に黒の粒子。いずれも光によって色味を変える。その美しさと神々《こうごう》しさに圧倒された。

本当は砥窪の中に入ってみたかった。だが、いざとなると縄で縛られたかのように身がすくんでしまったのだ。この闇の向こうには得体の知れぬものがひそんでいるかもしれない。そんな思念にいったん取り付かれると、どんなに鼓舞《こぶ》しても足はそれ以上前へ進もうとはしなかった。その後、仕方なく作業場を覗いてみたが、砥石を切り出す道具と汗くさい湿った夜具があるだけだった。がらんとした明るい作業場を回っている間も、闇に睨まれてすくみきった足はしばらく震えていた。

砥山は男の世界なのだと思い知らされた。理屈ではない。砥窪は女を拒《こば》むのだ。

水抜きが迫っていると聞き、慌てて山を登ったものの、冷静に考えてみればあの場所に姉の痕跡などあるはずがなかった。

姉はこの村に嫁し、この村で死んだ。だが、その死に加恵は納得がいかない。村の女房たちに訊けば多少は事情がわかるかもしれないが、まだそこまで親しい間柄の者はいなかった。男たちが山入りし、作業場で砥石を磨く作業に入ったら、それとなく聞き出そう。

山入りまであと少し。それまでの辛抱だ。加恵は火元をもう一度確かめると、厨を出た。

月のない晩だ。だが、有明行灯《ありあけ》の火影《ほかげ》で寝間は仄《ほの》かに明るく、こちらに背を向けて横たわる夫の姿がぼんやりと浮かんでいる。その身を覆《おお》っているのは厚手のふっくらとした布団だ。こんなにも温かい布団があることを、十七年生きてきて、加恵は初めて知ったのだった。その夜具の中に、夫と背中合わせになるようにそっと体を滑り込ませる。ほっとした拍子に夫が寝返りを打ったのがわかった。微かな呼吸が仄明るい夜を震わせる。

やはり起きているのだ、と加恵は思わず身をこわばらせた。夫の目がこちらを向いていると思えば、うなじや背中がひりつき、灯芯《とうしん》が焼け付く微かな音でさえ耳につく。息をするのも憚られるような静寂に心を縛られながら、硬く張り詰めた刻《とき》がじりじりと過ぎていく。

やがて布帛《ふはく》のこすれる音がし、夫が背を向けるのがわかった。聞こえぬように夜具の中でそっと息を吐く。こわばっていた身も心も緩むのがわかった。

今夜も何事もなかった。今夜だけではない。新枕《にいまくら》の夜でさえ、夫は加恵に指一本触れようとしなかったのだ。

その晩は酔っているせいだと思った。村長の息子の祝言《しゅうげん》とあって、大勢の村人で賑《にぎ》やかな宴《うたげ》となったが、夫は男衆に酒を注がれ、律儀《りちぎ》にも盃《さかずき》を乾《ほ》していた。寝間は夫の吐く息で酒くさく、一滴も口にしていない加恵まで酔いそうになったほどだ。

ところが、それ以降の夜も夫は加恵を抱こうとはしなかった。今のように逡巡を見せることはあるものの、結局は背を向けて寝てしまう。

だが、じきに夫は山に入る。何日かにいっぺんは戻ってくるようだが、疲れた身で女房を抱くのは大儀《たいぎ》だろう。年間二百日以上も砥窪で砥石を切り出すのだから、冬の間に子作りに勤《いそ》しまねばならぬことは、よそ者の加恵ですらわかる。

なぜ、手も触れぬのか。加恵なりに考えてみたが、いっこうにわからない。

それほどまでに女郎《じょろう》上がりを嫌っているか。あるいは、他所に恋しい女がいるか。

別段、夫に愛されようとは思わない。この村に来たのは姉のことを知りたいからだ。姉がなぜ、この村で死なねばならなかったのか。そのわけを、真実を知りたいからだ。知ったら、その後はどうするのか——そこまでは考えていない。

ただ知りたいのだ。そうしなければ、姉の無念を知らなければ、加恵は抜け殻《がら》のまま生きていくことになる。

姉さま。

声に出さずに呼んでみたが、仄かに明るい闇は何も返してはこなかった。

姉がこの村に嫁したのは六年前だ。十七歳で姉がこの村に嫁いだとき、加恵はまだ十二歳の子どもだった。

振り返ってみれば歯嚙みしたいほどに、無知で幼い子どもだった——

*

「姉さま。父さまの出仕先はまだ見つからないの？」

加恵は隣で横になる姉の初音《はつね》へそっと問いを投げた。両親が寝入ってから、こうして夜具の中で姉と内緒話をするのはままあることだ。姉は少し間を置いてから、ひそやかな声を返してきた。

「まだのようね。もしかしたら、出仕を諦めて商いをやるかもしれないって」

「父さまが商いを！」

驚きで声が大きくなった。しっ、と姉は唇に人差し指を当て、両親が眠る隣の間を目で指した。土間の他には三間だけの、この小さな侍長屋にもいつまでいられるかわからない。改易《かいえき》になってしまったからだ。その言葉の意味がわからぬ加恵に、

――お殿さまがいなくなって、お父さまが御禄《おろく》をいただけなくなるの。

姉は溜息交じりに教えてくれたのだった。

ここ木庭藩《こばはん》は一万石の小さな藩だ。百姓らの多くは山を糧《かて》にする杣人《そまびと》でもあった。春夏秋は田畑を這《は》い回り、冬は山で炭を焼く。野良着を燻《いぶ》され、文字通り真っ黒になりながら彼らが焼いた炭はいわゆる白炭《はくたん》と言われる上質な炭で、江戸での需要が高いそうだ。だが、この白炭を巡ってお殿さまと百姓との間に諍《いさか》いが起きてしまった。お殿さまが運上金を上げたのである。

百姓がお殿さまに物申すことを「強訴《ごうそ》」というそうだ。だが、「強訴」は命懸けだ。強訴の頭《かしら》は斬首《ざんしゅ》、それ以外にも強訴に関わったものは厳罰を受ける。かつては永牢《えいろう》になった者もいるという。

父は林方《はやしかた》というお役目をいただいていた。文字通り、林で働く杣人たちの仕事を見廻るお役目である。時には杣人たちの不満を聞き、それを勘定《かんじょう》奉行に上申することもあったという。杣人たちと藩との間の架け橋になっていたと言っていい。

だから、杣人たちが強訴を考えていると知った父は走った。そうならないように、誰も傷つか

ないように、一滴の血も流さぬように、とにかく必死で駆け回り、杣の頭と何遍《なんべん》も話をし、勘定奉行には運上金の見直しを懸命に訴えた。

だが、父の労も虚《むな》しく、杣の頭は強訴に踏み切ってしまったのだ。その日、陣屋の門前では恐ろしいほどの怒号が飛び交っていた。絶対に外には出ないようにと母に釘《くぎ》を刺され、加恵は嵐が過ぎ去るまで家の中で身を縮めてじっとしていた。

頭は斬首、それを契機に他の者らは陣屋を襲い、多くの血が流れたのである。

「どうして杣たちは強訴したの。頭は斬首になって、たくさんの人が罰を受けるってわかっていたのに」

加恵が訊ねると、姉は困ったような顔をした。

「どうしてかしらね。でも、命を賭《と》しても守らなければいけないものがあったんでしょうね」

命を賭しても守らなければいけないもの。それが自らの妻や子であることは加恵にもわかる。だが、強訴で本当に大事なものが守れたのだろうか。

頭の首は街道沿いに三日ほど晒《さら》されたそうだ。その首には憎しみと苦悶《くもん》がくっきりと刻まれていたという。頭には妻や子はいたのだろうか。その人たちはどうなったのだろう。どこかで息をひそめて暮らしているのだろうか。頼りない風聞に接する度《たび》に、そんなことを思い、加恵の胸は痛んだ。

だが、もっとつらいのは、杣の頭と近しかった父への風当たりが強いことだ。

——そこもとが百姓らを御《ぎょ》し切れなかったのが悪いのだ。

勘定奉行はこめかみに青筋を浮かべ、父を罵《ののし》ったという。

――取り成し役とは言い条、そこもとが杣頭を焚《た》きつけて強訴させたのではないか。

浪々の身になる腹いせからか、同役も父を激しく責めたという。

父一人が非難の矢面《やおもて》に立たされている。

「だから、父さまの出仕先はなかなか見つからないの？」

「そうなのかもしれないわね」

姉は唇を嚙んで、悲しげに呟くと、そろそろ寝ましょう、と加恵の手を握った。姉の手を握り返しながら加恵は固く目を瞑《つぶ》り、胸の中でそっと祈った。

一日も早く父さまの出仕先が見つかりますように。

そんな夜から半月ほど経《た》った頃だ。姉が、陣屋のすぐ傍にある銀杏《いちょう》の樹下に加恵を呼んだ。秋晴れの暖かな日で、柔らかな風が吹く度に千鳥の形をした銀杏の葉が金色に輝いた。

呼んだくせに姉はすぐに話をしなかった。眩《まぶ》しげに銀杏を見上げていたが、色づいた葉がはらりと舞ったのを潮《しお》に、ようやく加恵に向き直った。

「私ね、お嫁に行くことになったの。でも、安心して。これで父さまは商いを始めることができるから」

どうして姉が嫁ぐと父が商いを始められるのか不思議に思ったけれど、それよりも姉が嫁ぐことのほうが加恵には重大事だった。この侍長屋にいられるのもあと僅《わず》か。そんな大変な時期だというのに、なぜ縁談が持ち上がったのだろう。十二歳の頭で懸命に考えたがわからなかった。

「どこへ行くの?」

どうか遠くではありませんように。そう願いながら訊くと、

「石場村ってところよ。お嫁さんの来手がないんですって」

姉は柔らかく微笑んだ。

「ここから近い?」

「ものすごく遠いわけじゃないけど、加恵一人で来るのは難しいわね」

「どれくらい?」

「五里(約二十キロ)くらいよ」

五里! そんな長い道のりを歩いたことはなかったが、

「五里くらい平気だよ。歩いて会いに行く」

姉の手にすがりついた。姉はいずれ婿養子を取り、加恵は同じ侍長屋の誰かに嫁ぎ、そうして

近所でいつまでも仲良く暮らす。そんな将来を漠然と思い描いていたのだ。姉はいつも傍にい

て、加恵を嫌なものから守ってくれた。同じ侍長屋のいじめっ子から。嵐の夜の風音から。眠れ

ぬ夜の闇から。加恵が何かに怯え、不安になっているのを察し、いつも寄り添ってくれたのだっ

た。

頼りになる姉。大好きな姉。でも、そんな姉が唯一苦手なものがある。それは高い場所だ。反

面、加恵は高いところが好きで、女子のくせにと同じ侍長屋の男子に呆れられるほど木登りが得

意だった。

そう、この銀杏の木にも登った——金色に輝く銀杏の大木を見上げたとき、不意にその日のことが胸に甦《よみがえ》った。

——姉さま、見て見て。こんなに高いところまで登れるよ。

加恵が樹上から得意になって呼びかけると、

——加恵ちゃん、そんな高いところに登るなんて嫌。落ちるところを思い描いただけで足がすくんじゃう。

そう言って、姉は目を塞いだのだった。

十二歳になってからはさすがに木登りはしないけれど、陣屋の裏山にはよく登る。けれど、姉は木の上はもちろん、坂道も橋の上もとにかく高いところが苦手なのだ。そこが切り立った崖にでもなっていようものなら、

——加恵ちゃん、この手を離さないでね。

姉は泣きそうな顔で加恵の手を固く握り締めるのだった。

そんな姉が、しっかりしているようで頼りない姉が、遠くにお嫁に行くなんて加恵にはどうしたって信じられない。嫁ぐのは仕方ない。でも、どんなに遠くても自分は姉に必ず会いに行く。そんな決意をこめて加恵は姉の手をいっそう強く握り締めた。

「ありがとう。でも、私はもう加恵には会えないの」

姉は困ったような面持ちで言った。手をつなぐ姉と加恵の間に秋の光がきらきらと降ってくる。透き通った金色の光はとても穏《おだ》やかで美しいのに、胸の中が波立って、居ても立ってもいら

れないような気持ちになる。

「どうして、どうして会えないの」

そんなのおかしいじゃないか。お嫁に行ってもお実家《さと》帰りする人もいる。いくら遠くても年に一度、八朔《はっさく》の日くらいは戻ってこられるはずだ。

「決まりなんだって」

「決まり？」

「そう。お嫁に行ったら、お実家には帰れない。そういう決まりなの」

「そんなところにお嫁に行かなくていいよ。姉さまだったら、いくらだってもらってくれる人がいるよ。器量もいいし優しいんだもの」

そうだ。お実家には帰さないなんて、そんな了見の狭《せま》い村になんか行く必要がない。

「姉さま。お願いだから行かないで」

握った姉の手を駄々っ子《だだこ》みたいに揺すると、

「ありがとう。でも、仕方ないの。わたしがそこに嫁がないと、皆が守れないの。わたしは父さまと母さま、それから加恵を守りたいのよ」

加恵の手を強く握り締めて、姉はにっこりと微笑んだ。

それが、加恵の見た姉の最後の笑顔になった。

じじっ、と灯芯の焼け付く短い音がして加恵はふっと物思いから解かれた。行灯の小さな明かりはたちまち夜の闇に呑まれてしまった。有明行灯とは言いながら、火事を恐れ、湯皿に油は少量しか入れていない。だから、大抵は加恵が布団に入って間もなくすると消えるのだ。

唐突に訪れた闇を夫の寝息が微かに震わせ、加恵はほっと息を吐き出した。

＊

後で知ったことだが、姉を嫁がせる際に父は十両以上の金を手にしていたのである。藩内で婚姻があった場合、上級武士の家でも嫁の実家に贈る小袖料は五百疋《ぴき》ほどだったという。二両にもならないくらいだ。時節柄、倹約が叫ばれていたから、どこの家も質素だったのは子どもながらに感じていた。それが、十両を上回る支度金《したくきん》を受け取ったとは、嫁入りというより、まるで身売りではないか。優しい姉は出仕先の見つからぬ父のために我が身を犠牲にしたのだ、と加恵はようやく気づいた。

だが、そんな姉の献身も虚しく、父の商いは上手くいかなかった。もとより立ち回りの下手な人だったのだろう。だから、強訴の責も一人で背負うことになり、出仕先も決まらず慣れぬ糸商いなぞに手を出す羽目になってしまったのだ。

だが、今はその父もいない。商いに失敗し、その心労から病を得たのが、加恵が十五歳のときだ。姉が嫁いで既に三年が経っていた。嫁ぎ先から支度金の名目で受け取った十両は増えるどころか、さらに十両の負債となって母と加恵の肩にのしかかった。無論、そんな金を返せる当てなどなく、加恵が本当に身売りすることになったのである。それから程なくして、姉の訃報《ふほう》が一人で細々と暮らす母のところへ届いた。

身重《みおも》なのに山菜を採ろうとして崖から足を滑らせ、転落したのだと文には書かれていたそうだ。腹の子ともども、こちらできちんと供養《くよう》したので安心して欲しい、とのことだった。まるで縁切りするような文言《もんごん》だったと母からの書簡にはしたためられていた。

だが、そのおかしさに加恵はすぐに気づいた。

加恵が木登りするだけで目を塞いだ姉が、坂道を登るときに加恵の手を決して離さなかった姉が、たった一人で、しかも身重で転落するような場所に行くはずがない。

もしかしたら、姉は別の理由で死んだのではないか。その死を糊塗《こと》するために、山菜採りで足を滑らせたなどという、もっともらしい口実をつけたのではないか。

老いた母には言えないものの、何とかして姉の死の真相を突き止めたい、と加恵は切実に思った。だが、不自由な身ではいかんともし難く、日々の暮らしに押し流されそうになっていたとき――。

石場村の村長、権左衛門に会ったのである。加恵が身売りをして三年近くが経っていた。

楼主《ろうしゅ》に呼ばれ、帳場裏の小座敷に行くと身なりのいい赤ら顔の男が待っていた。

――息子の嫁を探してこの辺りの娼家《しょうか》を廻っていたところ、器量のよい娘がいると聞きつけて会いにきたのだ。

男は淡々と言い、石場村の村長だと素性を明かした。村は辺鄙《へんぴ》な場所だし、砥石を切る仕事は過酷なので、なかなか嫁の来手《きて》がないそうだ。だから、近隣の村々を廻って器量も気立てもいい、丈夫な娘を探しているのだと。

知らずしらず、胸が沸き立っていた。大声で叫びだしたいような衝動を抑えながら、加恵はわざと蓮っ葉な口調で訊いた。

――でも、あたし、育ちが悪いけど、いいんですか。

娼家に嫁探しに来るのだから、育ちが悪いことは嫁入りにさして不利にならぬだろうと踏んだ。それよりも姉とのつながりを消したかったのである。姉が嫁いだ際、父はまだ武士の身分だったから、先方はそうと承知して姉を受け入れたはずだ。姉とはあまり顔は似ていないが、それでも念には念を入れておきたい。

――育ちなぞどうでもよい。なるべく係累《けいるい》のない娘がいい。

果たして、権左衛門はそう言った。

――どうして、係累のない娘がいいんです。

――鄙《ひな》な村だし、男は一年の半分以上は山に入る。里心がついては困るからな。

権左衛門はやはり淡々とした口調で言い、先を続けた。

――おまえを選んだのは器量がいいだけじゃない。親きょうだいがいないと聞いたからだ。

その通りだった。侍長屋にいた親戚とはとうに縁が切れていたし、三月《みつき》ほど前に母も病死していた。正真正銘、加恵は天涯孤独だった。

——どんなところでも、ここよりはましですよ。

是非お願いします、と加恵は権左衛門に頭を下げた。

それで話は決まった。その日のうちに権左衛門は楼主と身請け話をまとめ、加恵は村長の家の嫁として石場村へ来ることになったのである。

加恵のいる娼家に権左衛門が来たのは偶《たま》さかだったとは思えない。

姉が呼んだのだ。

加恵ちゃん、わたしのところへ来て、と。

姉の墓はこの村内の丘の上にあった。小さな墓石には「はつね」という名まできちんと刻まれていた。でも、姉の魂《たましい》はまだどこかの崖にある。この村の高い場所で身動きできずにじっとうずくまっている。幼い日に、二人で坂道を登ったときのように。

——加恵ちゃん、この手を離さないでね。

今も泣きそうな顔で待っているはずだ。

そして思う。姉の魂を救わねば、自分は生きている意味がないのだと。

姉は嫁ぐ際に加恵にきっぱりと言ったのだから。

——わたしは父さまと母さま、それから加恵を守りたいのよ。

けれど、残念ながら姉が命を賭しても、父も母も加恵も幸せにはなれなかった。姉は死に損だったのだ。

杣頭もそうだ。斬首になったのに、街道に首を晒されたのに。

誰ひとり幸せになっていない。

命を賭しても、誰も守れない。誰も幸せにできない。

じゃあ、本当に守りたいものは、どうやって守ったらいいんだろう。

姉さま――

胸裏で姉を呼ぶ。抑えていた嗚咽《おえつ》が洩れそうになった――そのとき、闇の中で虫が羽を震わせるような音が耳朶《じだ》をかすめた。

春の雨が庭木の葉を濡らす音だった。どうせ降るなら土砂降りになればいいのに。夫の寝息も加恵の泣き声も、すべての音をかき消してしまうほどの沛雨《はいう》になれば。

優しい雨を恨めしく思いながら、加恵は唇を噛んでぎゅっと目を閉じた。

四
「おたのみもうします!」「もうします!」
屯所の庭で朗《ほが》らかな声がいくつも重なり合った。
土間に下り、戸を開けると朝の陽の中に立っていたのは子どもたちである。十二歳の金吾を筆頭に佐一、佐次郎、佐三郎、それからばらばらの年齢の男子ばかり、総勢十名の子らが朝の陽を宿したようなきらきらした目で多門を見上げていた。ひときわ輝くどんぐり眼が悪戯っぽくたわむ。

「じい先生、来てやったじょ」

「こらっ、佐三郎。来てやったとは何だ」

尊大な弟の態度をたしなめたのは佐一である。来てやった、は確かに不遜《ふそん》だが、一応「じい」に「先生」とつけているから許してやろう。

「おお、よく来たな。上がれ、上がれ」

多門の声に、その不遜な習い子が早速縁先から上がろうとする。

「佐三郎。行儀が悪ぃぞ」

今度はすかさず金吾が止める。

「かまわん、かまわん」

多門が顔の前で手を振ると、

「じい先生がいいって」

佐三郎が得々とした面持ちで履物《はきもの》を脱いだ。ここの子たちは下駄《げた》ではなく藁《わら》で編《あ》んだ雪駄《せった》を履いている。石ころが転がったり草の生《お》い茂《しげ》ったりする場所は下駄では歩きにくいからだろう。

「長澤さま、いいんですか」

こいつすぐ調子づくから、と金吾が困《こう》じた面持ちでがっしりした肩をすくめる。

うむ。確かにその気《け》はあるな。だが、可愛《かわい》いものだ。

「よい、よい。お天道さまが出ているときは、ここを出入口にしよう」

そのほうが早い、と多門が言うと、他の子どもたちもとりあえずは一礼し、次々に雪駄を脱いだ。

「おめぇら、ちゃんと雪駄を揃《そろ》えろよ」

金吾が大声で命じると、子らは素直に従った。先に上がって板間ではしゃいでいた佐三郎まで飛んできて、脱ぎ散らかした小さな履物を揃えている。

そう。今日から多門は手習所《てならいじょ》の真似事《まねごと》をすることになったのだ。

急がば回れ、ということになるだろうか。表は砥改人として砥石の検め、裏では隠密として密売の事実を探らねばならぬのだが、その尻尾を摑むのはなかなか難しそうだ。女たちが砥石を磨くという、厩の隣の作業場にも行ってみたが、そこにも多門の求める石はなかった。あるのは香色の地に茶褐色の斑紋のある石がほとんどで、目もさほど細かくはないし、水に浸《つ》けても何の変化もなかった。だが、これだけで密売の事実がないと断ずることはできない。それに、村長の嫁、加恵の言葉が胸に引っ掛かっていた。

〝胡乱な場所〟とはどういうことか。

そこで権左衛門の屋敷に出向いた際、子どもらに手習い指南をすることを申し出たのだった。子どものほうが役人への警戒心が少ないがゆえに、彼らと接するうちに思わぬ拾い物があるかもしれぬ。

幸いなことに、権左衛門はこの申し出に食いついた。

——子どもらは幼い頃から女衆《おんなしゅ》の手伝いをしておりましてね。

砥石を検めるうちに、数は数えられるようになるのだという。

——だが、読み書きのほうはなかなかでして。数年前までは本好きの者が、仮名くらいは、と教えていたのですが、歳のせいで近頃は途絶えていたのですよ。それに、長澤さまも帳簿の検めだけではつまらぬでしょうから。

最後の言は釘を刺したようにも思えた。ま、子どもらをあてがっておけば、砥窪のことに余計な口を出すまい、と思ったのかもしれない。

ともあれ、そんな次第で早速今日から「多門手習所」開所と相成ったのである。十名が入ると屯所はいっぱいになった。畳の間のほうがよかろうと、奥の六畳間に招《しょう》じ入れたが窮屈そうなので、結局、板間を使うことにした。天神机はない。だが、子らが熱心ならそのうちに各自で支度させると権左衛門は言っていた。硬い岩盤から砥石を切り出す男たちだから、小さな机を拵《こしら》えるくらいは朝飯前だろう。

「よし、先ずは瞑目《めいもく》しよう」

多門が口を切ると、

「めいもく、ってなんだい」

佐三郎が問うた。

「目をつぶることだよ」

な、先生そうだろ、と佐一が多門に確かめる。

「うむ。佐一の言う通りだ。だが、単に目をつぶるだけじゃない。心の中を空っぽにするのだ。今朝食った団子汁《だんごじる》が美味かったなんて考えてたら駄目なんだぞ」

いいか、佐三郎、とやんちゃな五歳児に水を向けると、どんぐり眼がこれ以上は無理というくらいに丸くなった。

「何で、おいらが団子汁を食ったってわかるんだい」

「そりゃ、わしはおまえのお師匠さまだからな」

えっへん、と胸を張ってみせる。

「じい先生、すげぇじょ」

ここまで驚かれるといささか後ろめたい。その横で金吾の口元が今にも笑い出しそうに蠢いている。

「ま、さほどでもないがな」

知ってて当たり前だ。今日の朝餉は三兄弟の母、おゆわが持ってきてくれたのだから。

――長澤さま。うちの三兄弟はやんちゃですけど、よろしくお願いしますね。ことに佐三郎は聞き分けがなくて。ガツンとやってくれて構いませんよ。

おゆわは、三兄弟と同じく鳶《とび》色の綺麗な眸をしていた。ただ子どもらと違い、肌が抜けるように白く、膳を携《たずさ》えてここまで歩いてきたからか、頰から耳たぶまで仄赤く染まっていた。おくにもそうだったが、おゆわもなかなかの器量よしだ。だが、昨日の夕餉《ゆうげ》を持ってきたお千代《ちよ》という女は器量云々《うんぬん》ではなく、暗く沈鬱《ちんうつ》な表情をしていた。終始俯《うつむ》き加減で名乗った後は黙って膳を置いていったのだった。気になったので、今朝、おゆわにさり気なく訊くと、

――ああ、あの人は子どもがいないんです。姑《しゅうとめ》とも色々あったみたいで――

言葉を濁し、気の毒そうに眉をひそめたのだった。

「いいか。わしがいいと言うまで目を開けちゃならんぞ」

始め、と合図をすると、十名の子どもらは一斉に目を閉じた。〝団子汁〟が効いたのか、佐三郎は神妙な面持ちで目を瞑っている。いかにも山の男子らしい壮健そうな陽焼け顔を見ているうち、月下で見た美貌の兄弟を思い出した。

――小弥太はともかく、伊万里は砥窪で働くことができるかどうか。

おくにの言が脳裏をよぎる。本当はあの兄弟こそ、ここで学ばせたいと思う。恐らく伊万里は砥石を数えることもできぬのだろう。

心がしんみりするのを振り切るように、よし、と多門は軽く手を叩いた。

「どうだ。心を空っぽにできたかの」

子どもらに問うと、どこかすっきりした面持ちで皆が頷いた。

先ずは手習帳を配る。紙ならたくさんありますから、と権左衛門が奥から出してくれたのを多門が糸で綴《と》じたものだが、手を動かすだけの坦々《たんたん》とした作業は夜の無聊《ぶりよう》を慰めるのにちょうどよかった。硯《すずり》と筆は銘々が持参している。

「これは読めるかな」

権左衛門の家にあった〝いろは文字〟のお手本を広げて声に出して読ませた後、

「では、各自の名を書いてみるか」

筆を持たせてみた。仮名の表を見ながらだが、大きな子はすぐに書けるようになった。五つの佐三郎は筆を持つのも一苦労で〈ささぶろう〉と字数も多いのでいっそう大変だったようだ。

〈さ〉が鏡文字になってしまい〈ちちぶろう〉に見えるが、まあ、そこはご愛嬌《あいきょう》。

その後は、身近なものを思いつくままに挙げさせる。

といし。かわ。みず。のみ。つち。しょいこ。

当然と言えば当然だが、彼らの口に上るのは砥石に関わるものばかりである。

「他にはないか」

最後に挙げられた「しょいこ」を多門が書き終えたとき、

「おりゅうさま！」

屈託のない口調で言ったのは佐三郎だった。それがあったか、と悔しがる兄の佐次郎に向かって、どうだ、とばかりに藍地の胸を張っている。

「おりゅうさまとは何かの」

「おりゅうさまはおりゅうさまだじょ」

先生のくせにそんなことも知らんのか、と佐三郎は呆れ顔になる。

「こら、佐三郎、先生は村に来たばっかりだから、知らんのは当たり前だ」

佐一が弟をたしなめれば、

「おりゅうさまは、村の守神さまです」

金吾がその続きを落ち着いた声で引き取る。

「守神さまならどこかに祀《まつ》られているのか」

多門がさらに問うと、金吾が頷いた。「はい。村を出てすぐの林の先にお社《やしろ》があります」

「大きな神社なのかの」

「うん、大きいじょ。おらたちの村では大事な神さまだからな」

これまた佐三郎が得々とした顔で答える。

「大きいのなら、禰宜《ねぎ》がおるのかな」

「ねぎ?」

佐三郎が首を傾《かし》げる。

「神主さんは日頃はここにいません。山入りのときは麓から呼びますけど」

苦笑しながら金吾が言い直した。途端に、佐三郎の顔が笑み崩れる。

「何だ。団子汁に入ってた〝ねぎ〟かと思った。じい先生、うちの〝ねぎ〟はめっぽう甘いんだじょ」

うむ、団子汁の〝ねぎ〟は柔らかくて確かに甘かった。が、そうとは言わず。

「おお。そうか。さすがに佐三郎のおっかさまだの」

多門が大仰に目を見開いて褒めると、佐三郎の丸顔にぱっと陽が差した。母親をさらに自慢するかと思いきや、

「そうだ! じい先生をおりゅうさまのところへ連れていってやる」

案に相違して、幼子は筆を持ったまま勢いよく立ち上がった。手習いを怠《なま》ける恰好《かっこう》の理由ができたからか、どんぐり眼はここへ来たときよりもずっと輝いていた。

さて、そうと決まれば、子どもらの早いこと、早いこと。あっという間に片付けを終え、縁先から軽々と飛び降り、板塀《いたべい》の向こうへ一斉に飛び出した。とりわけ佐三郎は張り切って、誰よりも早く先を駆けていく。あっという間に集落の茅葺屋根が見えるところまで行ったが、不意にその足が止まった。

「じい先生、はやく」

こちらを振り向き、にこにこしながら手招きをしている。おう、と多門が駆けていくと、

「どうだ。すげぇだろう」

佐三郎が厩を指し示した。

先日は閉まっていた戸が今日は開いており、馬糞《ばふん》と稲藁《いなわら》のにおいが辺りに濃く漂っていた。中を覗けば、七頭の馬たちが静かに飼葉を食《は》んでいるところだった。砥石を運ぶ馬たちだけあって、いずれもがっしりとしていたが、中でもナミの体軀の立派さと美しさは並外れていた。びろうどのような黒い毛をより際立たせているのは、陽射《ひざ》しを受けて白銀色に輝く豊かなたてがみで、その美しさは夏の海の白波を思わせる。それゆえ「ナミ」という名なのかもしれなかった。

「あの馬はひときわ大きいな」

多門がナミを指差すと、

「ああ、ナミっていうんだ。たてがみが海の波みたいだからだってさ」

答えたのは佐一である。

「けど、うっかり近づくと蹴られちまうじょ」

佐三郎が多門の腕にぶら下がるようにして、小さな鼻の頭に皺を寄せた。

「女馬のくせに気が荒いんです」

金吾が苦笑顔で幼子の言葉を補った。

確かにあの太い足で蹴られたらひとたまりもないだろう。だが、月の晩に会ったナミに荒々しさはまったく感じなかった。その大きさに驚きはしたが、多門に向かって鼻面を伸ばした様はおとなしかったし、間近で見た大きな目は月に濡れ、深い藍色をしていた。

「けど、何でか、小弥太と伊万里には懐《なつ》いてるべ」

佐一が少しく不満げな顔をする。

「小弥太というのは、この間、ここで佐三郎と喧嘩《けんか》になった子どものことかの」

月の夜に兄弟に会ったことはこの子らには内緒にしておこう。何も知らぬふりをしたほうが色々なことを聞き出せるだろうから。

「そうさ。あいつが小弥太だ」と憎々しげに佐一が頷く。「先生も見ただろう。弟のことになると、すぐ怒るんだ」

だが、それはおまえらが伊万里を愚弄したからだろう。喉元まで出掛かった言を呑み込み、代わりに問いを口にする。

「伊万里という子どもは本当に遅れているのか」

「そうだよ。口が利けねぇし」

こうなんだ、と今度は佐次郎が頭の辺りで人差し指をくるくる回した。先日、弟の佐三郎がやったのと同じ仕草だが、やはり金吾はそれを止めなかった。縁先から上がろうとした佐三郎には行儀が悪いと強く叱ったのに。

「そうだじょ。こうだから、馬しか相手にしてくれねぇんだ」

佐三郎がくりっとした目を輝かせて同じ仕草をすると、他の者たちが笑いながらそれに続いた。あからさまに侮蔑《ぶべつ》の言葉を口にする者もいる。厩の前に子どもらの吐いた毒がじわりと広がっていく。

「人には色々な事情があるものだ。おまえたちが、もし口が利けなくなったらどうするんだ」

たまらずに多門は子どもらをたしなめた。

「そりゃ、困っちまうけど」

悪口が過ぎたと気づいたのか、決まり悪そうな顔をして佐次郎が口を尖《とが》らせた。

「そうだろう。伊万里だって困ってるはずだ。ならば助けてやらねば――」

「口が利けなくなっても別に困らねぇ」多門の言を遮ったのは金吾だった。「口が利けなくても砥石は切れる。けど、伊万里は遅れてるから駄目だ。だから、あいつにはどうやったって無理だ。絶対に砥窪には入れねぇ」

苦々しい面持ちで言い放った。厳しい口調に子どもらも違和を覚えたのか、訝しげに顔を見合わせる。

やはり、あの兄弟には何かあるのか――多門が無言の問いを投げかけると、

「まあ、そういうことです」

行きましょう、と金吾は多門から目を逸らすと背を向けた。子どもらも金吾の後を追っていく。その様子に腑に落ちぬものを感じながら、多門は厩の窓からナミを見た。表の嫌な空気なんぞ、あたしには知ったこっちゃない、とでもいうふうに美しい黒馬は飼葉を一心に食んでいた。

集落を出れば、すぐ左手に薄緑に煙る林が見える。子どもらに続いて淡い緑の中へ一歩足を踏み入れると、青いにおいに包まれた。春光の中、明るい新芽をつけているのはコナラ、少し先に見える黒っぽい常緑の葉はアカガシのようだ。どちらも薪炭の材料になるが、ことにアカガシは江戸の料理屋などで用いられる白炭になるのだと、ここへ来る前に代官所で聞いてきた。五、六年前、ここから五里ほど離れた場所で白炭を巡って改易になった小藩があったそうだ。高い運上金に激怒した百姓らが、藩主に強訴したのがきっかけだという。

「冬になると、父ちゃんたちは炭を焼くんです」

多門の胸の内を覗いたかのように金吾が炭のことに触れる。

上品の砥石に白炭か。小さな村は山の恩恵をたっぷり受けている。所帯が少ないから一軒一軒への富の分配も多くなるだろう。そういう意味では、おくにの伯母が言ったという「桃源郷」はあながち間違いではないのかもしれない。だとすれば、なおのこと砥石の密売なぞに手を出す必要がないように思えるが。

「それもおりゅうさまのお蔭だって。いつもうちの父ちゃんは言ってるじょ」

佐三郎が春の陽を吸い込んだような輝く目で多門を見上げる。

「そうか。で、おりゅうさまは何の神さまなんだ」

今度は兄の佐一に水を向けたが、

「おりゅうさまはおりゅうさまだ」

屯所で弟が言ったのと同じ言葉を返し、

「そうだ。おりゅうさまはおりゅうさまだじょ」

佐三郎が無邪気な顔でけらけらと笑った。金吾も守神の正体は知らぬらしく、木洩れ日《こもび》の中を黙々と歩いていく。

「おりゅう」は「御龍」か。となると、よくある水神だろうか。砥山で働く者にとって恐ろしいのは出水だ。土砂や泥が流れ込むだけでもかき出すのが難儀だろうが、水の勢いで岩盤が崩れるなどして砥窪自体が潰れれば、それこそおまんまの食い上げになろう。

「先生、ここだべ」

コナラの木立を抜けるとすぐに石鳥居《いしとりい》と緩やかな石段が目に入った。その先には木造の覆屋《おおいや》が建っている。風雨から本殿を守るための建物は、簡素だが小さな神社には不釣合いなほど大きな造りで、幅が三間（約五・五メートル）ほどもあるだろうか。真四角に近いので奥行きも同じくらいありそうだ。

子どもらは鳥居の前で一礼し、一気に石段を駆け上って行く。「じい先生、早く」と佐三郎に促され、一礼し境内《けいだい》へ足を踏み入れると、ひんやりとした風と共に甘い花の香が鼻をかすめた。視線を上げると、昨夜の雨で苔の色も鮮やかな石段の脇には盛りを過ぎた山桜が佇んでいた。ここへ来たばかりのときには山の桜はどれも満開だったのに、たった数日で青葉が目立ち始めている。

「じい先生、おそいじょ」

石段を上りきった子どもらが多門を見下ろしていた。「今行く」と返事を投げ上げ、濡れた石段を慎重に上っていく。

覆屋の両脇には大きな杉の木が御神体を守るかのように立っていた。三段の階《きざはし》の先にある透かし彫りの板戸は固く閉ざされており、御神体を窺《うかが》うことはできない。木の傷み具合から推察すると、覆屋はさほど古いものではないように思われた。

「今年もいい石が採れるようおりゅうさまにお願いしよう」

金吾が年長らしく落ち着いた口調で言い、他の子らも神妙な表情で頷いた。多門も子どもらに倣《なら》い、階の前に立って一応の祈願をする。

そっと目を開けると、祈願を終えた子どもたちはどこか清々しい顔をしていた。神仏祈願というのは不思議なもので、御利益《ごりやく》が確約されたわけではないのに、済ませただけでどこか気持ちの収まるところがあるのだろう。

せっかく来たのだから奥も見てみようと、多門が覆屋の裏へ行きかけたときだった。

「先生！　駄目だ！」

佐一の鋭い声が飛んだ。振り返ると、二十の責めるような瞳があった。

「駄目って何がだ」

困惑しながら訊ねると、

「おりゅうさまの裏へ行ったら駄目だと父ちゃんたちに言われてるんです。行ったらおりゅうさまが怒るんだって。行けるのは、タケ婆《ばあ》だけです」

金吾が申し訳なさそうな表情で言った。

「タケ婆?」

「うん。タケ婆はこの村で村長の次に偉いんだ」答えたのは佐一である。「おらたちはみんな、タケ婆の手で産湯《うぶゆ》を使ったんだ」

自慢げに鼻を膨《ふく》らませた。産湯を使ったと言っているからには「タケ婆」とは村の取り上げ婆《ばば》のことだろう。だが、なぜ取り上げ婆だけが本殿の裏へ行けるのだろう。女の参拝を禁じる神社仏閣があるのは、月事や出産、つまり血を穢《けが》れとみなすからだが、そう考えると取り上げ婆のみが禁足地《きんそくち》に近づけるというのは妙に思える。

「おりゅうさまを怒らせたら大変なんだ。砥窪が潰れちまうからな。先生、いいかい。絶対に裏へは行っちゃいけないぜ」

念押しするように佐一が言った。可愛いと思っていたどんぐり眼が尖り、俄《にわ》かに大人びて見えた。

集落に入ったところで子どもたちとは別れ、多門は屯所に戻った。

その日の昼餉を持ってきたのは若い女だった。紺絣《こんがすり》の着物に赤い帯、ふっくらとした頬の辺りにはまだ幼さが残っているが、身ごもっているようなので娘ではない。膳を持っているので転んだら大変だと、多門は慌てて縁先から下りた。

「すまんな。昼餉を持ってきてくれたのだな」

女から膳を受け取り、板間に置いた。

「おら、みちです。よろしくお願いします」

大きな腹を手で支えるようにして頭を下げるのを見て、ふと遥《はる》か彼方《かなた》の苦い記憶が頭の奥から押し出される。

――申し訳ございません。

震える声で妻女の茅野《ちの》が畳に頭をすりつけた。

――おまえのせいではない。天の巡りだ。運が悪かったのだ。

だが、その天に多門夫婦は三度も見放された。子は二度流れ、三度目の正直と祈ったにもかかわらず、生まれた子は僅か一日でこの世を去った。いずれも多門が屋敷を空けている際のことだった。

子を喪《うしな》うことは決して珍しくはない。己たちだけが不運なのではない。

何遍もそう言い聞かせた。だが、呑み込めない無念さは不恰好《ぶかっこう》なしこりとなって胸の奥に残り、たびたび夢となって現れた。

三人の子が屋敷にいる。だが、いずれものっぺらぼうだ。目も鼻も口もないのに、涙だけが幾筋も白い頬を伝っている。

どうしたのだ、と多門が子らに近づいていくと、おまえのせいだ、と子どもらが無い口で叫ぶ。三人の声はいつしかひとつになり、多門の心の中をぐるぐると駆け回る。

――おまえがお役目ばかりを優先し、知らずしらず妻をないがしろにしていたせいだ。だから、神が子を取り上げたのだ。

責める声は多門の内なる声だった。そんな自責の念から逃《のが》れる術《すべ》を多門はお役目に求めた。やがて四十を過ぎて見廻り方から隠密に役替えになり、屋敷を空けることが多くなると、妻とはますます疎遠になっていった。茅野は茅野で子に向けられなかった愛情を花木に向けるようになり、八丁堀のさして広くもない庭でいつしか躑躅《つつじ》を育てていた。

一つ屋根の下にいるのに背を向けて暮らしている。それがおかしいことと気づいていながら、修正できぬまま二十年以上が経っている。子はかすがいとはよく言ったもので、つなぐもののない夫婦の間に分かち合う話題はなく、さりとて喧嘩の種もなく、味気ない日々が過ぎていた。

不意に頭をもたげた苦い思いに蓋をし、

「他の者に頼めばよかったのに。膳を持っていては足元が見えぬだろう。転んだらどうするのだ」

身重の女を気遣《きづか》う言葉を差し出した。

「これくらい、何てことはないですよぅ」

はち切れそうな右頬に丸いえくぼができる。よく見れば、生え際の産毛《うぶげ》が初夏の陽で金色に透けていた。ここの女たちは語尾が跳ねるような喋り方をするのでややきつい感じを受けるが、おみちは語尾を長く伸ばす。それも幼く感じられる一因かもしれない。

子どものような相手に気が緩み、舌がついなめらかになる。

「そろそろ産み月かの」

「はい。いつ生まれてもおかしくないんですって。だから長澤さまのところまで歩いてきなさいって。歩けば子が早く出てくるからって。タケ婆さんに、そう言われてきたんですぅ」

ああ、件《くだん》のタケ婆か。

「タケ婆というのは取り上げ婆だと聞いたが」

「はい。村の取り上げ婆はタケ婆さんだけなんですって。お産がいくつも重なったら大変ですよねぇ。けど」

今お腹《なか》が大きいのはおらしかいないからぁ、ところころ笑う。その笑い声に押されるようにして多門は問いを投げた。

「ところで、おまえはおりゅうさま、を知っているかの」

「はい、この村の守神さまですから。ここに嫁入りしたときには、最初にお参りしましたもん。で、戌《いぬ》の日にも安産祈願に行きましたよ。よい子が授《さず》かりますようにって。だからきっといい子が生まれますよ」

目を細めて丸い腹を撫《な》でる表情に〝母〟の顔が垣間見《かいまみ》える。子が生まれたら、否応《いやおう》なくしっかりするのだろう。

「身ふたつになるまで、もう少しの辛抱だ。用心しろよ」

「はい。けど、長澤さまはお役人なのに少しも威張ってないですねぇ」

おみちは不思議そうな表情で首をひねる。

「別段、威張れるようなことをしてないからな。砥石の数や帳簿を検めるくらいのものだ。誰でもできる」

「そんなことありませんよ。だって、子どもたちに手習いを教えてるっていうじゃないですか。おらなんて仮名も読めませんよぉ」

白い歯がこぼれる。

「だが、おまえだってこれから子を産んで育てるではないか。それだけでも立派なことだ」

立派だ。いや、強い。強くあらねば命懸けで子を産み、育てることなぞできぬ。

「本当に変なお役人さまですねぇ。立派って言っても女はみんなやってることですよぉ」

おみちはくすくす笑った。やりたくてもやれぬ女もいる。またぞろ苦い思いがこみ上げてきたが、無理やり呑み込んだ。

「いや、立派なことだ。よい子を産めよ」

「はい」

と笑みを仕舞《しま》うと、おみちは顎に手を当てて思案顔になった。

「どうした。何か心配なことでもあるのか」

多門が問うと、おみちは思い切ったように告げた。

「おらの子にも字を教えてくれますか」

その真剣な面持ちに少しばかり胸が痛んだ。おみちの子どもに手習いを教えることはできぬ。ここにいるのは長くてせいぜいふた月。いずれ己はここを去る。

だが、そんな心苦しさに蓋をして、

「むろんだ」

多門は無理やり微笑んでみせた。

「よかったぁ」

おみちは心底安堵《あんど》したような声を洩らした後、

「おらも子どもと一緒に字を習ってもいいですかぁ」

屈託のない笑みを浮かべて訊ねた。

「うむ。子どもを連れておまえも来ればよい」

隠密のお役目を受けたことを呪いつつ、心苦しくも空手形を切ると、
綺麗な桃色の歯茎を覗かせ、おみちは輝くように笑った。その笑顔がどうにも眩しすぎて、多門は昼餉の膳へそっと目を転じた。

「うん」

五

その日、加恵はおりゅうさまの石段を上っていた。前を歩いているのは、夫の新太郎である。

なぜ二人で参拝に出向くことになったのか。

昼餉を済ませ、加恵が奥の間で縫い物をしていると、

――加恵。手が空《す》いたらおりゅうさまへ行かないか。

新太郎にいきなり誘われた。突然のことに加恵が言葉を返しあぐねていると、

――三日後には山入りで忙しくなるからな。まあ、こんな村だから、さして見る場所もないが、そぞろ歩きでもしないか。

言い訳をするように続けたのである。

どういう風の吹き回しだ、と加恵は訝しんだ。夜のことを思えば、新太郎が加恵にあまり興味がないのは明白である。万事《ばんじ》につけ押し出しの強い権左衛門に比して、新太郎は線が細く、父親にまったく頭が上がらない様子だった。加恵についても、父親が選んだ女だから仕方なく受け入れたといったところだろう。

夫とはいえ、まだ馴染まぬ相手と散策するのは気ぶっせいだが、考えようによっては村長の息子の案内で堂々と村内が見て廻れるのだ。姉の滑落した崖が見つかればと思い、加恵は夫に頷きを返したのだった。

「雨上がりだから足元に気をつけてな」

新太郎が後ろを振り返った。昨夜の雨で石段の苔はまだしっとりと濡れている。思いがけぬ気遣いに驚きつつ、

「ありがとう」

加恵は先を歩く新太郎を仰ぎながら礼を述べる。その拍子に石段脇の桜の青葉が加恵の目をくっきりと刺した。鮮やかな色は昨夜の雨のお蔭だろう。加恵にとっては物足りぬ雨でも、芽吹きの季節を迎えた木々にとっては充分に慈雨《じう》だったのだ。

石段を登りきると、御神体を守る覆屋がある。その前で新太郎と並んで拍手《かしわで》を打つ。

姉の魂に出会えますように。

瞑目した後、顔を上げると視線がぶつかり合った。新太郎は慌てた様子で目を逸らし、

「済まないな」

なぜか詫びの言を口にした。

「何が、ですか」

祝言からひと月以上も経つのに手を触れていないことか。

「いや、こんな鄙《ひな》びた場所に連れてきてしまって」

とってつけたような答えを返す。

「でも、暮らしは豊かです」

それが一番ですよ、と加恵は言った。商いを仕損じ、父が病になったときは、明日食う米を手に入れることすら困難な日もあった。滋養《じよう》をつけられれば父は助かったかもしれない、もっと早く女郎になる決断をすればよかったのだろうか、という悔恨が今も胸の隅《すみ》にこびりついている。

「確かにここは豊かだ。だが――」

そこで新太郎は押し黙った。透かし彫りの板戸をしばらく眺めていたが――

「ここ以外に、どこか、行ってみたいところはあるかい」

不意にこちらを向いた。明るい声はどこか作りものめいていたが、春の陽が当たっているからか、白皙《はくせき》の面差しは平素に比べ生き生きと見える。

「行きたいところですか」

「うむ。歩いていける場所ならどこでも付き合う」

そのつもりで来たんだろう、と新太郎は加恵の足元に視線を落とした。もしかしたら山を登るかもしれないと思い、山袴に穿《は》き替えてきたのだ。

――加恵ちゃん、この手を離さないでね。

姉の声が耳奥で鳴り響いた。

「見晴らしのいいところに行きたい」

そんな言葉がこぼれ落ちていた。

「見晴らしのいいところ？　砥山のほうへ行けば見晴らしのいいところはあるけど」

「砥山のほうじゃなく、麓に向かう途中でありませんか。崖が切り立っているところとか」

「切り立っているところ――なんでそんなところへ行きたいんだ」

穏やかだった顔がやや険しくなる。

「わたし高い場所が好きなんです。小さい頃は木登りとか、ああ、そうだ。裏山に登ったりもしました」

嘘《うそ》じゃない。わたしは姉さまと違って高いところが好きだった。

「ふうん。確かにそういう顔をしてるな」

そういう顔、って？

「野山を駆け回っていた顔さ」

声を立てて笑った。そんな屈託のない笑い声を聞いたのは初めてだ、と加恵が驚いていると、

「おれが笑うとおかしいか」

新太郎は喉に笑いを残したまま訊いた。

「いいえ――あの。でも、そんな楽しげな顔を初めて見たから」

総じて寡黙な人だし、たまに加恵に掛ける声や、そのときの表情にも血が通っていないような気がした。だから、父親の連れてきた女郎上がりの嫁が気に入らないのだと思っていた。いや、今も思っている。

「そういや、こんなに笑ったのは久方ぶりだ」

新太郎は呟くように言うと、

「とりあえず、加恵の御所望《ごしょもう》の場所へ行こうか」

先に立って石段を下り始めた。

久方ぶりって、いつ以来なのだろう。加恵が夫の後に続いたときだった。

ひんやりしたものにうなじを撫でられたような感じがした。頭上で葉桜の枝がざわりと揺れる。はっとして振り向くと、軋《きし》み音《ね》を立てて覆屋の板戸が開くのが目に飛び込んできた。その隙間からぬるりとした闇が顔を覗かせる。今しも光を呑み込みそうな深い深い闇に、心の臓がきゅ

っと縮み上がる。

「おまえさんっ！」

思わず新太郎を呼び止めていた。

「どうした？」新太郎が石段を駆け上がってくる。

「戸が――」

振り返って指差すと、板戸は何事もなかったように閉じられていた。

「戸がどうした？」

我知らず新太郎の手にすがりついていた。「内側から開いたの」

「まさか」

新太郎は加恵の手をそっと離すと、覆屋の前へ歩いていく。階を上り、板戸に近づいて隙間《すきま》から中を覗き込んだ後、加恵のいる場所へ戻ってきた。

「ちゃんと閉まってるぞ」

気のせいだよ、と新太郎は幼子をなだめるように柔らかく言った。

そうか。気のせいか。途端に体から力が抜け、その場にしゃがみこみそうになる。この村が胡乱な場所だと思っているから、妙なものが見えたのかもしれない。けれど、途轍《とてつ》もなく恐ろしかった。戸の隙間から闇の手がここまで伸びてきて、搦《から》めとられそうな気がしたのだ。まだ心の臓が硬い音を立てている。

「大丈夫か」

新太郎が加恵の顔を覗き込んだ。いつもと違って口調も表情も親身《しんみ》に感じられ、加恵は戸惑った。手の中に残る新太郎の温《ぬく》みも嫌ではない。むしろ有り難いものに思えるのを不思議に思いながら、

「大丈夫です。すみません」

丁寧に詫びると、よかった、と新太郎はぎこちなく微笑んだ。

「あそこには、何が祀られているのかしら」

手の中の温かなものが素朴な問いを押し出した。村の守神だというが、御神体は何なのだろう。

「さあ、おれもよく知らないんだ。たぶん、親父《おやじ》もよくは知らないと思う」

「お舅《とう》さんも？」

「うむ。あの神社はさほど古いものではないんだ。親父が生まれた頃、五十年くらい前に建てられたらしい」

「でも、なぜ知らないの？　そういうのって誰かから聞くものでしょう」

古い神社はどこの地にもある。その由来は語り継がれたり書き残されたりするものだ。

「なぜだろうな。知らないほうがいいからじゃないか」

新太郎は苦いものでも無理やり口に押し込まれたような顔をした。

「知らないほうがいい――」

「そうさ。おれたちは、よく知らないものを崇《あが》め奉《たてまつ》っているんだ」

苦い顔のまま言い、新太郎は石段を再び下り始めた。誰かに見られているようで、未《いま》だうなじがちりちりするのをこらえながら、加恵は陽の当たる夫の背中を足早に追った。

そこは、確かに見晴らしのいい場所だった。おりゅうさまからはずいぶんと歩いた気がするけれど、村の入り口からは四半里《しはんり》（約一キロ）ほどだろうか。麓へ下りる道の途中、二股に分かれているところを左へ進むと道はいきなり細くなった。水音に誘われて楓《かえで》の枝が風にそよぐ辺りまで歩を進めれば、眼下には赤茶に碧《あお》の混じった岩肌の美しい渓流があった。村のどこにいても水音はするけれど、ここは、ことのほか流れが速い。崖の途中には黒松がうねった枝を伸ばしており、針葉の隙間から光を弾《はじ》く透明な飛沫《しぶき》が見える。美しい眺めだが、下は岩だらけだ。落ちたらひとたまりもないだろう。

高いところは平気なはずなのに、白い水の渦《うず》を見ていると足がすくむのは、姉を思ったからかもしれない。高所が苦手な姉なら、ここに立つことすらできないだろう。

「初めて村に来たときには、気づかなかった」

渓流から目を引き剝《は》がしながら言うと、

「分かれ道になっていることにか」

新太郎は眩しげに目を細めた。木洩れ日が白い肌に淡い模様を象《かたど》り、いつもより夫の表情を柔らかく見せている。

「麓からは一本道をずっと登ってきたような気がしてたから」

ひと月半ほど前、山道を登る加恵の頭の中には、見知らぬ場所に嫁ぐ高揚も不安もなかった。あるのは姉のことだけだった。

高いところが苦手で加恵が木登りをするだけで泣きそうになった姉が、滑落した場所はどこか。崖になっているところ。見晴らしのいいところ。そんなところを探しながらの道中だった。だが、登れども登れどもそんな場所はなく、遠くで渓流の音がするものの、目に入るのは、青い息を吐き出す杉の木立ばかりであった。

「麓から村へ上ってくるときにはこの道に気づきにくい。だが、反対に麓に下りるときはこっちのほうが道なりに見えるんだ。村の者は間違えないけど、初めてここへ来た者はよく間違える」

初めてここへ来た者——となれば、姉は間違えてこちら側に来てしまったというのだろうか。だが、何のためにこんな危ない場所に来るのだ。姉は本当に山菜を探していたのだろうか。

「この辺りに山菜採りに来ることはあるの？」

恐る恐る訊いてみた。

「先ず、ないな。行くとしたら砥山のほうだ。砥窪の手前にいい場所があるよ。わざわざこんなところに来る者はいない」

そう断じた後、新太郎は束の間、迷うように眸を泳がせた。

「この道に何か——」

「この道がどうというより、村の女でここを知っている者はいないと思う」

女は山を下りないから、と新太郎は加恵の視線から逃れるように細くなる道へと目を向けた。

「山を下りない？」

「そう。いずれ、おまえにも話そうと思ってたけど。女は山を下りるのを禁じられているんだ。それが村掟《むらおきて》になってる」

　村掟――

――決まりなんだって。

不意に姉の言葉が甦った。

――お嫁に行ったら、お実家には帰れない。そういう決まりなの。

実家に帰れぬどころか、この山を下りることすら叶《かな》わないのか。

なぜ、そんな決まりがあるのだ。

問いを呑み込み、加恵が目で話の先を促すと、

「だから、女が入用な物があるときは亭主に頼む。着物でも櫛でも帯でも欲しいものがあれば、男たちが山を下りて調達してくるんだ」

新太郎は加恵の眼差しを避けるように崖の下を見た。

山を下りられない――その言葉を噛み締めながら、加恵は江戸に吉原《よしわら》という遊郭《ゆうかく》があるのを思い出していた。聞いた話では、遊郭それ自体が大きな町になっていて、遊女たちが歩けるのはその中だけだという。だから、彼女らは籠《かご》の鳥と称されるのだと。

　ここは、吉原よりはずっと大きい。空は高く澄んでいるし、山は美しくどこまでも広大だ。何より、ここでは大勢の男の相手をする必要はない。それでも、一生この地を出られぬと聞けば、

ここの女も籠の鳥ではないかと思ってしまう。吉原よりもずっと巨大で美しい籠に閉じ込められた鳥。そんな鳥が籠から逃げようとしたら、どうなるのか。

思わず崖の下を見る。いきなり氷室《ひむろ》に入れられたかのように肌が毛羽立った。

姉は逃げようとしてここから落ちたのか——

「逃げたいか」

心の底にあるものを強引に掬い取られたような気がして、はっとする。柔らかかった夫の顔は能面《のうめん》のように白く硬い。水粒を含んだような冷たい風が吹き、その肌の上で木洩れ日が蠢く。

「今なら、逃げられる」

今ならって。

「どういうこと?」

「わからないか。今なら逃げられると言ったんだ。なんなら、今ここで逃げてもいい。分かれ道まで戻ってもう一方の道に行けば麓に辿《たど》りつける。おれはおまえを追わない。たぶん親父も。また、新しい嫁を見つけてくれれば済むことだ」

今なら逃げられる、と言った。なぜ、今ならなのか。「今」と「これから」。そこに何の違いがあるのか。

「なぜ、わたしが逃げると思ったの」

「囚《とら》われるのが嫌い。そうじゃないのか」

新太郎は微苦笑を浮かべた。

「それは――わたしだけじゃない。人は皆そうでしょう」

「そうかな。囚われているほうが楽なこともある」

意味がわからずに加恵が黙っていると、

「囚われている代わりに、飯が食えて、温かい寝床を与えられたとしたら、自ら牢に入るかもしれない。しかも、その牢が美しく広かったらなおのこと」

新太郎はゆっくりと天を仰いだ。数羽の鳶が青い春空に円を描くように舞っている。彼らはどこへでも好きな場所に飛んでいける。だが、ここの女たちは飛んでいこうにも翼がない。いや、あったのだが、無理やりもがれたか、あるいは自ら折ってしまったのかもしれない。

いつかわたしも――ここにいるうちに翼を失ってしまうのだろうか。

もしかしたら、姉の死の真相を追っているうちに、その真相ごと、ここで一生を終えることになるかもしれない。だが、それでもいい。

「わたしは、逃げない」

新太郎は一瞬目を瞠《みは》ったが、すぐに柔らかく微笑んだ。それに合わせて木洩れ日もまた揺れる。

「そうか」

なら、一緒に帰ろう、と淡々とした口調で言い、おもむろに大きな手を差し出した。まるで加恵を試すように。この手を取ったら「今」は二度と巡ってこないぞ、それでもいいのか、と言わんばかりに。

またぞろ風が吹き、加恵の頭上で楓の枝が乾いた音を立てた。二人の間で光と影のまだら模様が頼りなげに揺らぐ。だが、切れ長の目だけは真っ直ぐにこちらを見下ろしていた。その眼差しに強く胸を衝《つ》かれた。

この人はどうしてこんなに悲しげな顔をしているのだろう。どこかに深い傷を負い、じっと痛みをこらえているような。

その表情を見て、加恵はふと思った。もしかしたら、夫は加恵を逃がそうと考えて、今日の散策に誘ったのではあるまいか。そして、このひと月半ほど手を触れなかったのは、端《はな》からそのつもりだったからではないか。

――囚われるのが嫌い。そうじゃないのか。

そんなにわたしは逃げたそうな顔をしていただろうか。でも、逃げないと決めたのだ。少なくとも姉の魂を救うまでは。

加恵は小さく息を吸い、差し出された手を取った。石を切り出す男の手はごつごつしていたが、やはり温かかった。石段で感じたよりもずっと。

新太郎はほっとしたように息をつくと、加恵の手を取ったまま村へ戻る道を歩き出した。

――囚われているほうが楽なこともある。

わたしは囚われたのか。この村に。いや、この男に。

いずれにしても、加恵は「今」を、逃げられる瞬間を、自ら手放してしまった。「今」はもう加恵のところには永遠にやってこないかもしれない。

武者震《むしゃぶる》いなのか、恐れなのかよくわからない震えが胸底から這い上がってくるのを抑えきれず、加恵は思わず分かれ道のところで振り返った。

新太郎の足も止まる。だが、「逃げたいか」とはもう言わなかった。加恵は前を向くと無言で新太郎の手を握り直した。

次第に広くなっていく登り坂を歩きながら、加恵は頭の中に分かれ道の光景をしっかりと刻み込んだ。

もし逃げるときが来たとしても、左の道を選ばないように。


加恵と新太郎が村の入り口まで戻ると、厩の辺りをぐるぐると歩き回っている若い女が目に入った。紺絣の着物に合わせた赤い帯の辺りが大きくせり出しているから産み月が近そうだ——あぁ、確かおみちという女だ。祝言の日に寅太《とらた》という小柄な夫と挨拶に来たのを覚えている。

「若旦那さんと若おかみさん。お二人でそぞろ歩きですかぁ。いいなぁ」

笑うと右頬に片えくぼが浮かぶ。

「おみち、こんなところで何してるんだ」

屈託のない笑みにつられたのか、新太郎も口元をほころばせる。それを見た加恵の頬も思わず緩んだ。

「タケ婆さんに言われたんで、歩いてるんですよぅ」

「タケ婆に？」

新太郎が問うと、「うん」と子どもみたいな返答をした。

――そろそろなのに、出てこねぇのはおめぇが怠けてるからだ。

そんなふうに言われたのだという。

「だから、お役人さまのところに御膳を持っていったり、家ん中を雑巾《ぞうきん》がけしたりしてるんだけども、ちっとも出てくる気配がなくって」

おみちは突き出た腹を愛《いと》おしげに撫でた後、

「もうすぐ、山入りだし、うちの人がいるときに出てきて欲しいから」

こら、早く出てこぉい、とおみちは見えぬ子に向かって呼びかけた。艶やかな桜色の頬はこれから母親になる幸せに満《み》ち溢《あふ》れていて、見ているこちらの心もほこほこと温かくなる。

「おら、ちっこい頃におかあもおとうも亡くしちまって、兄ぃに育てられたもんでぇ。けど、近所の子どもの子守はいっぺぇしたから、大丈夫だ」

――なるべく係累のない娘がいい。

権左衛門の言葉が脳裏をよぎる。この娘もまた血縁に恵まれていないのかと思えば、親しみめいたものが加恵の心に萌《きざ》した。

「そう。待ち遠しいわね」

姉のような心持ちになって微笑むと、

「はい。けんど、おら、学がねぇもんだから、それだけが心配で。ただ、お役人さまが手習所を開いたんで安心しました。子どもを連れて一緒においで、って言ってくれたんですよぅ」

右頬のえくぼがいっそう深くなった。その笑みを見て、顔をくしゃくしゃにして笑う長澤とかいう役人の顔を思い出した。好々爺を装っているが、あの役人はなかなか食えない男だと加恵は思っている。だが、食えないだけでそこまで腹黒い人間ではなさそうだから、おみちへの言葉は本心からなのだろう。いずれにしても、この朴訥《ぼくとつ》な娘を見たら誰でも手を差し伸べたくなる。

「そうか。だが、無理するなよ」

新太郎が優しい言葉でねぎらうと、おみちはにっこり笑った。

「はい。いい子を産まねば、寅太さんに叱られちまいますから」

叱られる――おみちの言が胸に引っ掛かった。祝言の際に会っただけだが、夫の寅太は猿のような顔をした、やや粗暴な喋り方をする男だった。おみちがいたわられているのか少しばかり心配になる。

「何かあったら、報せてね。わたしにできることなら何でもするから」

「はい。ありがとうございます。けど、この子、すごく元気なんですぅ。ほんのひと月前は腹をぽこぽこ蹴ってたから」

大口を開けて笑うと綺麗な桃色の歯茎が覗いた。こんなにも母親が若くて壮健なのだ。きっと元気な子が生まれるだろう。

そいじゃ、とおみちは頭を下げると、大きな腹を抱え、何軒か先の自宅へ戻っていった。

「ここは、産屋《うぶや》はあるんですか」

ふと思いついて訊ねると、

「無論、あるさ。タケ婆の家の敷地の中だ」

新太郎は厩のすぐ隣を指した。アオキの垣根の向こうには小ぢんまりとした茅葺屋根の家が建っており、その横には板葺きの小さな建物があった。もしも身ごもったら、自分もあそこで子を産むのかと思ったとき、胸の奥で何かがことりと音を立てた。

姉は子を孕《はら》んでいたという。新太郎の言う通り、ここが籠の鳥だとしても、一生山を下りられないとしても、姉の気性を考えたら村から逃げることはないように思える。

――わたしは父さまと母さま、それから加恵を守りたいのよ。

あの覚悟は生半《なまなか》なものではなかった。

それに、村の女たちを見る限り、大きな屈託を抱えていそうな者はいなかった。家内では色々あるのかもしれないが、村が嫌で嫌でたまらないといった女は見当たらない。

では、姉はここでどんなふうに暮らしていたのだろう。幸福な刻がほんの僅かでもあったのだろうか。

この人なら、村長の息子なら、姉を知っているはずだ。

初音という女を知っていますよね。身ごもっていたのに崖から落ちたと聞きました。その人は誰の女房だったのですか。

今まで封じこめていた問いを口にしようとした、そのときだった。考えもしなかったことがむくりと頭をもたげた。

六年前にこの村に嫁したとき姉は十七歳。そして目の前にいる新太郎は今二十五歳と聞いている。夫婦になってもおかしくはない。

もしかしたら、この人は、かつて姉の夫だったのかもしれない。そして、あの分かれ道で加恵に言ったのと同じことを――

――今なら、逃げられる。

そう言われて逃げた結果。あの場所から落ちたのだろうか。

いや、と加恵は頭に浮かんだことを打ち消した。身ごもった妻を逃がすなんて――そんな馬鹿なことがあるはずがない。

「加恵。帰るか」

声に促されてはっと我に返った。こちらを見下ろす新太郎の眸に、おみちを気遣っていたときの柔らかさはなかった。そこにあるのは、あの木洩れ日の下で見たような、悲しげな色だった。

＊

おみち、という女は馬鹿ではないか。

庭に干していた夫や姑の寝巻きを取り込みながらあたしは鼻白《はなじろ》んだ。

お産を目前にしてどうしてあんなふうにあけっぴろげに笑っていられるのだろう。生まれてくる赤子がこの村では必ずしも歓迎されるとは限らないのに。もしかしたら、亭主の寅太はおみちに話していないのだろうか。子を産むということがこの村でどんな意味を持つのかを。だとしたら、寅太も相当な馬鹿ではなかろうか。

おみちのお産を想像すると他人事《ひとごと》ながら身が震える。いつにも増して他所の家のお産が気になるのは、おみちの幸福そうな、いや、無知な笑顔のせいだろうか。

ああ、また身が震える。これは怯えではなく歓喜の震えなのかもしれない。恐らくあたしは心の底で、おみちにそのむごい結末が訪れることを期待しているのだろう。輝く笑顔を見れば見るほど、その笑顔を壊したいと思ってしまう。

だって、あたしだけがこんな目に遭うのはどう考えても理不尽だもの。しかも三遍も。

そのうちにあの加恵とかいう新参者も子を孕むのだろう。女郎上がりだと聞いているが、どこかで見たことがあるように思えるのはなぜだろう。あたしも同じく女郎だったからそんな気がするだけなのかもしれないが。

そもそもあたしとあの女とは歳が違う。十八だというあの女の肌は遠目に見ても水を弾きそうなほどなめらかだ。それに比べて三十も半ばを過ぎたあたしの肌はとうに張りを失っている。それでも、子を産もうと思えばまだ産めるはずだ。それなのに亭主はあたしの身に一切手を触れようとしない。たぶん、恐ろしいのだ。同じことが起きるのが。意気地なしの亭主のせいで、あたしはきっと永遠に我が子を抱くことができない。

春の陽を吸い込んだ寝巻きを抱え、青い空にそびえる砥山を仰ぐ。

あれは魔の山だ。その美しさと豊かさで人の心を狂わせる。男も女もその懐に抱かれ、時にいたぶられ、足元に跪《ひざまず》いて生きていく。

だが、あたしは山に忌《い》み嫌われてしまった。山はあたしをこっぴどくはねつけた。

それでも、あたしはこの場所にとどまり、あの山を仰いで生きるしかないのだ。

山と決別したところで、待っているのはみじめったらしい死だけなのだから。

不意に隣の家で、赤ん坊が火のついたように泣き始めた。その声から逃れるように、あたしは縁先から家に上がり、夫と姑の寝巻きを冷たい畳の上に放り投げた。

巻の二

震える子

一

山入りの日に相応《ふさわ》しく、その日は朝からすっきりと晴れた。障子越《しょうじご》しに差し込む陽《ひ》に目を細めながら、多門は木綿《もめん》の筒袖《つつそで》と山袴《やまばかま》を行李《こうり》の中から出していた。

——山入りの様子を見られないか。

昨日、村長《むらおさ》を訪ねた際に多門が請《こ》うと、

——今まで、どなたもさようなことはおっしゃりませんでしたが。

権左衛門は渋《しぶ》い顔で返した。有体《ありてい》に言えば、否《いな》、ということだ。

——さようか。まあ、此度《こたび》はしかとお役目に励めとお達しがあってな。無理だと申すのなら、その旨を陣屋に報《しら》せねばならぬな。

多門が告げると、権左衛門は渋々といった態《てい》で首肯《しゅこう》したのである。

狸《たぬき》じじぃも陣屋という言葉には弱いらしい。陣屋どころか江戸奉行所のお役目で来ていると知れば卒倒するやもしれぬ。ふ、と独《ひと》り笑いを洩《も》らしたときだ。表でその狸じじぃの声がした。

ずいぶん早いお迎えではないか、と訝《いぶか》りつつ戸障子を開けると、藍縞《あいじま》の木綿着に裾《すそ》を絞《しぼ》った山袴、と山歩きの恰好《かっこう》をした権左衛門が立っていた。

「おお。ずいぶん早いな。まだ、身支度《みじたく》の最中だ」

とりあえず中へ、と招《しょう》じ入れると、

「すみませんな。砥山へご案内する前に、氏神《うじがみ》さまに御祈願に参ることを言い忘れておりました。そこから山に向かいますので」

ここでお待ちします、と上《あ》がり框《がまち》に腰を下ろした。

「ああ。おりゅうさまか」

何気なくその言葉を口にすると、権左衛門の太い眉《まゆ》がぴくりと吊《つ》り上がった。

「誰からお聞きになりました？」

「子どもたちだ」

途端に吊り上がった太眉がほどけた。「さようでしたか」

「仮名を教えていたらその名が出てな。初めての手習いの日にお社《やしろ》まで連れていってくれたのだが、何か不都合でもあるかの」

——じい先生をおりゅうさまのところへ連れていってやる。

子どもらの言いように屈託はなかった。

唯一《ゆいいつ》気になるのは、

——先生、いいかい。絶対に裏へは行っちゃいけないぜ。

覆屋の裏が禁足地になっているということだ。だが、子どもの話と大人の話は往々にして異なるものだ。そのことに触れるのは、ひとまず大人の話を聞いてからにしよう。身支度はゆっくりすればよい。

「いえいえ。不都合などあろうはずがございません」

権左衛門はいつもの温厚な表情に戻り、先を続ける。

「長澤さまの口からおりゅうさま、と出てきたのでびっくりしただけでございます。その名を長澤さまにお伝えした覚えはございませんでしたので。で、子どもらは他に何か申しておりませんでしたか」

にこやかな笑みを崩さない。

「いや。何も。山入りが近いからだろうな。皆、殊勝《しゅしょう》にも父親のためにと祈願しておったがな」

多門はわざとそこで言葉を切った後、

「ああ。そうだ」

あたかも、今思い出したように声の調子を上げた。身支度の手も止める。

「他にも何かお聞きになりましたか」

またぞろ太い眉がぴんと跳《は》ね上がった。狸の割にはわかりやすいじじぃだ。

「覆屋の裏には行ってはいかん、行けるのはタケ婆という者だけだと言っておったの。子どもの戯言《たわごと》かと思うて適当に合わせたが」

ああ、そうでしたか、と権左衛門はげじげじ眉をほっとしたように下げた。

「なぜ、裏に行ってはならんのだ」

山袴の紐《ひも》を締めながら問う。

「実は本殿の裏に例の蓬《よもぎ》が自生しておりましてね」

「蓬とは。長命茶という、あの蓬茶のことか」

拍子抜けした。

「さようです。先日拙宅《せったく》にいらしたときにお出しした、あの蓬茶です」

「だが、なぜ子どもらの立ち入りを禁じておるのだ。きちんと言い含めれば、荒らすようなことはすまい」

「ええ、まあ。ですが、禁足にしたほうが、有《あ》り難味《がたみ》が増すというか」

「有り難味?」

「はい。おりゅうさまへの信仰心というか、まあ、畏怖《いふ》心といってもいいでしょうか。そういうものを育《はぐく》むためです。とにかくおりゅうさまは村の大事な守神ですから」

おりゅうさまは五十年ほど前に祀《まつ》られた社であるという。砥山で働く男たちの無事を祈り、村の安泰を願うものだが、社を建てて数年が経《た》った頃、本殿の裏に蓬が自生し始めたそうだ。天ぷらや草餅《くさもち》にしてもいいのだが、乾燥して茶にして飲み始めたら、美味《おい》しい上に皆壮健になった。

それまで村の男どもは総じて短命だったという。

「昔は二十五歳を迎えたら長寿の祝いをしたのですよ」

そんな馬鹿なことがありますか、と権左衛門は語気を強めた。

——砥石を削る仕事は体にこたえますから。

先に会ったときはそう言っていたが、二十五歳で長寿の祝いとは。

「石を削り取る際に出る粉塵《ふんじん》が、肺の腑《ふ》によくないのだな」

狸じじぃの隣に腰を下ろし、今度は草鞋《わらじ》を履く。

「ええ、さようです。それと、坑内の気がよくないんですな。もちろん砥石はこの村の宝ですが、幾らいい石が採れても働き手がなくては村の繁栄はありません。それが悩みの種だったと亡くなった父は申しておりました」

ところが、蓬茶を飲み始めてから男衆が滅多《めった》なことでは病みつかなくなった。喉の調子も肺の調子もすこぶるいい。二十五はもちろん、三十、四十まで働ける。

「蓬のお蔭《かげ》、いや、おりゅうさまのお蔭で、わたしは五十路《いそじ》を越してもこうしてぴんぴんしております」

権左衛門は上がり框に腰掛けたまま胸を張り、言葉を継いだ。

「十三になって砥山に入るようになったら、子どもらには蓬のことを話します。山に入って初めて砥石を切る過酷さを肌で感じるわけですから。幼い頃から、おりゅうさまは畏《おそ》れ敬《うやま》うもの、有り難いもの、と思わせておけば、蓬の有り難味もいっそう増すということです」

村長は目をたわめた。

わかるような、わからぬような。信仰が過酷な労働の支えということになろうか。

「タケ婆のみが裏に行ける、としているのは？」

「タケ婆だけがおりゅうさまと通じておるからです」

タケ婆は神の依り代《よしろ》なのです、と権左衛門は真剣な口調で告げた。

依り代とは——まさか、本当におりゅうさまと会話ができるわけではあるまいが。

ま、村で唯一の取り上げ婆で、村の者は皆タケ婆の手で産湯《うぶゆ》を使っている。そんな老女ならおりゅうさまにも認められる。無垢《むく》な子どもたちを丸め込むには理にかなっているだろうか。

「ともかく、長命茶はおりゅうさまが我々にくださった御褒美《ごほうび》なのです」

御利益《ごりやく》ではなく御褒美か。山でしか生きられぬ男たちが、山で生きるがゆえに早死にする。そんな矛盾《むじゅん》、いや、理不尽を解消したのがおりゅうさまということか。

「待たせたな」

だが、そのお蔭で色々と聞けた。

「では、参りましょう」

権左衛門は五十路を過ぎた男とは思えぬほど身軽に立ち上がった。かつてはこの男も砥窪で石を切り出していたのかと思えば、その身軽さも頷《うなず》ける気がした。

表は暖かかった。首をもたげれば、矢のような光芒《こうぼう》を背負った春の陽がこちらを見下ろしている。その眩《まばゆ》さに目を細めつつ、

「まこと、いい按配《あんばい》だな」

多門が呟《つぶや》くと、

「はい。これもおりゅうさまのご加護でしょう」

権左衛門も嬉《うれ》しそうに空を見上げた。

厩《うまや》の前にさしかかると、女衆や子どもらが馬を厩から出しているところだった。明るい春の陽を受けた栗毛《くりげ》の背は金色に輝いている。いち早く多門に気づいた佐三郎が「じいせんせい！」と嬉しげに手を振った。

「これから馬を川へ連れて行くんですよ。山入りですからね」

目を細めて権左衛門が言う。

「なるほど。身を清めるのだな」

「はい。馬らも喜ぶでしょう。山入りすれば馬も忙しくなりますから」

「黒馬の姿が見えぬが」

ナミだけがまだ厩の中だ。窓からちらりと覗《のぞ》くと、自分には関わりがないとばかりに、わしわしと飼葉《かいば》を食《は》んでいた。

「ああ、あれは他の者には手が負えんのですよ」

厩を通り過ぎてからひそやかな声で言う。まるで、ナミに聞かれるのを恐れているかのようだった。

「小弥太と伊万里には懐《なつ》いていると、子どもらは言っていたが」

「ええ。あの兄弟か、兄弟の父親の言うことしか聞かんのです。ただ、あれだけの体格ですからね。他の馬の倍は働きます」

「どうして、他の者には懐かんのだろう」

「さあ、どうでしょう。ことに伊万里とは気が合うようで。まあ、口が利《き》けん分、神さまが私らにはわからぬ言葉をあの子に授《さず》けたのかもしれませんな。遅れていますし、陽に当たれないので砥山には入れませんから。いずれは、ナミの世話をするのが伊万里の仕事になるでしょう」

――今は兄弟で一緒にいられるからいいですけど、あと二年もしたら小弥太は山に行かなきゃいけませんからね。
しみじみとしたおくにの言が甦《よみがえ》ると、多門の胸はしんと切なくなった。

月の美しい晩、小弥太が馬上で幼い弟を守るようにして抱きかかえていたのが心に残ってい
る。だが、いずれ弟は独りで馬の世話をすることになるのだ。月夜の青白い川で馬と言葉になら
ぬ言葉を交わす孤独な少年が目に浮かび、なおいっそう切なさが増した。だからと言って、己が
幼い兄弟にできることなぞ何もないのだが。

少年の行く末に思いを馳《は》せている間にコナラとアカガシの林を抜け、石鳥居が見えるところま
で来ていた。

権左衛門の後につき、石段を上りきると、男衆の値踏みするような視線が一斉《いっせい》に向けられた。
役人はどこへ行っても嫌われると承知していても、あまり気持ちのよいものではない。

と、そこへ「長澤さま」と聞き覚えのある穏《おだ》やかな声が近づいた。権左衛門の息子、新太郎で
ある。

「ああ。待たせたようで済まんな」

「いえいえ。こちらが言い忘れたのが悪いのです」

新太郎は丁寧《ていねい》に辞儀をすると、多門の横に並んだ。先日は仕立てのよい唐桟縞を着ていたが、
今日は山入りとあって、父親と同じく木綿の筒袖に裾をことさらに絞った山袴、そして足元は草
鞋履きである。男らは皆同じようないでたちであった。

「前へ行かぬともよいのかな」

権左衛門は列の一番前まで進んでいる。村長の息子である新太郎もそれに倣《なら》うべきではないのか。

「いえ。わたしはここでいいんです。親父《おやじ》がいれば」

新太郎はどこか投げやりな口調で言った。その物言いを訝しんでいると、

「前に出るのは苦手なんです」

取り繕《つくろ》うように新太郎は言い足した。

恐らくこの男は、自分の嫁がこの村を「胡乱《うろん》な場所」だと思っていることも知らないのだろう。それにしても、あの女は何者で、いったい何を指して「胡乱」だと言っているのか——思案に耽《ふけ》り始めた頭の中に、矢庭に軋《きし》んだ音が割り込んだ。

顔を上げると、ちょうど本殿の板戸が開かれたところであった。爪先立ちで中を覗こうとしたが、見えるのは無闇《むやみ》やたらに広い板敷きばかりで肝心の本殿も御神体も見えない。そうこうしているうち、神主が祝詞《のりと》を挙げ、大幣《おおぬさ》を振るとすぐに板戸は閉められてしまった。

「存外に簡単なものだな」

多門の呟き声に、

「日頃の信心のほうが大事だということでしょう」

新太郎が淡々と返した。最前と同じく、突き放すような語調だった。

その後は、神主を同道しぞろぞろと砥山へ向かう。砥窪に繋《つな》がる裏道があるらしく、一行は集落のほうへ戻ることなく北の方角へと進んでいく。渓流《けいりゅう》の音を聞きながら青い杉林を抜ければ、

いつの間にか見覚えのある山道に出ていた。屯所に来た日に多門一人で登った道だ。前を行くのは、十三、四の少年から六十過ぎの老人まで年齢は様々だが、総勢百名ほどもいるだろうか。足腰の弱った老人と女、子ども以外はほぼ全員山に向かっているのだろう。社での神事はあっさりとしていたが、村人総出で山へ足を運ぶのだから、水抜きの後の山入りというのは村の砥切り百姓たちにとって格別の意味があるのだろう。

「長澤さま。もうすぐです」

背中を汗が伝い始めた頃、新太郎の声がした。

「ああ。着いたか」

杉の緑陰が光に透けて淡くなり始めたと思ったら、すぐに見覚えのある場所に出た。そこから緩《ゆる》やかに下った場所では、美しい岩壁が先日と変わらず威容を誇っている。

「新太郎！」

父親の呼ぶ声に、新太郎は子どものように首をすくめ、

「さすがに叱られそうですね」

失礼します、と多門の傍《そば》から離れ、父親と神主のいる坑口の辺りへ去っていった。

それと入れ替わるように、

「長澤さまですね。ここへ来るのは初めてですか」

涼やかな声に話しかけられた。

思わず声を上げそうになった。山の男にしては華奢《きゃしゃ》な手足、秀《ひい》でた額《ひたい》に通った鼻筋、切れ長

の大きな目。初めてここに来た日に出会った男ではないか。

「わかりますか？」

男は快活に笑った。やはりそうか。

「何日か前にここで会った――」

だが、多門の言葉に男の笑みがこわばった。

「何日か前とは？」

硬い面持ちのまま眉をひそめる。

人違いだったか。そう言えば、

――ここへ来るのは初めてですか。

最前、そんなふうに訊《き》いたではないか。

「いや、人違いだった。おまえによく似た男にここで出会ったのだ」

「わたしによく似た男、ですか」

男は顎《あご》に手を当て、思案顔になった。ややあって、

「つかぬことをお聞きしますが」

その者と話をしましたか、と半歩近づき、辺りを憚《はばか》るように声をひそめた。

「いや、話はしておらん。見ただけだ。あまり大きな声では言えぬが」

この村に来た日に一人でここまで足を運んだのだ、と多門は小声で囁《ささや》き、加恵に会ったこと以外、先日の出来事をかいつまんで話した。

坑口の前で若者に会ったこと。端整で優しげな面差しだったが、どこか浮世離れしているというか、この世の者とは思えぬような儚《はかな》い感じを受けたこと。そこへ、岩壁の崩れる音がして、その音に気を取られているうちに男の姿がふっつりと消えてしまったこと。てっきりそこの建物に入ったかと思い、中を覗いたのだが誰の姿もなかったこと。

「ともかく、まことに不思議な出来事だった」

多門は改めて前に立つ男の顔をまじまじと見つめた。よく似ているが、先に会った男のほうが上背《うわぜい》もあるし、もう少し大人びていた気がする。今目の前に立っているのは、「男」というより「少年」と言ったほうがいいかもしれない。歳《とし》の頃は十五、六、面差しにはまだ幼さが残っていた。

「さようでしたか」

細い顎に手を当て、少年はしばらく考え込んでいたが、

「その者はわたしの兄かもしれません。正平《しょうへい》といいます」

なるほど。兄弟ならば瓜二《うりふた》つなのも頷ける。だが、今日ここに姿が見えぬのは。

「三年ほど前に亡くなりました」

やはり——光に透けるようなあの儚さはこの世のものではなかったか。幽霊らしきものに会ったのは初めてだが、この荘厳《そうごん》な岩肌をまとう山であれば、人ならぬものが現れてもおかしくないような気がする。だが、少しも恐ろしくなかったのは、昼間だったこともあろうが、ふわりと微《ほほ》笑《え》んだ表情にこちらへの好意が感じられたからだろう。

「おまえの兄者は至極《しごく》感じのよい男だった。なぜかはわからぬが、わしに笑いかけてくれた。すぐに消えてしまったが」

「そうですか。兄が笑っていましたか」

おれも会いたかったな、と少年は心底嬉しそうに笑った。そう言えば、少年の名を聞いていない。

「おまえの名は何と言うのだ」

「ああ、すみません。申し遅れました。文吉といいます」

少年はぺこりと頭を下げた。

「兄者は病《やまい》だったのかな」

「いえ。岩盤が崩れて――」

そこで文吉は苦しげに言葉を切った。続きは聞かなくてもわかる。生き埋めになったのだ。病での若死にも痛ましいが、砥窪での事故もまたやりきれない。

「それは気の毒だったの」

多門が慰めの言葉をそっと差し出すと、

「はい。でも――」

少年は少し口ごもった後、

「兄ちゃんは、立派でした」

何かを振り切るように、こちらをひたと見据《みす》えた。その真《ま》っ直《す》ぐな目の色に覚えがあった。

――長澤さまは今までのお役人とはどこか違う。信が置ける気がします。

濁《にご》りのない声が耳奥で際やかに鳴り響いた。

「もしかして、おまえ、金吾の――」

「はい。金吾は弟です。三兄弟の中であいつがいっとうがっしりしてるんです。おれも正平兄ちゃんもひょろっとしてるけど、あいつだけは母ちゃんに似たらしくて」

「母ちゃんは、おくにだな」

どっしりした腰の辺りを思い出しながら問うと、

「はい」

文吉は清々《すがすが》しい顔で頷いた。

――あんたが縁付くところは「桃源郷」なんだよって。

おくには子どもらに「桃源郷」の話をしたのだろうか。そんなことが多門の胸をよぎったときだった。

「長澤さま」

思いつめたような声で文吉が言った。

「金吾を、弟をお願いします。おれ、ここ何日かは砥山にいるけど、下りたら弟に伝えときます。何かあったら長澤さまを頼れって」

何かあったら――とは、砥窪で事故が起きたらということか。兄の正平が亡くなったときのように。だが、なぜ己を頼る。他所《よそ》から来た木っ端《こぱ》役人なぞ、何の役にも立たなかろう。

「悪いが、わしはここへ来て日が浅い。何かあってもさほど力にはなれん。おまえたちの父親は？」

「父ちゃんも死にました。正平兄ちゃんと一緒に。岩盤の下敷きになって。でも――」

最前と同じく、何かを言いかけて途中でやめた。

「でも？」

多門が先を促《うなが》すと、文吉は大きく息を吸い込み、思い切ったように告げた。

「でも、あれは偶々《たまたま》だったんだ。罰《ばち》が当たったわけじゃない」

罰が当たったわけじゃない、とは。どういうことだ。

「金吾が言ってました。長澤さまはきっと信の置ける人だって。それに、山に来た最初の日に正平兄ちゃんに会ったんでしょう。兄ちゃんは待ってたんだ。長澤さまみたいな人が来るのを――」

そこで文吉の声は途切れた。

「長澤さま、そろそろ始まりますから」

村長の権左衛門が傍に立っていた。文吉は村長に黙って頭を下げると、男衆のほうへ駆け戻った。華奢な少年の姿は屈強な男たちに紛《まぎ》れ、すぐに見えなくなった。

「文吉と何を話されておりましたかな」

詰問口調ではないが、目には探るような色が浮かんでいた。

「砥石を削る作業について聞いておった」

咄嗟《とっさ》に嘘《うそ》をついた。

――罰が当たったわけじゃない。

怒りを孕《はら》んだ文吉の物言いが多門の口を慎重にさせた。

「ああ、削る作業ですか。あの場でやります」

からりとした口調で、権左衛門は建物の横を指差した。先日、多門が屑石《くずいし》を物色した場所だ。

嘘を見抜かれなかったことにほっとしながら、

「中を見せてもらうことはできるか」

多門は砥窪の入り口を目で指した。すぐに答えが返ってくると思ったが、案に相違して権左衛門は黙りこくった。

「何か不都合でも」

「いや、不都合などございませんが。ただ中の気は相当悪いので――」

歯切れが悪いのは、中に隠し砥窪でもあるのか。これは是が非でも検《あらた》めねばならぬ。

「構わぬ」

拒めば陣屋に報告するぞ。口には出さぬが、目で脅しをかける。

「まあ、そうおっしゃるなら」

権左衛門は肩をすくめると、ああ、そろそろですな、とそそくさと神主のところへ去っていった。

神主が坑口の前でかしこまると、男たちのざわめきは澄《す》んだ気に吸い込まれるかのように消えた。しんとした山に神主の朗々とした声が響き渡り、男らが一斉に頭《こうべ》を垂れる。多門もそっと目を閉じた。

しばらくすると、様々な音が耳に流れ込んできた。渓流の音、木々のざわめき、鳥のさえずり。山は多種多様な命の住処《すみか》だ。胸底から厳粛な思いが滾々《こんこん》と湧《わ》いてくる。

人はその住処に足を踏み入れるばかりか、穴を穿《うが》ち、したたかに傷をつける。だから、こうして山に許しを乞《こ》うているのだ。大事な命の住処に傷をつけることをお許しくださいと。けれど、山は時に人を許さない。岩盤を崩し、大量の水や土砂を流し、完膚《かんぷ》なきまでに叩《たた》きのめす。いい気になるな。足を踏み入れてよいのはここまでだぞ。人が謙虚さを忘れて必要以上に山を傷つけようとするとき、山の神はお怒りになるのだろう。

そんなとき、人は往々にして「罰が当たった」と口にする。

とすれば。

――罰が当たったわけじゃない。

文吉の父と兄は、山の男らから見れば、山の神の怒りに触れるようなことをしたのだろうか。いや、山の神ではなくおりゅうさまか。

では、おりゅうさまの怒りに触れるようなこととは何だ――

「長澤さま」

誰かが呼ぶ声で目を開けると、いつの間にか神主の言挙《ことあ》げは終わっていた。

「大丈夫ですか」

よほどぼんやりしていたのだろう、新太郎が案じ顔でこちらを覗きこんでいる。

「うむ。大丈夫だ」

初老の神主が老いた村人たちに付き添われ、静かに山を下りていくのが見えた。後に残された男衆は四十名ほどで、年齢は十四、五から四十半《なか》ばくらいまでだろうか。その半分ほどが続々と坑道へ入って行く。

「中をごらんになりたいとか」

「ああ。頼む」

「承知しました」

新太郎は頷いた後、菊治さん、と男衆のいるほうへ声を掛けた。

菊治とは――ああ、確か小弥太と伊万里の父親だ。ちょうどよかった。もしかしたら、二人について何か話が聞けるやもしれない。

菊治は小弥太に似て目元涼やかで整った顔をしていた。上背もあり、腕や肩の辺りは山の男らしくたくましい。

「長澤さまを中へ案内してくれますか」

新太郎が頼むと、はい、と菊治は言葉少なに頷いた。作業場にあった竹筒を手に取って火を点《つ》けると、先に立って坑道へと入っていく。

坑道の天井は低く、小柄な多門でも頭上に気をつけねばならなかった。背の高い菊治は少し腰を屈《かが》めて歩いていくが、それだけでも大儀《たいぎ》であろう。

進んでいくうちに、春の温気《うんき》は消え、代わりに岩壁が吐き出す冷たい気が肌にからみつくようになった。が、灯《あか》り竹のお蔭で周囲が見えるので恐ろしくはない。

「切り出した石は背負って外へ出すのか」

声は岩壁に跳ね返り、二重に聞こえる。

「はい。背負子《しょいこ》に入れて運び出します。この狭《せま》さではさすがに馬は入りません。けど、二十間（約三十六メートル）ほどですから」

淡々とした声がやはり二重に返ってくる。坑道の端には板伏せが施《ほどこ》され、その下からはさらさらと水の流れる音がした。

「足元の水路は水を出すだけではないんです。坑道の中を水が流れることで気の流れも作りますから」

多門の心中を読んだように菊治が言った。なるほど、と多門が頷くと、

「水を流す他にも気を入れ替える工夫はしているんですが。ああ、ちょうどそこに」

と菊治は上部を指差した。壁には煙穴と呼ばれる換気口があった。

やがて狭い坑道の先に丸い広がりの切り場が見えてきた。たった二十間だと聞いていたが暗さと湿気のせいかここまで異様に長く感じられた。途中は少しひんやりとしていたが、奥は灯《とも》し油のにおいと熱がこもり、幾分暖かい。

壁際には丸太で組んだ足場が二箇所ほどあり、壁にはところどころ石を切り出した跡が見える。今は浅い窪地《くぼち》にほとんど水は溜《た》まっていなかったが、採掘が開始され、雨の季節になればま

た水との闘《たたか》いになるのだろう。山の神は楽することを許さない。

「さ、やるべ」

猿顔の小柄な男が声高《こわだか》に言った。

「寅太、ずいぶん張り切ってるな」

別の男にからかわれ、あったぼうよ、と寅太と呼ばれた男は丸太の足場に軽々と飛び乗り、鏨《たがね》と槌《つち》を使って器用に石を削り始めた。小柄でも鏨を使う腕はたくましい。狭い坑内に硬い音が鳴り響くと、申し合わせたように別の場所で石を穿つ音が続いた。

「息苦しくはないですか」

菊治が形のよい眉をひそめ、こちらを見ていた。

「大丈夫だ」

と言ったものの、実は胸を圧迫されるような感じがあった。頭の芯《しん》に薄膜が貼りついたような不快さもある。だが、この場所で長時間働く男らのことを思うと、それを口に出すのは憚られた。

「そうですか。ではこちらへ」

菊治は一段高くなっている場所へと多門を誘導した。壁は総じて灰色がかっているが、間に香色の美しい層がある。湿り気を帯びたその色は女の肌を思わせるなまめかしさを含んでいた。

「ここが砥石の採れるところか」

「はい。間近でご覧になってください。細かい斑紋《はんもん》が入っています」

確かに朱の斑紋がところどころ入っており、手で触れてみるとしっとりと濡《ぬ》れている。江戸から持参した翡翠《ひすい》の石と目の前の岩肌を頭の中で並べてみたが、似ても似つかない。

やはり――あの石はここの石ではなかったか。

落胆が胸を覆ったときだった。

濡れた岩肌がいきなり鮮やかな翡翠の色に変じた。それが生き物の肌のようにぬるりと蠢《うごめ》いた――かと思うと、地鳴りのような音と共に眼前の岩肌が崩れた。瞬《また》く間に多門は岩盤の下敷きになっていた。瞼《まぶた》の裏が真っ黒な闇に塗《ぬ》り潰《つぶ》される。息が詰まる。

山の神は怒っているのか。己がここまで足を踏み入れたことを。

助けてくれ。

声にならぬ声を発したときだった。

「長澤さま、どうされました」

訝り声で我に返った。

はっとして目の前を見ると、岩壁はどこも崩れていない。鮮やかだった翡翠の色はどこにも見当たらず、元の香色に戻っていた。

今のは何だったのか。ばくばくする心の臓をなだめながら、

「ここ以外に砥窪はないのか」

そんな問いかけを投げていた。

「ええ。今はここだけですが」

菊治が訝しげに眉をひそめる。

「今は、ということは」

「潰れた砥窪もありますので。でも、ここと同じ礦脈《こうみゃく》ですから、石はどれも同じような紋様です」

「青みを帯びた石などは採れぬのかの」

周囲を憚り、低い声で訊いてみる。一瞬の間《ま》があった。切れ長の目が僅《わず》かに揺らいだように見えたが、

「私は見たことはありませんね」

ややあって否む言が返ってきた。僅かな間の意味を多門が推《お》し量《はか》っていると、

「ここの石は斑紋が虎の皮に似ているので虎砥とも呼ばれています」

菊治が柔らかな口調で目の前の石へと話題を戻した。

「なるほど。虎の皮か」

「ただ、表で切り出してみないと、ものになるかどうかわからないんです」

宝探しをしているようなもんです、と菊治は苦笑した。

「宝探し？」

「ええ。厚さが足りなかったり、余分なものが混じっていたり、亀裂《きれつ》が入っていたりする。汗水流して切り出し、外へ運んでも屑砥ばかりのこともあります。それでも、いい石を掘り当てたときは嬉しいんですがね。けど、後で唐突に虚《むな》しくなることもあります。おれはいったい何のため

に宝を掘り当てているんだろうと」

淡々とした物言いだったが、火影《ほかげ》の照り映えた男の面輪《おもわ》には明らかに怒りの色がにじんでいた。その色に当惑していると、

「砥窪に入ったお役人は長澤さまが初めてですよ」

菊治が物言いに明るさをまとわせた。

「そうなのか」

「ええ。そこまで熱心な役人はいません。まあ、熱心すぎると嫌われますからね」

菊治はちらりと背後を見た。その視線を追うと、切り場にいる幾人かの男たちの目とかち合った。作業をする態で、耳はこちらを向いていたのだ。

小役人風情《ふぜい》が砥窪の中まで偉そうに入りやがって。

そんな胸中が透けて見える。

「まあ、いい意味で長澤さまは役人らしくない。ナミが惚《ほ》れるのもわかります」

「ナミとは――」

馬のことではないのか。多門がぽかんとしていると、菊治は笑みを深くした。

「子どもらが言ってました。ナミがお役人に一目惚《ひとめぼ》れしたようだと。既《すで》に聞いているかもしれませんが、あれは相当な悍馬《かんば》なんです。小弥太と伊万里、それとわたしの言うことしか聞きません」

「だが、わしがあの馬と会ったのは一度きりだ」

後は厩で飼葉を食んでいる姿を見ただけである。食うのに夢中で多門のほうなぞ、見向きもしなかったではないか。

「まあ、だから一目惚れっていうんでしょう。理屈じゃない。ことに、女ってぇのはそういうもんです」

軽い口調で言った後、

「そろそろ出ましょうか」

美しい岩壁に背を向け、菊治は坑口のほうへ向かって歩き出した。


「長澤さま。いかがでしたか」

坑口の辺りでは、待っていたかのように権左衛門が立っていた。

「表の岩壁とはまた違った色をしておるな」

「ええ、そうでしょう。まあ、掘り出してみないといい石かどうか、わからないんですが」

菊治と同じことを繰り返す。

「しかし、砥窪で働くのはさぞ大儀だろう。一旦入ったらどれくらい中にいるのだ」

灯り竹の煙でいがらっぽくなった喉から多門が無理に言葉を絞り出すと、

「一刻《いっとき》（約二時間）ほどでしょうか。その後は別の者が入り、表で切り出しの作業をします。交代でやらないと身が保《も》ちませんから。それよりお顔の色が悪うございますが。少しお休みになりますか」

言葉では案じているものの、権左衛門の目の奥には、それ見たことか、と勝ち誇ったような色が垣間見《かいまみ》える。こうなったら意地でも具合が悪いなどとは言えぬ。

「それには及ばぬ。次は表の作業を見せてもらえるか」

軽い吐き気をこらえながら菊治へ言う。

「ええ。どうぞこちらへ」

菊治は先に立って歩き出したが、背後で権左衛門が微《かす》かに舌打ちする音が耳をかすめた。それを咎《とが》めたところで、気のせいでしょう、と好々爺面《こうこうやづら》で言い逃《のが》れるだけだろう。中の男らと同じく「小役人風情が」と思っているのだ。

小屋の横では、小さな床几《しょうぎ》に腰を下ろした十名ほどの男たちが作業に没頭していた。山入りは今日だが、水抜きのついでに幾つか削り採ったのか、大小様々な原石が地面に無造作《むぞうさ》に転がっている。多門が近づくと、男たちは微かに眉をひそめ、すぐに目を伏せた。

やはりそこに灰青色の石はなかった。しばらくその過程を見ているうちに、

――宝探しをしているようなもんです。

という菊治の言が心から頷けた。

一見すると美しいものも、原石から採り出してみると大抵厚さが足りないようだった。

「上物の砥石として売るには、なめらかさもですが、厚みが四寸（約十二センチ）近くは必要なんです」

菊治は柔らかな口調で言う。

「四寸か」

と多門は手で大体の厚さを示してみた。

「ええ。ですが、亀裂が少しでも入っていたらもう駄目《だめ》です。それだったら、多少目が粗くても傷がないほうがいい。値は落ちますが、それはそれで売れるんです」

ああ、これはいい石ですね、と菊治は切り出された砥石のひとつを取り上げ、多門の前に両手で差し出した。受け取ると手にずしりと重みの伝わってくるそれは、綺麗《きれい》な香色に赤い斑紋が浮いていた。いい石だと言う通り、紋様も美しく厚みも充分だった。このまま江戸に持って帰りたいくらいだ。

「磨けばなめらかになります。後は女たちの仕事になりますが。女は女でまた苦労が多いんです」

菊治がくぐもった声で言った。

――何のために宝を掘り当てているんだろうと。

坑内での言を思い出し、多門は砥石から菊治の顔へと視線を移す。菊治はぼんやりと村のほうを見下ろしていた。晩春の陽が当たった横顔に、坑内で見たような怒りの色は窺《うかが》えない。だが、その眸《ひとみ》は水底を思わせるようなひやりとした色をしていた。

ふと、おりゅうさまの賜《たまわ》りものだという長命茶がどれほどの効き目があるのだろうと思った。茶のお蔭で村の男衆は皆病知らずだと村長が言っていたが、岩盤が崩れたり大雨で砥窪が水没したりするのを防ぐことは難しかろう。

山の男たちは、生きるために石を削り、己の命をも削っているのだ。

もしかしたら、砥窪の中で多門が見たものは――

――父ちゃんも死にました。正平兄ちゃんと一緒に。岩盤の下敷きになって。

文吉の兄である正平の末期《まつご》だったのだろうか。

そして、それが正平の意図だとしたら、なぜ、縁もゆかりもない己の前に姿を現したばかりか、そんなものを見せるのだろう。

この山は、己を拒《こば》んでいるのか。それとも、受け入れようとしているのか。

どちらだ。

二

山入りの日から三日後の夜。

屯所の板間には少し欠けた月が明るい光を投げかけていた。盆の上では月明かりで二つの石が濡れたように輝いている。ひとつは青みを帯びた灰色の石。もうひとつは香色に朱の斑紋が浮いた石。前者は江戸から持参した素性《すじよう》のわからぬ砥石を砕いたもの。後者は今日、山の作業場に落ちていた石のかけらだ。並べてみると、その違いは一目瞭然《いちもくりようぜん》だった。灰青色の石のほうが格段にきめが細かく、触れればその肌もなめらかだ。

そして――

多門は盆の上に水をかけてみた。みるみるうちに灰青色の石は鮮やかな翡翠の色に変じた。一方、虎砥と呼ばれるここの石も水をかぶれば色は濃くなるが、変じるというほどではない。

翡翠の砥石はやはりこの山のものではないのかもしれない――そんな思念がよぎったものの、

――ここはちょっと胡乱な場所だよ。

何かを探しているふうな、加恵の言に押しのけられた。

それだけではない。

――金吾を、弟をお願いします。

――兄ちゃんは待ってたんだ。長澤さまみたいな人が来るのを。

文吉という少年の言と共に砥窪の中で見た岩盤事故の幻《まぼろし》が脳裏《のうり》に甦った。

ただ、いずれもその中身が模糊《もこ》としているために関わり方が難しい。何より、己の役目は翡翠の石の素性を明らかにすることだ。この村が密売に何ら関わりがないのであれば、いつまでも留《とど》まっているわけにはいかない。

「はて、どうしたらいいものか」

声に出して呟いたとき、聞き覚えのある硬い音が耳朶《じだ》を打った。

間違いない。ナミだ。いや、あの兄弟だ。閉《た》てた障子へ目を転じると冴《さ》え冴《ざ》えとした光が映えている。初めて彼らに会ったのは十日の夜。空気が澄んでいるので望月《もちづき》ではなくとも充分に月は明るかった。今日は十八日。前日に雨が降ったためか、すっきりと晴れているので、あの兄弟が遊ぶには恰好の月夜か。

胸で渦巻《うずま》く諸々《もろもろ》の葛藤《かっとう》にとりあえず蓋《ふた》をすると、多門は雪駄《せった》を突っかけて戸を開けた。

板塀《いたべい》の外へ出ると、月で白々《しらじら》と明るい道の真ん中を黒馬がゆっくりと歩いてくる。その背に二人の子どもを乗せて。

果たして黒馬は多門の前で歩みを止めた。太い睫《まつげ》に縁取《ふちど》られた黒い目は月明かりを吸い込んで艶《つや》やかにきらめいている。

「おい。ナミ、行くぞ」

馬上から少年の尖《とが》った声がした。先夜と同じく、美しい兄弟がこちらを見下ろしている。ただ、そっくりだと思った面差《おもざ》しは改めて見ると違う。伊万里は透き通るほど白い肌に丸い唇が椿《つばき》のように赤い。兄に比べ、眸の色も幾分明るいようだ。一方、小弥太は父の菊治に瓜二つと言ってもいい。切れ長の大きな目も通った鼻筋も引き締まった唇も、父親のものを取って貼り付けたようだ。だが、その表情は父親よりもずっと険がある。

「聞こえないのか。ナミ!」

苛立《いらだ》たしげに小弥太は命じた。だが、馬は少しも動かず、月明かりに濡れた目で多門をうっとりと見つめている。馬上からの刺すような視線と目前の甘やかな眸に戸惑っていると、多門の頬《ほお》を生温かく柔らかいものが優しく撫《な》でた。

ナミになめられたのだ。ぎょっとして後ろに飛びのくと、馬上からけたたましい笑い声が聞こえた。

見れば、弟の伊万里がいかにも楽しげに体を揺すって笑っている。鈴を転がすような綺麗な声

に多門が呆気《あつけ》に取られていると、

「ほらね。やっぱりナミは、このじいさんを好きなんだよ」

得々とした調子で喋《しゃべ》ったのは――

小弥太ではなく、伊万里のほうだった。

おまえ、口が利けぬのではなかったのか。そう言ったつもりが、口がぱくぱくと動いただけだった。

「あはは、じいさんびっくりしてらぁ」

今度は多門を指差し、大口を開けて笑っている。

「伊万里。それ以上喋るな」

背後で小弥太がたしなめると、

「大丈夫だよ、兄ちゃん。この人はいい人だ」

なあ、ナミ、と馬の首を小さな手で愛《いと》おしそうに撫でる。

口が利けぬだと。少し遅れているだと。

すべて偽《いつわ》りだったのか。だが、何のためにそんな嘘をつく必要がある。困惑しながら馬上の兄弟を見つめていると、伊万里が得意げに言った。

「こんないい月夜だもの。じいさん。おらたちといっしょにあそぼうよ」

兄弟とナミが向かったのは以前と同じく、山道の手前の杉林であった。

月明かりがあると言っても杉が密にそびえる林の中は薄暗く、枝の隙間から洩れる青白い光が時折ちらちらと瞬くだけである。だが、ナミの足に毫《ごう》も迷いはなく、子どもらも安心しきったように身を預けている。

馬上の伊万里は早口でよく喋ったが、多門は馬の歩に遅れぬようについていくのに必死で、幼子の舌疾《したど》に相槌《あいづち》を打つ余裕もなかった。だが、饒舌《じようぜつ》も仕方あるまい。何しろ日頃は唇に固く封をされているのだから。それにしても、村々が寝静まる夜にしか唇の封を解けぬ事情とはいったい何なのか。

そんなことを思いながら、仄暗《ほのぐら》い林の中を進んでいくうち、柔らかな瀬の音が近づいてきた。ほう、と多門の口から溜息《ためいき》が洩れる。眼前には月で輝く白銀色の川が横たわっていた。集落からもさほど遠くないし、流れも緩やかである。子どもらが川遊びをするには恰好の場所だ。

女馬は川の手前で巨軀《きよく》をゆっくり沈めると、兄弟をそっと背から下ろした。

「ここでナミを洗ってやるんだ」

伊万里が多門の傍《かたわ》らに立って川を指差す。月の光を抱きながら川は優しい音を立てて流れている。水は澄み、川底の石が仄白く光っていた。

「父ちゃんが、ここなら流れがゆるいからいいって。今日はさ、父ちゃんは山に行っててさ、ばあちゃんだけだから――」

「伊万里！　喋りすぎだ」

馬を先導していた小弥太が振り返って弟をたしなめた。ナミはと言えば、大声に動じることもなく悠然とした足取りで小弥太についていき、自ら川べりにうずくまった。

何と賢《かしこ》い馬だろう。多門が感心していると、小弥太は小さな手桶《ておけ》で汲《く》んだ水をナミにざんぶりと掛けてやった。水の膜に覆われた巨軀は月の光を跳ね返し、さながらびろうどの輝きを帯びる。他の馬に比して倍の働きをすると権左衛門は言っていたが、黒馬は大きいだけではない。引き締まった背ははっとするほど美しかった。馬に見惚れていると、

「ねえ、じいさんもやってみな」

と伊万里の小さな手に袖を摑《つか》まれた。兄の不機嫌な様子など、まるで気にする様子もなく、多門をナミの傍へと引っ張って行く。ほら、と差し出されたのは木べらであった。

「水をふき取るんだよ」

まるで伊万里の言葉がわかるかのようにナミがすっくと立ち上がった。さあどうぞ、とばかりに多門を濡れた目で見つめる。

――ほらね。やっぱりナミは、このじいさんを好きなんだよ。

ま、悍馬に好かれるというのも、なかなか乙《おつ》なものだ。それでも、用心しながらなだらかな背にそっとへらを当てる。馬がじっとしていることに安堵《あんど》し、少し力を入れて水をこそぎ落とせば、短い毛の間に入り込んでいた水滴が多門の顔に飛んだ。

うわっ、と小さな叫び声を上げると、それを見ていた伊万里がげらげら笑った。弟のはしゃぎぶりには目もくれず、小弥太は黙々とへらで水を落としていく。

「それが終わったらさ、次はこれで体を拭いてやってよ」

伊万里から手渡されたのは柔らかな藁《わら》の束《たば》だった。

「少し強めでいいよ。それくらいのが、気持ちがいいんだってさ」

な、ナミ、と伊万里はくしゃりと笑い、馬の耳にふうっと息を吹きかけた。ナミのほうも目を細め、実に嬉しそうだ。賢いばかりか、この馬は人の情も解するのか。

「よし、ナミ、いくぞ」

多門の声にも自然と親しみがこもった。もっと器量よしにしてやろうと藁束で丁寧に馬の水気を拭き取ってやる。伊万里はと言えば、いい子にしてろよ、とヤスリで蹄《ひづめ》の手入れを始めた。実に幸せそうな表情だ。兄弟の事情はさておき、先《ま》ずは馬をぴかぴかに磨いてやろうと、たくましい背を拭く多門の手にも自然と力がこもった。

馬体をこする音と三人の息遣《いきづか》いが瀬の音と交じり合う。時折、伊万里の楽しげな笑い声が小気味よい拍子を刻む。美しい月の晩、無心で汗を流すのは心地《ここち》よかった。

巨体を拭き終える頃には多門はすっかり汗まみれになっていた。小弥太が諸肌脱《もろはだぬ》ぎになるのに倣い、手拭《てぬぐ》いを川の水で濡らして上半身の汗を拭うとさっぱりした。

「おい、ますます器量よしになったなぁ、ナミ」

伊万里はナミの鼻面に頬をすり寄せ、話しかけている。六歳の少年と巨大な馬の組み合わせは微笑ましく自然と頬が緩んだ。

子どもはいい。ことに幼い子どもは。その手に抱くことが叶《かな》わなかった我が子を思い、多門は首をゆっくりともたげた。月はますます輝いて、優しくこちらを見下ろしている。その眼差《まなざ》しが多門の心の底に沈んだものをそっと掬《すく》い取る。

茅野もまた今夜の多門と同じ心持ちで月を見上げたことがあるのだろうか。

今、妻がここにいれば、と心から思う。

そうすれば、優しい言葉のひとつも掛けられただろうに。

せめて、江戸の夜空にも同じ月が懸かっているといい。

子どもと月のせいで、すっかり無防備になった心の中に、

「このことは村の者には言わないでください」

硬い声が滑り込んだ。はっとして空から視線を転じると、小弥太が射貫《いぬ》くような視線を向けていた。

「このこととは――」

「あいつが喋れるってことと、まともだってことです」

闇に溶けそうなほどの低い声で言うと、小弥太は馬とじゃれあう弟を目で指した。

これほど闊達《かったつ》な子どもが口の利けぬふりをし、遅れたふりをしているのだ。それこそ胡乱であろう。密売のことはさておき、やはり、もう少しこの村に逗留《とうりゅう》したほうがいいかもしれぬ。

「わかった。誰にも言わん」

真っ直ぐな眼差しをしかと受け止め、多門はきっぱりと頷いた。

「ねえ、じいさんの名は何ていうんだ」

ナミの鼻面を撫でながら伊万里が無邪気な顔で問う。

「長澤だ」

「ながさわ？」

伊万里の鼻の頭に皺《しわ》が寄った。気に入らぬのか。うむ、気に入らぬのだろう。

「多門だ。長澤多門という」

苦笑しながら多門が言い足すと、

「たもんか。いい名だな。そいじゃ、たもじいだな」

伊万里はナミに向かって同意を求めるように首を撫でた後、

「なあ。たもじい。今度はもっといいところに連れていってやるよ」

大きな目を嬉しそうにたわめた。

「いいところ？」

おい、伊万里、と小弥太が止めるのも聞かず、伊万里は得々とした口調で言う。

「うん、いいところさ。会いたい人に会えるところだ」

会いたい人に会える——伊万里の小さな手が心の柔らかな部分に触れたような気がした。

それは、やっぱりこの月のせいなのだろう。

青く澄んだ明るい月だから。

心の隅々《すみずみ》まで光が染み渡って、呆《あき》れるくらい見通しがよくなっているのだ。

三

　山入りした最初の数日は色々とやることがあるらしく、四日経ったが夫の新太郎は屋敷に戻ってこない。だが、恐らく今日は砥石を担いでくるだろう、と舅《しゅうと》の権左衛門は言っていた。そうすれば、女たちも砥石を磨く作業に追われ、忙しくなるだろうとも。

　その作業小屋で加恵はぼんやりと佇《たたず》んでいた。三年もこの村にいたのだから、姉もここで砥石を磨いていたのだろうが、その痕跡はかけらもなく、あるのは埃《ほこり》っぽいにおいと石の屑ばかりだった。高台の上に「はつね」と名が彫られた墓石は見つけたけれど、ちっぽけな石の下に姉が眠っているとはどうしても思えなかった。姉は本当にこの村にいたのだろうか。そんなことを思ったときだ。

　作業場の戸ががらりと開いた。加恵が振り向くと、戸口のところで女が短い叫び声を上げ、固まっていた。

「あ、おくにさん」

　すみません、と加恵が思わず詫《わ》びると、

「何だ、加恵さんか。びっくりしたよ」

　苦笑しながら中へと入ってきた。

　おくには村の女房である。四十路《よそじ》過ぎくらいだろうか、山の女らしくたくましい体つきだが、色黒の肌はすべすべで黒眸《くろめ》がちの大きな目がことのほか美しい。残念なことに数年前に亭主と長男を岩盤事故で亡くしたと聞いている。今は十五歳の次男が砥山に入っており、十二歳の三男もいるという。

だが、日頃は落ち着きのある女がどうしてあんなに驚いたのだろう。加恵が作業場にいることは承知のはずである。男らが山を下りてくる前に、石を磨く作業を指南してもらう約束をしていたのだ。

おくには、板間へと続く狭い上がり框に腰掛けると、

「加恵さんは女郎屋《じょろうや》にいたんだよね」

ほつれた鬢《びん》を右手で直し、こちらを見上げた。大きな目には何かを探るような色が浮かんでいる。女郎上がりを別段恥じてはいないが、いきなりの問いだったので加恵が答えを返しあぐねていると、

「不躾《ぶしつけ》なことを聞いてごめんね。答えたくなかったらいいんだ」

おくには慌てて顔の前で手を振った。

人の詮索《せんさく》なぞしない女だと思っていた。新太郎との祝言《しゅうげん》の日、次々と寿《ことほ》ぎに訪れた村の女の中では、一番信の置ける人だという気がしたのだ。目は澄んでいたし、他の女にありがちな、権左衛門に媚《こ》びる素振りがないのも気に入った。この人と近しくなれば、姉の話が聞けるかもしれないという期待があった。

だが、それは見込み違いだったのだろうかと訝りつつ、

「確かにわたしは女郎上がりです。でも、それが何か気になりますか」

疑問を率直《そつちょく》に口に出した。妙だと思ったことはきちんと確かめたほうがいい。そこには何か理由があるはずだから。

けれど、おくにはすぐには答えなかった。置き忘れたものでも探すように作業場を見渡してから、残念そうにぽつりと言った。

「加恵さんが、死んだうちの嫁に見えたんだ。そんなことあるはずないのにね」

探していたものにいきなり出くわした衝撃で心の臓が大きく飛び跳ねた。落ち着け、と加恵は騒ぎ出した胸に言い聞かせた。焦れば探し物は逃げていきかねない。

「その人、お嫁さんの名は、何て言うんですか」

慎重に言葉を発したつもりなのに、声が震えた。おくには眩《まぶ》しいものでも見るように目を細めながら、

「もしかして、あんた——初音の身内かい」

低い声で問うた。

いいえ、違います。初音なんて人は知りません。偽りの答えは喉の辺りで小さく身を縮めてしまった。それで察したのか、

「そうかい。気のせいじゃなかったんだ」

立ち姿がよく似ていたんだ、とおくには小さく笑った。

立ち姿が——姉さまとわたしが。

姉と加恵の面差しはあまり似ていない。すっとした奥二重《おくぶたえ》の目をした姉は父親似、くっきりした二重瞼の目を持つ加恵は母親似と周囲には言われていた。娘盛りに差しかかり、しっとりと落ち着いた姉と、幼さの抜けぬ加恵とでは気性の違いもあってか、余計にそう見えたのかもしれない。けれど、亡くなった姉の年齢に近くなった今——同じ血を分け合い、共に暮らした十一年の積み重ねが、知らぬ間にこぼれ出るのかもしれなかった。

あんた、初音の妹だね、とおくには真っ直ぐな目で加恵を見据えた。そんな目で見られたら、これ以上嘘はつけない。

「ええ。初音はわたしの姉です」

声に出した途端、脳裏に浮かんだのは困った顔の姉だった。銀杏《いちょう》の木の下で祈るように胸の前で手を握り締め、

——加恵ちゃん、そんな高いところに登るなんて嫌。

頼りなげに懇願していた、そんな姉だ。でも、それは子どもの頃の姉だ。ここでの姉はどんなふうだったのだろう。

加恵の無言の問いに答えるように、おくにが言葉を継いだ。

「いい嫁だったよ。優しくて可愛《かわい》らしくて。けど、せっかくやや子ができたのに、あんなことになっちまってさ。だから、幽霊になって現れたのかと思っちまった」

やはり身ごもっていたのか。では、どうしてそんな身で高い場所に行ったのだろう。

「姉はどうして——」

「で、あんたは意趣返《いしゅがえ》しに来たの？」

問いは思いがけぬ言葉で断ち切られた。

意趣返しって――

よほど不得要領な面持ちをしていたのだろう。おくには小さく笑った。

「そうか。そうだよね。あたしだって、ここに来るまで何も知らなかったもの」

加恵の頭はいっそう混乱する。何を知らないというのか。

「けど、あんた、新太郎さんに嫁《とつ》いでもうひと月半くらいになるよね。なのに――」

「返せよ！　おらの子を返せ！」

叫ぶような女の大声が集落に響き渡った。

おくにの顔色がさっと変わり、大変だ、とそのまま表へ飛び出していく。何が起きたのかわからぬが、あの声は尋常ではなかったと加恵も急いで後を追う。

表に出ると、タケ婆の家の前でおみちが小柄な老女の胸倉《むなぐら》を摑んでいた。

「返せったら！　返せ！」

山入りの前には大きかった腹は平らになっている。異様なのはそのいでたちで、真昼間だというのに赤いしごき帯を締めただけの寝巻き姿に素足である。長い髪は結っていないどころか束ねてもいないので、乱れに乱れ、さながら幽鬼《ゆうき》のような形相《ぎょうそう》だった。

家々からは女と子どもたちがわらわらと出てきて、遠巻きにして見ている。

「おみち、やめな」

おくにが駆け寄り、半狂乱の女を羽交《はが》い締《じ》めにして引き離したが、

「いやだぁ、いやだぁ」

おみちは駄々《だだ》っ子《こ》のように腕の中で髪を振り乱し、なおも喚《わめ》き散らした。がっしりしたおくにでなければ、弾《はじ》き飛《と》ばされそうな勢いである。

「こいつがおらの子を殺したんだぁ。せっかく生まれた子を殺したんだぁ」

喉《のど》が切れんばかりの絶叫が、平素は長閑《のどか》な山間《やまあい》の村に響き渡る。

おらは見たんだ。こいつがおらの子を殺したのを。

元気な子だったんだ。腹をぽこぽこ蹴《け》ってたんだ。

早く出たいようって。おっかあに会いたいようって。

いっつも腹の中でおらを呼んでたんだ。

おらにはわかる。あの子は出てきたときも元気だったんだ。

けど、こいつが、こいつが赤子の口を押さえて殺したんだ。

殺したんだ、殺したんだ、殺したんだ――

絶叫が唐突に途切れた。

おみちが目を瞠《みは》り、左手で自らの頰を押さえていた。おくにが平手で叩いたのだった。それなのに、おくにのほうが泣き出しそうな目でおみちを見つめている。まるで叩かれたのはおくにかと思われるような表情で唇を嚙《か》み締めている。

と、その唇がほどけた。

「ねえ、おみち。あんたが悲しいのはよくわかるよ。大事な赤ん坊だものね。けど、しょうがないんだ。赤ん坊は殺されたんじゃない。死産だったんだ。よくあることなんだよ」

こらえな、とおくには我が子のごとくおみちを両腕でしっかりと抱きしめた。おみちの体は芯が抜き取られたかのようにぐにゃりとなり、そのままおくにに抱きついて大声で泣き始めた。

死産、だったのか。

――けど、この子、すごく元気なんですぅ。ほんのひと月前は腹をぽこぽこ蹴ってたから。

たった数日前の輝くような笑顔が甦った。

――殺したんだ、殺したんだ、殺したんだ――

その笑顔と今の絶叫が重なり、加恵の心は内側から張り裂《さ》けそうになる。

――よくあることなんだよ。

おくにが言うように子が亡くなるのは珍しいことではない。侍長屋でそんな話を耳にして、子どもなりに胸を痛めたこともあった。ただ、あんなふうに騒ぎ立てる者はいなかった。悲しいけれど、皆その悲しみを受け止め、今日を明るく懸命に暮らしていた。つらくてもそうすることが、亡くなった子の供養《くよう》になると信じて。

そう考えると、おみちがいくら幼かったとしても、村唯一の取り上げ婆を「人殺し呼ばわり」するのは異様に思える。

「何を騒いどる！」

不意におみちの泣き声に怒鳴り声が覆いかぶさった。舅の権左衛門である。いつもは少し下がり気味のげじげじ眉が、まるで見えぬ手で引っ張ったように吊り上がっていた。

「何でもありません」

泣きじゃくるおみちを抱いたままおくにはきっぱりと言った。

「これだけ大騒ぎして、何でもないわけがなかろう」

「この子は心が弱っているだけです。男にはわからないでしょうけど。女にとってお産は命懸けですから。その上、死産とあっては――」

「わかった。それ以上言うな。とりあえず、おみちを家へ連れていけ」

うるさい蠅《はえ》でも追い払うかのように、おくにの言を手で制し、皆も戻れ、と野次馬《やじうま》たちを叱りつけた。おくにはおみちの肩を抱くようにして歩き出し、野次馬たちも三々五々家に戻ったが、加恵は作業場の前から動けなかった。タケ婆の様子がおかしかったからだ。老女はさながら路傍《ろぼう》の地蔵にでもなったかのように俯《うつむ》いたままじっと立ち尽くしている。ひとつに結わいた銀髪が春の陽でやけに輝いていた。

「タケ婆、おまえも戻れ」

権左衛門がタケ婆に一歩近づき、低い声で言った。

だが、取り上げ婆はまだ動かない。身じろぎひとつしない。その様子を見ながら、タケ婆と会うのは今日が初めてだと頭の隅で加恵は思った。祝言の日、訪れた村人たちの中にこの老女の姿はなかったのである。

「戻れ、と言ったんだ。聞こえないか」

権左衛門が少しばかり語気を強めると、

「――――」

タケ婆は何かを呟いた。だが、俯いているせいかよく聞き取れない。

「何だ？」

権左衛門の片眉が上がり、その拍子に老女がおもむろに顔を上げた。

加恵は思わず息を呑《の》んだ。

青そこひだ。あれでは、ほとんど見えていないのではないか。

タケ婆は権左衛門を見上げたまま、藍木綿の袂《たもと》から数珠《じゅず》を取り出すと、

「なむみょう――」

乾いた唇をもごもごと蠢かせ、その場で念仏を唱え始めた。

「勝手にしろ」

権左衛門は短く吐き捨てると屋敷へと姿を消した。

だが、タケ婆はまだそこにいる。青く濁った目を虚空《こくう》に据えたまま、一心に念仏を唱えている。それは、不明瞭な音吐《おんと》であるのに、不思議と加恵の耳にするすると流れ込んでくる。

ふと、姉の顔が思い浮かんだ。身ごもっていたのが本当であれば、この老女は姉を知っているのではないか。

姉のことを訊きたい。そんな思いをこらえきれずに加恵が駆け寄った途端、タケ婆がついと背を向けた。産屋《うぶや》のある自宅へと存外にしっかりとした足取りで戻っていく。

待って――

加恵が呼び止めようとしたときだった。

「あんた――おくにんとこの、初音かの。いや、違うな。あの子は死んだんだった」

小さな背を向けたまま言った。息が止まりそうになる。この老女は加恵の姿を見ていないどころか声も聞いていない。それなのに、なぜ姉の初音だと思ったのだろうか。

「念仏を唱えたから、初音の幽霊が出てきたかと思ったけんど」

どうやら違うようじゃな、とタケ婆はこちらを向いた。青そこひの目からは涙が流れていた。この老女は泣きながら念仏を唱えていたのか。

「わたし――」

初音の妹です。言いさした言葉を胸に畳み込んだ。老女の目が自分をどう捉えるか、確かめたかったからだ。

「新太郎の嫁です」

代わりにそう告げた。

「ああ、新太郎の。祝言には行かんで悪かったな。わしは、祝いの座には相応《ふさわ》しくないからの。遠慮させてもらったんじゃ」

目尻に涙の残る目を柔らかくたわめ、

「けど、あんた、それだけじゃないだろう」

タケ婆はにいっと笑った。加恵が黙って頷きを返すと、

「ふむ。初音の妹かの。初音に、よう気が似とる」

やはりそうか。顔立ちは似ていなくても、姉と自分はまとっているものが似ているのだ。立ち姿が似ていると、おくにが言ったように。ともあれ、姉は確かにここにいたのだ。嬉しさと安堵と悲しさがない交ぜになったような思いに駆られながら、

「そんなに似ていますか」

加恵はタケ婆の青い目を見つめた。

「うむ。似ておるな。わしは目がこんなだから姿かたちはよう見えんが、別のもんが見えるんじゃ」

別のもん。それが、老女の言うところの〝気〟なのだろうか。

「あんたの気は初音に似とるけんど、もっと強い」

「強いっていうのは、気性のことですか」

穏やかで控えめだった姉に比べ、加恵は負けん気が強く活発だった。周囲の大人にはよく「おきゃん」だと言われたものだ。

「それもあるが、もっと別のもんじゃな。例えばあそこの木を見てごらん」

タケ婆は村の入り口に立つ、枝を長く伸ばしたエゴノキを振り仰《あお》いだ。

「根っこは同じでも、枝についている葉の濃さや形が違うじゃろう。それと同じじゃ。姉さんよりあんたのほうが大きくて濃い色をしとる」

命の強さかもしれん、と加恵に目を転じてくしゃりと笑った。

命の強さ。そんなものが見えるのは、この老女がたくさんの赤子を取り上げてきたからだろうか。

「姉のことで他に知っていることはないですか」

思い切って訊《たず》ねると、タケ婆は目を細めて加恵の肩越しを見た。そこに姉がいるかのような眼差しだった。加恵は思わず振り返ったが、あるのは晩春の白っぽい陽だまりだけだった。

「産み月までふた月ほどだったかのう。崖から落ちて、かわいそうなことをした」

わたしが知りたいのはそんなことじゃない。

「姉は――高いところが苦手でした。だから――」

「だから、どうだと言うのじゃ。崖から落ちるはずがない、とでも」とタケ婆が静かな声で先んじた。「だがな、人は必死になれば、信じられぬようなことをする」

「姉は、何に必死になっていたんですか」

教えてください、とタケ婆に半歩詰め寄ったが返答はなかった。青く濁った目で加恵をじっと見つめているだけだ。教えて――もう半歩前へ進んだときだった。

「おまえ、まだ、新太郎と枕を交わしとらんな」

唐突に言われた。頬がかっと熱くなった。熱はあっという間に身の内を廻《まわ》る。

「なぜ、そんなことがわかるんです」

心の火照《ほて》りを気取られぬよう、声に平静をまとわせる。

「おまえが、村のことを何も知らんからじゃ」

意味がわからない。夫と枕を交わさぬことと、村のことを何も知らぬことと、どこでどう重なるのだ。男を知らぬ生娘《きむすめ》ということなら加恵は違う。

「わたしは、女郎上がりです」

苛立たしさをこらえながら吐き出した。

「ここへ来るまでのことなぞどうでもいい。肝心なのは、ここへ来てからのことじゃ。ここへ来て山の男に抱かれ、身ごもって、そうして初めて山の女になるんじゃ」

おまえはまだよそ者じゃ、とタケ婆は青そこひの目を眇《すが》めた。

よそ者、という言葉にこちらを排除するような冷淡な響きはなかった。むしろ、相手を慈《いつく》しむような優しさがこめられている。

今なら、逃げられる。

夫ばかりか、タケ婆にもそんなふうに言われているような気がした。だが、優しさは毒だ。心の隅々まで廻ってぐにゃぐにゃにしてしまう。加恵は背筋を伸ばして心に芯を入れ直した。

「わたしの問いにまだ答えていません。姉は何に必死になっていたんです」

「それは、わしが答えることではない。新太郎に訊け」

「新太郎さんに――」

「ああ、そうじゃ。それがここの決まりじゃ」

「でも――」

言いさした言葉を振り切るように、タケ婆は背を向けた。そのまま自らの家に向かって歩いていく。

「じゃあ、問いを変えます。あなたにしか答えられないことです」

その背に向かって叫んでいた。老女の足が止まる。

「あなたは、おみちさんの子を殺したんですか」

はっきりと声に出した。自分の発した言葉で心が深々と抉《えぐ》られる。

ゆっくりとこちらを振り向いた老女の頬にはうっすらと涙の跡があったが、もう泣いてはいなかった。

「ああ、殺した。おみちの子だけじゃない。わしは、もう何十人も、この手で殺した」

息が止まりそうになる。

「殺したって、どうして――」

ようやく出した声はかすれた。

「それもわしが話すことじゃない。新太郎に訊け」

タケ婆は加恵に背を向けると、自宅へ続く短い坂道を登り、やがてアオキの生垣の向こうへ消えた。

その場に立ち尽くしたまま、加恵の頭の中ではたくさんの疑念が渦巻いていた。

――肝心なのは、ここへ来てからのことじゃ。ここへ来て山の男に抱かれ、身ごもって、そうして初めて山の女になるんじゃ。

姉は身ごもっていた。タケ婆の言う〝山の女〟になっていたのだ。だとすれば、加恵の知らぬ

〝何か〟を知っていたのだろうか。そして、〝何か〟を知っていたことと、崖から落ちて死んだことは関わりがあるのだろうか。

何より、おみちの子は。

どうして殺されなければいけなかったのだろうか。

加恵以外に人の姿はなかった。風すらも息をひそめているかのようなもったりとした静寂の中で、加恵は渓流の音を夢の中にいるように聞いていた。

＊

ああ、いい気味だ。

あたしは、しんとした家の中でひとりほくそ笑んだ。

この村でのお産を軽く見て、へらへらと笑っているから罰が当たったんだ。でも、子が殺された、と言ってもたった一人じゃないか。あたしなんか、三人も殺されたんだ。

そう、三人も。懐《ふところ》に仕舞《しま》った巾着袋を手に取り、そっと握り締める。中には三人の子のへその緒が入っている。あたしと赤子を繋いでいた命の緒。これだけがあたしに唯一残されたものだ。

それにしても、あの加恵とかいう女。タケ婆と何を話していたのだろう。新参者のくせにあんなふうにタケ婆に食って掛かるなんて相当気が強いのだろう。あの女もいざとなったら、おみちのようにタケ婆を責めるのだろうか。

あたしの子を返せ、と。

あたしにもあんな稚気《ちき》か勇気があったら——今頃、どうなっていたのだろう。そこまで考えたとき、三年前に崖から落ちて死んだ女のことを思い出した。初音、とかいう名の貧乏武家の娘だった。もしもあの女のように身ごもったまま逃げていたら、あたしは子を産むことができたのだろうか。いや、ここを出て元の暮らしに戻るのなんて真っ平だ。男にいたぶられるのも、客を取れずに茶を挽《ひ》いて、その挙句ひもじさに耐えるのも嫌だ。

ああ、あたしったら何を馬鹿なことを言っているんだろう。三人目の子を孕んだとき、あたしは既に三十路《みそじ》手前だった。身重《みおも》の年増《としま》女を雇ってくれる女郎屋なんてこの世にあるはずがない。逃げたところで、腹の子ともども野垂れ死にしていただろう。

苦笑しながら巾着袋を胸に抱いた途端、おみちの叫び声が耳奥で甦った。

——返せよ！　おらの子を返せ！

あの物言いったら。まるでおもちゃを取り上げられた子どもみたいじゃないか。

そう思えば、くっと喉が鳴った。それは確かに笑い声のはずなのに、どうしてか、胸が千切《ちぎ》れそうになった。

いい気味だ。

声に出すと、千切れそうだった胸がばらばらになった。ばらばらに砕けた心はもうあたしには摑みようがない。嬉しいのか腹立たしいのか寂しいのか悲しいのかわからない。わからないものがあたしの胸の中を尖ったかけらとなって漂っていく。仕方ないからもう一度笑ってみる。ついでに、いい気味だ、と呟いてみる。

いい気味だ。いい気味だ。

陽が雲に隠れたのか、仄暗くなった部屋にあたしのくぐもった声がふわふわと散っていく。尖ったかけらが胸の柔らかいところに当たって落ちる。疼痛《とうつう》が走る。

奥の間で姑《しゅうとめ》があたしを呼んだ。昨年から足腰が弱り、近頃は少し惚《ぼ》けてもきたようだ。

——あたしは立派な子を産んだのに、あんたは本当に役立たずな嫁だね。

そんな口癖も近頃は出ない。あたしが手を貸さないと飯も食べられないからだ。そう言えば、まだ昼餉《ひるげ》を食べさせていなかった。

ああ、いい気味だ。

立ち上がって最後の言葉を吐いたとき、どうしてか、まなじりに涙がにじんだ。

四

腑に落ちぬ。どうにも腑に落ちぬ。

その晩、多門は屯所で腕を組み、ひとり思案の真っ最中であった。今日の昼過ぎ、砥山を管理する請負人に会うために多門は村長の屋敷を訪れていた。村長の親戚だという男は帳簿の数字に関して明快に答えていたし、砥窪のこともよくわかっていた。何の不審な点もなかった。

胡乱な出来事に直面したのは村長の家を辞してからのことだ。屯所のほうへ戻る途中だった。平穏な集落には不釣合《ふつりあ》いな大声がし、何事かと振り返ると、取り上げ婆の家の前で女が騒いでいた。おみちだ、とすぐにわかった。

――返せよ！　おらの子を返せ！

あまりの取り乱しように、傍まで行って止めようかと思ったのだが、おくにが出ていったので、ここは女に任せるほうがいいと判じ、見守っていた。どうやら、お産がうまくいかなかったようだ。

死産は決して珍しいことではない。己夫婦も経験したことだし、悲しいかな、八丁堀の組屋敷でも不幸な話は幾度か耳にしている。だが、あの取り乱しようは何だ。子を喪《うしな》って心が壊れてしまったのか、あるいは、分別《ふんべつ》のつかぬほどに幼いということか。

――おらは見たんだ。こいつがおらの子を殺したのを。

そんなことまで口走っていたので、もしかしたら、本当にタケ婆が子を殺したのかもしれぬと思ったほどだ。

子殺し。残念ながらこれもまた珍しいことではない。子が腹の中にいるうちに始末してしまう、中条流《ちゅうじょうりゅう》なるイカサマ医師も江戸には多い。お上の目をごまかすために、表向きは婦人と子どもの病を扱う看板を掲げているが、早い話が堕胎医《だたいい》だ。

そして、江戸よりももっと深刻なのが在方《ざいかた》の貧しい村だ。堕胎できなかった場合には、取り上げ婆が生まれたばかりの赤子の口を濡れた紙で塞《ふさ》いだり、股の間に挟《はさ》んだりして殺してしまう。

間引《まび》きである。文字通り、今ある実を生かすために幼い実を〝むしり取って〟いくのである。子どもは七歳までは神の領域。だから、殺しているのではなく神に返している、つまり〝子返し〟なのだと言いながら。

無論、こちらも御公儀《ごこうぎ》からお触書《ふれがき》が出ている。今から三十五年ほど前の明和《めいわ》四年（一七六七）には「出生之子取扱之儀御触書」が出され、各藩もそれに準じたお触れを出し、様々な救済策を講じた。それでも子殺しが減らないのは貧しいからだ。貧しさは悪だ。時にそれは、善も愛も呑み込んでしまう。

だが、この村は砥石と白炭で充分に潤《うるお》っている。豊かな山の恵みによって村人たちは飢《う》えを知らない。そんな村でなぜ子どもを殺す必要がある。

腑に落ちぬ。どう考えても、おみちの言動は腑に落ちぬ。

そして、もうひとつ胡乱なことがあった。

金吾の挙措《きょそ》である。

おみちの声があまりにも凄《すさ》まじかったので、家々からは女や子どもらが出てきたが、その中には金吾や佐一などの見知った顔もあった。手習いを終え、家々に戻り、ちょうど昼餉を終え、遊びに出ようとしていた頃かもしれない。

どの子も暴れているおみちを見て呆然《ぼうぜん》としていたが、金吾だけはそれには目もくれずにタケ婆の家の隣へと駆けていったのだ。その先には伊万里がいた。路地に響き渡る大声に驚き、つい表へ出てしまったのだろう。そんな伊万里に向かって金吾は例の仕草——頭の上で指を回す仕草をしてみせたのである。離れていたので何と言っているのかまではわからなかったが、恐らく伊万里を貶《おとし》める言葉を吐いていたと思う。その後、まるで汚い犬でも追い払うような仕草をしたので伊万里はすぐに家の中へと引っ込んだのだった。そして、金吾も逃げるように自らの家へ戻っていった。まだ、表の騒ぎは収まっていなかったというのに。

金吾はよき子どもだ。知も理も情もある、真っ直ぐな子どもだ。そんな子どもが、あんなふうに伊万里を追い払うわけはひとつしか思い当たらない。

恐らく、奴《やつ》も知っているのだろう。伊万里が、口の利けぬ遅れた子どものふりをしているのだと。もしかしたら、いや、もしかしたら、ではなく、伊万里が〝ふり〟をせねばならぬ理由も知っているに違いない。だから、伊万里を極力人目につかぬようにしたいのだ。

だが、伊万里の秘密を金吾に問い質《ただ》すことは、

――このことは村の者には言わないでください。

小弥太との約定《やくじょう》を反故《ほご》にすることになる。

どうすればよい、と多門が頭を抱えたときだった。戸を叩く音がした。

そろそろ夜の五ツ（午後八時頃）になろうかという刻限だ。そんな時分に人が訪ねてきたことはない。蹄《ひづめ》の音は耳にしていないから兄弟ではないだろうが、いったい誰だ、と訝りながら戸を開けると、

「たもじい！　何してたんだ？」

飛び込んできたのは伊万里であった。

「何だ。こんな刻限に」

小さな身を受け止めながら頬が緩むのを抑えられない。先日来、この美しい子どもにすっかり骨抜きにされているのだ。

「こんな刻限って。まだおらには宵《よい》の口《くち》だい。おらが遊びに行くのは大体亥《い》の刻《こく》（午後十時頃）が過ぎてからだ」

六歳が生意気なことを言う。

「すみません。伊万里がどうしても行くって聞かなくて」

背後で済まなさそうに身を縮《ちぢ》めているのは兄の小弥太だ。

「まあ、よい。とりあえず上がれ」

多門が勧《すす》めるや否や、伊万里は転がるように板間に上がり、今は使わぬ囲炉裏《いろり》の前にぺたりと座る。

「だって、今日は父ちゃんがいないから。それに、ここなら、集落から離れてるだろう。だから大声出してもへっちゃらだ」

おーっ、と伊万里は大きな声を出した。ぺしんと小弥太が頭を叩く。

「馬鹿っ！　もしも誰かが屯所の前を通ったらどうすんだ」

「痛《いて》ぇな。そんときは兄ちゃんがわめいたことにすればいいべ」

片手で頭を押さえ、赤い唇を尖らせながら伊万里は兄を見上げた。弟の隣に腰を下ろし、小弥太は厳しい顔できっぱりと返した。

「駄目だ。おめぇの声は高いんだから」

確かに小弥太に比して伊万里の声は高い。

「で、何の用で来たんだ」

頬を緩めつつ、多門は兄弟の前に座した。

「おらたちさ——」

「おめぇは黙ってろ。おれが言う」

前のめりになった弟を手で制止し、

「お願いがあるんです」

小弥太は居住まいを正した。まなじりがぴんと張りつめ、頬は少年らしく紅潮している。その真剣な面持ちに多門も背筋を伸ばした。

「おれたちにも、手習い指南をしてもらえませんか」

そんなことか、と拍子抜けした。

「もちろん、構わんよ。だが、昼間は無理なんだろう。お天道さまに当たるとよくない、と聞いたが——あれも偽りか」

「はい、すみません。けど、わけは訊かないでください」

唇を噛んで小弥太はうなだれた。その横で伊万里は親指の爪をがちがちと噛んでいる。月夜にナミの体を洗っているときは気づかなかったが、十指の爪はすべて深爪だった。健全な子どもなのにお天道さまの下を駆け回れぬのだから、不満の溜まらぬはずがない。だが、わけは訊かぬ、と月の晩に誓ったばかりだから今しばらく様子を見よう。

「わかった。今日くらいの刻限に来ればよい。だが、わしは――」

そう長くはここにいられないのだ。そんな言葉を呑み込んだ。

御奉行からは特段の指示はないが、ここに逗留《とうりゅう》できるのは長くてもせいぜいふた月がいいところ。密売の証拠が摑めなければこの村はとりあえず〝白〟として、次の場所を探ることになるだろう。

「何か不都合がありますか」

言いかけて黙った多門へ、小弥太が訝しげな視線を向けた。

「いや、不都合はない。ただ、わしは無能だからな。陣屋からいつお役目を解かれるかわからん」

大仰《おおぎょう》に肩をすくめ、剽《ひょう》げてみせる。

「むのうって？」

伊万里が無邪気に問いを投げる。

「ぼんくらということだ」

「たもじいはぼんくらじゃないやい。だってナミが惚れたんだから。ナミはなかなか男を見る目があるんだ」

むきになって唇を尖らせる。

「ほうか、ほうか。そりゃ、有り難いことだ」

やましさに蓋をして多門が大笑してみせると、

「ほんとだからな。ナミに近づける山の男は、父ちゃんだけなんだ」

今度は真っ赤になって、言い募った。

「父ちゃん、か。そう言えば、おまえらの父ちゃんにはずいぶんと世話になったぞ。山入りの日に砥窪の中を案内してもらった」

「ほんとうかい」

今度は小弥太が前のめりになった。

「ああ、ほんとうだ。砥窪の中は苦しくて、つい音《ね》を上げてしまった。真《まこと》に立派だな、おまえらの父ちゃんは。あのような場所で毎日働いておるのだから。明日父ちゃんが戻ってきたら、よろしゅう伝えてくれ」

――何のために宝を掘り当てているんだろうと。

怒りを含んだ物言いも、砥窪を出て村を見下ろしていたひやりとした眸の色も、この二人は知らないのだろう。だが、今はそれでいい。いずれ小弥太もあの山に登り、父と同じ苦労を肌で知ることになるのだから。

「たもん先生」

手習いの約束を取り付けたからか、小弥太の呼び方が変わった。

「何だ。今晩から手習いをやるか?」

「はい。今すぐにでもやりたいです」

黒々とした眸が輝きを増した。

昼間ここへ来る子どもたち、金吾や佐一も新しい字を習ったり、算盤《そろばん》を弾いたりしているときは目が生き生きしている。ものの名を口にするだけでなくそれを文字にできる。十の指だけでなく算盤や算木を使えばもっと大きな数を操ることができる。小さな世界から大きな世界へ踏み出したときの胸を突き抜けるような喜びは何物にも代えがたいものだ。だが、小弥太の眸の奥底には新しい世界への興味だけでなく、そうせねばいけないという切迫さというか、使命のようなものを孕んでいる。その切実な色に多門の心は揺れ動く。

「おれ、もっと早くたもん先生に会いたかった」

もっと早く——同じ言葉を繰り返すと、小弥太は目を伏せ、膝に置いた手を握り締めた。己の心中を言うべきか言わぬべきか、逡巡《しゅんじゅん》しているようだった。

ややあって、小弥太は顔を上げた。

「誰にも言わないでくれますか」

こちらを見つめる目は切ないほどにひたむきだ。

「むろんだ。おまえらのことは誰にも言わん。そもそも喋ったところでわしは何ひとつ得をせん」

多門は笑いながら返した。少し力を抜け、と華奢《きゃしゃ》な肩を揉《も》みほぐしてやりたかった。大きく息を吸った後、小弥太は思い切ったように告げた。

「おれ、いつかこの村を出たいんです」

「砥切り百姓にはならん、ということか」

「はい。おれはずっとこいつを守ってやらなきゃいけないから――」

小弥太は横に座る伊万里を見て頬の辺りを引き締めた。当の伊万里は何だかくすぐったそうな顔で兄を見上げている。不意に塩辛《しおから》いものがこみ上げ、鼻の奥がつんとした。

この兄弟が抱えているものが多門にはわからない。わからないけれども、相当重いものに違いない。少なくとも、十一歳の細い肩が背負うには重すぎるものだ。そうでなければ、弟のためにこの村を出て行こうとまでは考えまい。

――今は兄弟で一緒にいられるからいいですけど、あと二年もしたら小弥太は山に行かなきゃいけませんからね。

おくにが言ったようにこの村にいる限り、兄弟がずっとこのままというわけにはいかないのだ。もし小弥太が砥山に入るようになれば、伊万里だけが頭の遅れた啞者《あしや》を装ったままひとりで家に置きざりにされることになる。祖母がいったい何歳なのかは知らないが、いつまでも達者であるとは限らない。二人が成長すれば、祖母は同じだけ歳を取っていくのだ。ならば、なるべく早いうちにこの村を出て、兄弟二人で生計《たつき》の道を見つけねばならぬ。だが、お店《たな》奉公をするには読み書き、算盤ができなければいけない。

恐らく小弥太はそう考えたのだろう。

だが――なぜ伊万里を人と交わらせてはいけないのか。結局多門の思考はそこへ行き着いてしまう。この幼い子どもはどんな荷を華奢な身に背負うているのか、その荷物の中身を解いて覗いてみたいという衝動に駆られる。

「――無理かな」

小弥太の言葉で我に返った。

「いや。無理ではない。できる限り指南してやろう。おまえも兄者と共に学ぶのだぞ」

なあ、伊万里と声を掛けると、伊万里は持参した風呂敷包みを解いているところだった。

何をしているのかと思えば、

「ほら」

伊万里が満面の笑みで差し出したのは、竹皮に包んだ大きな蒸《む》し饅頭《まんじゆう》だった。しっとりとした皮が行灯《あんどん》の火明かりで輝き、酒粕《さけかす》の甘いにおいがふわりと部屋に漂う。三つあるのは一人一つずつということか。

「ばあちゃんがさ、たもじいに持っていってやれっていったんだ」

ばあちゃんの饅頭は美味《うま》いんだ、と胸を張る。

「ほう。確かに美味そうだ。酒粕のにおいがするな」

「うん。中のあんも美味いよ」

誇らしげに言いながら、伊万里は饅頭を摑むと小さな手で三つに割った。

「あれ、大きさがずいぶん違っちまった。けどいいや」

たもじいに一番でかいのをやる、と伊万里は割った饅頭のひとつを差し出した。

「どうして三つあるのに、わざわざ一つを分けるんだ」

多門が訊ねると、伊万里は不得要領な顔をした。なぜそんなことを訊くのかわからないといったふうである。

「どうしてって――」

こうして食べるほうが美味いからだよ、と伊万里は本当に美味そうに饅頭にかぶりついた。

小さな手でしたたかに頰を打たれたような気がした。心地よい痛みが胸に広がっていく。会話も何もない、茅野と己の寒々とした食事の光景が眼裏《まなうら》に浮かんだ。かように容易《たやす》いことがどうしてできないのか、と幼子に叱られた気がした。

「どれ、そんなに美味いなら食うてみよう」

胸の痛みをしかと受け止めつつ、多門も饅頭にかぶりついた。

「うむ。確かに美味い」

ほんのりと温かい小豆《あずき》の甘みが身の内にまで広がっていく。つい涙が出そうになった。悲しいのではない。でも、嬉しいのでもない。強《し》いて言えば、切なかった。川べりで月を見上げた晩と同じく、茅野の心を思った。今、ここに茅野がいないことが残念でたまらなかった。

「だろ」

伊万里が口の端にあんこをつけたまま嬉しそうに笑い、

「顎についてるぞ」

小弥太が指でそれをつまんで口に放り込んでやる。

その微笑ましさに自然と頰が緩む。せめてここにいる間は兄弟の手習いを見てやろうと多門は心に決めた。

さて、実際に指南を始めて驚いたのは伊万里の手筋がよかったことだ。いろはの表を用いて仮名を教えてやると、すぐに覚えてしまったどころか、六歳とは思えぬほどに美しい手蹟《しゅせき》を披露した。一方、小弥太は悪筆だが算盤の飲み込みは早かった。どうせ昼間は出られぬのだから暇なときには二人で学ぶようにと、算盤は貸してやろう。

そうして一刻ほども学んだろうか。昼寝をしてきたとはいえ、そろそろ伊万里の瞼がとろんとしてきたので家に帰すことにした。

見送りに出ると、表は風が強くなっていた。晩春らしからぬ冷たい風は、砥山の斜面を削り取るように吹いてくる。路傍の草が乱暴になぎ倒され、すぐそこの杉林が潮鳴りのような音を立てた。

「何だか、おっかねぇな。兄ちゃん」

風の音を聞きながら伊万里がくっきりした眉をひそめる。

「珍しいな。おまえがそんなことを言うなんて」

小弥太が笑いながら伊万里の頭に手を置くと、

「山が震えてる」

兄の腕にしがみついた。その手こそ小刻みに震えていた。何か恐ろしいものにでも脅かされているかのように。

確かに伊万里らしくないと思いつつ、

「山が震えてる、と？」

多門が問うと、

「うん。震えてる。まるで泣いてるみたいだ」

伊万里はそう言って、兄の腕を掴んだまま砥山のほうを見た。

昼間の柔らかな碧《あお》は漆黒に塗り潰されていた。相貌を変えた山は巨大な影となってこちらへ迫り、黒い稜線《りょうせん》の上を灰白の雲の群れが疾走していく。その勢いにおののくように、中空では無数の星がしきりに瞬いていた。

五

もがり笛《ぶえ》か。

加恵は口に出して呟くと、何度目かわからぬ寝返りを打った。

「虎落笛」と書く。「虎落《もがり》」は虎を防ぐ柵の意とか。柵や竹垣などに冬の烈風が吹きつけ、笛のような音を発する。この村では山おろしの風など珍しくないだろうが、今は真冬ではない。もうすぐ卯月《うづき》になるというのに、鎌を振り下ろすようなこの乾いた音はどういうことだろう。

不穏な風の音に胸がざわりとし、ふと隣に手を伸ばした。硬い畳の冷たさが指先に触れる。夫がいないほうが楽だろうから、早く山入りが来ないかと願っていたのに、いざいなくなったら寝間がやたらと寒々しく感じる。

あの手のせいだ、と加恵は胸中で呟く。石段で加恵を気遣うように差し伸べられた手、木洩《こも》れ日《び》の下で加恵を試すように差し出された手、すべてはあの手のせいだった。あの温《ぬく》みを思い出せば知らぬ間に胸が熱くなる。

息をそっと吐き出す。温みも優しさも甘やかな毒だ。毒が総身に回れば、大事な真相を見誤ってしまうかもしれない、と気を引き締める。

ただ、朧《おぼろ》げではあるが、タケ婆の言葉で姉の死の輪郭が見えてきたように思う。

——人は必死になれば、信じられぬようなことをする。

やはり姉はこの村から逃げたのかもしれない。必死になって逃げるあまり、件《くだん》の分かれ道を左に進み、誤って滑り落ちてしまった。

では、姉がこの村から必死になって逃げねばいけない理由とは何だろう。

——わたしがそこに嫁がないと、皆が守れないの。わたしは父さまと母さま、それから加恵を守りたいのよ。

真面目な姉が両親と加恵を守ることよりも、もっと大事に思い、もっと必死になることと言えばひとつだけ。それは腹の中の子を守ることではないだろうか。

もしも我が子が殺されそうになったら、姉は間違いなく必死になって逃げるだろう。日頃は穏やかでおとなしい気性だが、こうと思い込んだら梃子《てこ》でも動かない人だ。

——おみちの子だけじゃない。わしは、もう何十人も、この手で殺した。

仮にタケ婆の言葉が本当だとしたら、姉が村から逃げようとしたのも腑に落ちる。

だが、この村に子どもはいる。さほど多くはないが確かにいるのだ。どこかの家から赤子の泣き声が聞こえることもあるし、元気に外を駆け回る子どもたちを見かけることはしょっちゅうだ。それに、屯所では長澤という役人が子どもらに手習い指南を行っているそうだ。

ならば、なぜおみちの子だけが殺されなければいけなかったのか。なぜ姉の子が殺されそうになったのか。

タケ婆はおみちの子を殺したことは認めたが、その理由までは教えてくれず、

――新太郎に訊け。

と言い放ったのである。それだけではない。

――おまえ、まだ、新太郎と枕を交わしとらんな。

夫婦の閨《ねや》のことまで見抜いたのだ。そう言えば、おくにも妙なことを言っていた。

――あんた、新太郎さんに嫁いでもうひと月半くらいになるよね。なのに――

なのに、いっぺんも閨を共にしたことがないのかい。

おくにはそう言いたかったのかもしれない。

妻は夫から寝物語に村の秘密を聞かされる。その秘密とは子殺しだ。

そう納得しようとするも、加恵の心の中はまだもやもやしている。

命を絶たれる子どもと生き残る子ども。そこにはどんな違いがあるのか。何よりも豊かであるのに子を殺さねばならぬ理由とは何なのか。

それに、姉の子はまだ腹の中にいた。腹の中の子は殺されるべき子だ、と青そこひの目は判

じ、姉に言い渡したのだろうか。だから姉は必死に逃げたのだろうか。やや子を守るために。

仮に村の秘密を、閨で新太郎が教えてくれるのだとしたら、

――今なら、逃げられる。

新太郎の告げた、あの〝今〟は〝何も知らない今〟ということだ。

おまえはまだ何も知らないから村から逃げても構わない、と彼は言ったのだ。

だが、知ってしまったら――わたしは本当に籠《かご》の鳥になる。美しく広大な籠、でも、そこから一生出ることの叶わぬ籠の鳥に。わたしは、子殺しの秘密を知ることと引き換えに自ら羽をもいで差し出すのだろうか。

だが、誰に差し出すのだ。夫か、山の神か。それとも、もっと別の恐ろしいものか――

そこまで考えたとき、夜の静寂を破る風の音がした。がたがたと戸が激しく揺れ、申し合わせたように天井がみしりと鳴った。ふと、何か見えぬ大きなものに総身が搦《から》めとられそうになる。

加恵は夜着を頭からかぶり、固く目を閉じた。

風が吼《ほ》えれば、山も震える。今夜、たくさんの男たちを抱いた山が闇の中で身をわななかせている。山も、この風が恐ろしいのだろうか。夜闇をもずたずたに切り裂いてしまいそうな強い風が。

大丈夫だ、と加恵は夜着の中で自らの体を抱くようにする。何も恐ろしくはないのだと胸に言い聞かせる。わたしは、姉さまと違って高いところが平気だもの。陣屋のすぐ傍にある銀杏の木にだってするする登れたんだもの。陣屋の裏山の坂道だって駆け登れたんだもの――

たったかたったか、地面を勢いよく蹴る音が加恵の耳奥で鳴り響く。

ほら、見て。こんな坂道を登るのなんて、わたしはへっちゃらなんだ。

小さな加恵は、ヤブガラシのはびこる山道を元気よく駆けていく。

ヤブガラシは強靭《きょうじん》だ。地面を這《は》うようにして蔓《つる》を伸ばしていくから、気をつけないと足を引っ掛けて転んでしまう。そう教えてくれたのは父さまだ。でも、おかしいな。ヤブガラシがぐんぐん伸びるのは春から夏にかけてなのに。今、山には枯葉のにおいが満ちている。土と雨と樹皮と枯れた草が熱を発して溶け合ったようなにおい。優しくて甘いにおいだ。

深く息を吸い込むと、すぐ前を父さまが早足で歩いているのが目に入った。

「ねえ、父さま。どうして落ち葉は枯れているのに甘く匂うの」

加恵が訊ねると、枯葉は生きているからだ、と父さまは振り返って教えてくれた。枯れているのになぜ生きているの、と加恵がなおも問いを重ねると、

「命は枯れることはない。また生まれ変わるんだ。そうしてずっと続いていく」

以前も教えてやっただろう、と父さまは優しく目をたわめた。

ああ、そうだった。前にも同じことを訊ねたっけ。そのとき疑問に思い、訊けなかったことも同時に思い出した。

人の命も枯れないのだろうか。

でも、今度もやっぱり父さまに訊くことはできなかった。なぜだかわからないけれど、それは人に訊くものではなくて、自分で考えることだという気がしたからだ。

ただ、山を駆け、木々や土のにおいを感じていると、父さまの言うことがわかるような気がする。山にあるものはみんな生きていて、いつまでも枯れない。枯れているように見えてもひっそりと息をし、少しずつ熱を発して生き続けるのだ。だから、落葉して裸になってしまった木も、春になればまた柔らかな青い芽《め》をまとう。

そんなことを考えながら加恵はどこまでも山道を駆けていく。木立《こだち》が途切れて青空がくっきりと見えるところまで勢いよく駆け登っていく。

だが、今日は走っても走っても空がいっこうに見えてこない。加恵の頭上にあるのは、空を隠すように大きく張り出したアカガシの枝だ。まるで化《ば》け物《もの》の手みたいに大きくて黒い。それに、父さまの姿もいつの間にか見えなくなっている。

おかしいな。前を歩いていたはずなのに。加恵は足を速める。

父さま、父さま、どこにいるの。

そうするうち、道はどんどんと細くなっていく。

父さま、父さま、と叫んだとき、どこかから水の澄んだ音が聞こえた。この裏山に沢なんてあっただろうかと、加恵は道の途中で立ち止まる。

その途端、ごう、と風が鳴った。

――加恵ちゃん、そんな高いところに登るなんて嫌。落ちるところを思い描いただけで足がすくんじゃう――

姉の心配そうな声がした。変だ。姉さまがこんな高い山を登れるはずないのに。

ああ、そうか。父さまに手を引いてもらったんだ。きっとそうだ。

父さま。姉さま。

加恵は大きな声で呼んだ。ごう、とまた凩が鳴った。大きな獣《けもの》が吼えたみたいな音だった。

父さま、姉さま。

ごぉう、ごぉう。また凩が吼えた。あまりの恐ろしさに思わず胴震いする。

加恵は高いところはへっちゃらだけど、凩は嫌いなのだ。凩の音を聞くと胸の中で草の葉が揺れるような心持ちになる。背中がちりちりして、どこかへ逃げ出したくなってしまう。

ごぉおう、ごぉおう。凩は凄まじい声で吼えた。加恵の頬を刃のような鋭いものがかすめていく。

父さま、姉さま。どこにいるの。

――加恵ちゃん。

姉の呼ぶ声がした。先を見ると、細くなった道の端に姉がぼんやりと立っていた。どうしてだろう。赤い帯の辺りがまあるくせり出している。まるでお腹《なか》にやや子がいるみたいだ。

姉さま――

加恵が駆け寄ろうとしたとき、足首を大きな手でぐいと掴まれた。恐る恐る足元を見ると、気味悪いほどたくさんのヤブガラシが踝《くるぶし》の辺りにぐるぐると巻きついていた。

嫌だ。思い切り手で引きちぎると、何かに切られるような痛みが走った。手のひらを広げてみると、剃刀《かみそり》で引いたような傷が幾筋もできていて、そこから真っ赤な血が滴《したた》っていた。鉄気《かなけ》くさいにおいが辺りにぷんと立ち上る。

構うもんか。早く姉さまのところに行ってあげないと。加恵はヤブガラシを闇雲《やみくも》に引きちぎった。けれど、ちぎってもちぎってもそこからまた新たな蔓が伸び、加恵の足首に巻きついていく。絡みついた蔓はなぜか血の色をしている。

――加恵ちゃん、こっち。

また声がした。顔を上げると姉が悲しげな面持ちでこちらを見ていた。まあるいお腹はますますせり出していて今にもはち切れそうだ。早く行ってあげなくちゃ。

待ってて、姉さま。

――加恵ちゃん、この手を離さないでね。

うん。離さないよ。だから、そこで待ってて。

叫んだ途端。姉の姿は加恵の視界からふっつりと消えた。同時に山は闇に包まれた。月も星もない夜のような、恐ろしいほどの黒々とした闇が加恵にのしかかってくる。

どん、どん、どん、どん、どん――

風の音か。いや、違う。これは戸を叩く音だ。誰かが戸を叩いている――

咄嗟に加恵は跳ね起きていた。寝巻きの背は汗でじっとりと濡れている。こわばった拳《こぶし》を開くと、手のひらには自らの爪の跡がくっきりとついていた。

どん、どん、と激しい音で我に返った。

「権左衛門さん、権左衛門さん」

切羽詰まったような声が戸口のほうから聞こえてくる。人が訪ねてきたのだ。慌《あわ》てて寝巻きの襟を整え、袖なしの綿入れを羽織って暗い廊下《ろうか》に出ると、権左衛門が火の残った有明行灯《ありあけ》を手に寝間から出てくるところだった。

「山で何かあったのでしょうか」

「わからん」

権左衛門は土間に下りると、乱暴に心張棒を外した。戸の隙間からひやりとした薄藍の靄《もや》が土間へと流れ込んでくる。払暁《ふつぎょう》の頃だ。戸口の向こうに立っていた女の白っぽい影が前のめりになった。

「大変だ。おみちがいなくなっちまった」

おみちの姑、確か貞《さだ》という名だ。

「いつだ」

権左衛門が貞に詰め寄る。

「それがわかんないんですよ。昨日の昼間、あんなことがあったでしょう。だから寅太がいったん山から戻ってきて」

あんなこと、とはタケ婆に食って掛かったことか。

「寅太は？」

「夕方戻りました。どうしても切り出さなきゃいけない石があるからって。作業の途中でわざわざ戻ってきたんですよ。おれじゃなきゃ、できない場所だって」

貞は息子を庇《かば》うように口を尖らせた。

「わかった。捜《さが》そう」

「大丈夫かな。権左衛門さん。もしも、あんな顔で――」

板敷に立っていた加恵に今気づいたのか、貞はぎょっとした面持ちになった。慌てた様子で口を噤《つぐ》むと、

「あの子、まだ、産褥熱《さんじょくねつ》があるんだよ。ふらふらでさ、あんな体で山を下りられるわけがない。下手《へた》したら途中で死んじまう。すみません、あたしは村ん中を捜します。お願いします」

言い訳がましく告げると、権左衛門に頭を下げて走り去った。

あんな顔で――

その続きを何と言おうとしたのか。いや、先ずはおみちを捜すことが先決だ。だが、男手は少ない。いても足腰の弱った老人ばかりだ。咄嗟に思いついたのは――

「わたし、長澤さまにお願いしてきます」

加恵が叫ぶように言うと、

「――あの役人にか」

権左衛門は明らかに逡巡の色を浮かべた。

「でも、男手が少しでもあったほうが」

わたし着替えてきます、と加恵は舅の返答も聞かずに寝間に戻った。小袖と山袴を急いで身に着ける。

――子どもを連れて一緒においで、って言ってくれたんですよう。

おみちに優しい言葉を掛けたという。あの老役人であれば、きっと手を貸してくれるはずだ。

「加恵、待て！」

舅の制止する声を振りきり、加恵は屋敷を飛び出した。晩春と言っても山の早朝は肌寒い。露をたっぷり含んだ朝の気がうなじや顔にまとわりつき、肌ばかりか胸の中までそそけ立つ。

――加恵ちゃん、この手を離さないでね。

あの夢は姉が見せてくれたのだ。確信めいたものが加恵の胸をずんと突き上げてくる。おみちは逃げたのだ。籠の鳥になるのを厭《いと》い、もがれそうになった翼を必死に羽ばたかせて逃げたのだ。だが、傷つき、血を流した翼ではどこまで飛べるかわからない。早くしなければ。早く――

加恵は板塀に囲まれた屯所の戸を思いきり叩いた。程なくして目をしょぼつかせた長澤多門が顔を出す。

「お願い！　力を貸して！」

加恵の懇願に、寝ぼけ眼《まなこ》に光が点じた。

「何があった」

「おみちさんが、いなくなったの。でも、まだ産褥熱があって。あんな体では遠くになんか行けない――」

貞の言をなぞると、胸がいっぱいになった。まだ遠くに行っていないといい、と心から願う。

「よし」

わかった、と言いながら長澤は板間へ上がると、すぐに戻ってきた。木綿の寝巻きはそのままで下に藍の山袴を穿《は》いている。

「思い当たる場所はあるか」

草鞋をつけながら問う。

「たぶん――」

夫と訪れた分かれ道を思い浮かべる。麓《ふもと》へと続く右の道は杉の木立から飛び出した灌木《かんぼく》が黒々とした手を伸ばしていた。まるで通せんぼするかのように。

――下りるときはこっちのほうが道なりに見えるんだ。村の者は間違えないけど、初めてここへ来た者はよく間違える。

おみちは初めて山を下りるのだ。たぶん、左へと行ってしまうだろう。しかも、家を出たのはまだ暗い時分だ。

「麓に下りる道だと思う」

「とりあえず向かおう」

家々はまだ眠りについており、集落はしんとしている。だが、僅かの間に靄は薄れ、東の空は淡い藤色に染まり始めていた。

長澤が無言で足を速める。顔はしわくちゃでも相当な健脚《けんきゃく》だと感心しながら加恵も必死でついていく。男手が少ない今、長澤に頼るのをやむをえないと思ったのか、屋敷の前に舅の姿はなかった。

麓へ下る道は先日の大雨でまだ湿っており、路傍のヤブガラシが旺盛に伸びている。足元にざわざわとした感じが這い上がり、血のにおいが甦った。不安を押し込め、長澤の後を追う。

しばらく行くと、二股に分かれた場所が見えてきた。

「分かれ道になっているようだが、左のほうが道なりかの」

長澤が歩を緩め、加恵を振り向いた。

ああ、長澤でも間違えるのだ。だったらおみちも——

「道なりに見えるけど、左の道は険しいの。だから——」

「なるほど」

加恵の言わんとしたことを察したのか、長澤は頷き、左の道へ向かって足を速めた。

それにしても、ここまで駆け通しているというのに、ほとんど息が上がっていない。長澤多門という男、本当に陣屋から寄越《よこ》された木っ端役人なのだろうかと、加恵は少し前を行くすっと伸びた背筋を見た。その先に広がっているのは、陽の昇り始めた東の空だ。青葉の上の朝露が光を孕んでほろりとすべり落ちる。渓流までもが目覚めたのか、ざわざわと騒ぎ立てる。加恵の心の臓も高い音を立てる。

不意に長澤が足を止めた。

「ここからはゆっくり行こう」

見なさい、と長澤が目で指したものを見て、加恵の喉がひゅっと鳴った。湿った地面には女ものの下駄《げた》の跡がくっきりとついていた。小さな足跡はまるで酔っているかのように乱れている。

その覚束《おぼつか》なさに、胸にひやりとした冷たいものが絡みつく。

「いいか。ゆっくりだぞ」

長澤は下駄の跡を踏まぬよう、慎重に歩いていく。

道の入り口はまだ三、四人で歩けるくらいの幅があるが、あの辺りから急に狭くなるのだ。崖沿いに立つ楓《かえで》の枝が屋根のように覆いかぶさっている辺りだ。

不意に、前を行く長澤の足が止まった。

道の端へ進み、首を伸ばして下を覗いている。逃げない、と加恵が決意し、新太郎の手を取った木洩れ日の揺らめく美しい場所だ。その場所で崖を見下ろす長澤は一本の立ち木のように見える。その向こうで、柔らかな縹《はなだいろ》色の空と青い山の尾根が大きく揺らいだ気がした。高いところは平気なはずなのに、地面に杭《くい》で打ちつけられたように歩が進まない。

あれは、さっき見た夢の結末は、どうだったろう。

――加恵ちゃん。こっちよ。

不意に姉の声が頭の中で鳴り響いた。

強張《こわば》った足を無理やり引き剝《は》がすと、加恵は長澤のいる場所まで歩いていく。最前絡みついた冷たいものが、ぎりぎりと胸を締め上げる音がする。

恐る恐る崖の下を見下ろすと――

大きな岩の上に仰向《あおむ》けになっている人の姿があった。首と足が不自然に曲がった恰好は巨大な人形のように見えた。露《あら》わになった太腿《ふともも》の白さだけがやけに生々しい。その白さから思わず目を逸《そ》らすと、こちらを見つめるおみちの両の眼とかち合った。それは洞《うろ》のようにどこまでも深く、どこまでも暗かった。

——加恵ちゃん、この手を離さないでね。

姉の声が頭の中で鳴り響く。

その拍子に加恵の眼裏は白く弾け、草鞋の足元がぐらりと揺れた。

巻の三

災いの子

一

夕刻からぽつぽつと落ち始めた雨は翌日の朝になってもやまず、日がな一日晩春の山を濡《ぬ》らしていた。そのせいか、ひどく肌寒い。加恵は隣で横になる夫の新太郎に聞かれぬように溜息《ためいき》をそっと呑《の》みくだした。

おみちの亡骸《なきがら》は山を下りてきた男たちの手で引き上げられた。麓《ふもと》から呼んだ檀那寺《だんなでら》の僧が読《ど》経《きょう》をし、その日のうちに村の墓地に埋葬された。通夜がなかったのは、亡骸の損傷が甚《はなは》だしかったからだろう。

葬儀のもろもろで気疲れしたからか、あるいは雨が降っているからか、新太郎は砥山《とやま》には戻らず、屋敷に留《とど》まった。

おみちの死に顔が頭から離れない。不自然に折れ曲がった首や足も無残だったが、気の毒だったのはその顔だった。潰《つぶ》れてはいなかったが、だからこそ、岩や木の枝ではないものに痛めつけられた跡が見て取れた。

タケ婆《ばあ》に食って掛かったときの顔は無傷だったから、もしかしたら、家に戻ってきた夫の寅太に――

想像するだけで胸が締め付けられるような痛みが走った。子を喪《うしな》ったばかりの女がなぜ夫に殴《なぐ》られねばならないのか。

──こいつがおらの子を殺したんだぁ。せっかく生まれた子を殺したんだぁ。

村人の目の前で子殺しを糾弾《きゅうだん》したからなのか。

ここでは、取り上げ婆による子殺しが行われている。妻はそれを夫から聞かされ、仕方なく受け入れる。それが、タケ婆の言う「山の女」になることだ。おみちは「山の女」になることを拒《こば》み、逃げる途中で滑落して死んだ。

タケ婆の言葉と加恵の知っていること、そして、この状況をつなぎ合わせれば、そんな絵図ができる。だが、その絵図にはところどころ欠けている箇所がある。

間引きをするのは貧しい村だ。食うものがなく明日の命もわからない。そんな村では、やむにやまれず新しい命を摘み取ることもあるという。

だが、ここは違う。豊かな村だ。砥石と白炭で潤《うるお》っている村だ。

そんな村がどうして赤子を殺す必要がある。

それに、すべての赤子が殺されているわけではない。子どもたちは元気に表で遊んでいるし、家々からは赤子の泣く声だって聞こえる。

では、殺す赤子と生かす赤子。その線引きはどこか。

「寝られないのか」

不意に新太郎の声がして心の臓が飛び跳ねた。加恵が答える前に、夫は吐息交《といきま》じりに言葉を継いだ。

「おみちには可哀相《かわいそう》なことをした」

沈痛な声はおためごかしを言っているようには聞こえなかった。厩《うまや》の傍《そば》でのやり取りを思い出せば、おみちの死がなおいっそう胸に食い込んでくる。

――この子、すごく元気なんですぅ。ほんのひと月前は腹をぽこぽこ蹴《け》ってたから。

頬《ほお》を染めて嬉《うれ》しそうだったのに。

――お役人さまが手習所を開いたんで安心しました。子どもを連れて一緒においで、って言ってくれたんですよぅ。

子の生まれることを楽しみにしていたのに。

どうして、あんな死に様を迎えねばならなかったのか。

「どうして、おみちさんの子は殺されたんです」

怒りとやりきれなさが、胸の中の問いを自然と押し出した。

「殺された？　誰がそんなことを言った？」

新太郎の声は驚きを含んでいた。

「タケ婆です。タケ婆本人の口から聞きました。おみちの子を殺したと」

「ああ、それは敢《あ》えてそういう言い方をしただけだろう」

淡々とした、その声色《こわいろ》だけを聞けば、たった今、おみちの死に哀憐《あいれん》の情を洩《も》らした同じ人とは思えなかった。

「敢えて？」

「そうだ。命を助けられなかったという意味で、死産を、〝殺した〟と言っただけだ。腕のいい取り上げ婆だからな。己に厳しいんだろう」

本当にそうなのだろうか。赤子を助けられなかった自身を責めるつもりで「殺した」とタケ婆は言ったのだろうか。

「本当のことを教えてください」

加恵は跳ね起き、夫の枕頭《ちんとう》に座していた。

「今言ったのが、本当のことだ」

「じゃあ、どうして、わたしを抱かないんですか」

顔から火が出るようだった。

「そのこととおみちのことは関わりがなかろう」

素っ気無く言うと、夫は背を向けた。

「タケ婆に言われたんだから」

わざと蓮っ葉《はすっぱ》な物言いをしてみた。すると、堰《せき》を切った心の内から、次々と言葉が迸《ほとばし》った。

「あんたは新太郎と枕を交わしてないだろうって。だから、何も知らないんだって。教えて。この村のことを。わたしは、どうしても知らなきゃいけない——」

途端に強い力で組み伏せられた。数日前は石を切り出していたごつごつした手が加恵の頰に触れる。その手も首筋にかかる息も驚くほど熱かった。その熱さが途轍《とてつ》もなく恐ろしいのに、その熱に溺《おぼ》れ、その熱に浮かされたいと切望した。そうすればきっとすべてが——

「知ってどうする」

熱い息と共に夫は言葉を吐き出した。

「知って――」

その先を考えたとき――分かれ道が思い浮かんだ。次いで、崖の下に落ちていた人形のようなおみちの亡骸に姉の姿が重なり、すぐに加恵自身の姿が重なった。

たぶん、姉もおみちも「知ってしまったから」逃げたのだ。

豊かな村の秘密。絵図の空白の部分。まだ加恵が埋められぬ部分。おみちも姉もそこを埋めてしまったから逃げたのだ。

だが、他の女はどうなのだ。おくにもそれ以外の村の女たちも空白の部分を「知っている」はずなのに、なぜ、ここから逃げないのだろう。

そして、わたしはそれを「知ったら」どうするのだろう。

逃げるのか。それとも、ここにとどまるのか。

「おまえは――知らぬほうがいい」

夫は加恵からそっと身を離し、再び背中を向けた。

夫のいる場所はすぐそこなのに、手を伸ばそうとすると暗く冷たい溝が邪魔をした。その冷たい隙間《すきま》へと夫の残した熱が呆気《あっけ》なく落ちていく。その熱を何とかして掬《すく》い取りたいと思うのに、加恵の手はどうしても動くことができないでいる。

気づけば、加恵を取り巻く闇《やみ》はがらんとし、凍《こご》えそうなほど冷え切っていた。

翌朝、新太郎を山へ送り出してから、加恵は村の墓地へ向かった。

墓地は砥山へ向かう山道の入り口辺り、杉林とは反対側の高台の上にある。砥改人の屯所からはすぐである。なだらかな坂道の間には申し訳程度の畑があり、蔬菜《そさい》の世話は砥切りの作業から引退した老人と手の空《あ》いた女がやるという。これからの季節は蕎麦《そば》の薬味にするための大葉と茗荷《みょうが》を育てるらしい。

畑が途切れると不意に視界が開けた。夏に向かい、ところどころ青草が伸び始めているが、大小様々な石が並んだ場所は確かに墓地である。姉の墓を確かめに一度来ている。

「秋になると、周囲に真っ赤な彼岸花が咲くそうだの」

隣で呟《つぶや》くように言ったのは長澤である。墓参に行こうと彼を誘ったのは加恵のほうだ。屯所を訪ねると、

——ちょうどよかった。雨が上がったのでわしも墓参りをしようと思っておった。

長澤は柔らかく微笑《ほほえ》んだ。

おみちを捜《さが》そうと共に駆けたからだろう、加恵の中ではこの役人に対し、親しみめいた思いが萌《きざ》している。おみちの亡骸を見つけ、その場で倒れそうになった加恵を支えてくれたのは、思いがけずたくましい腕だった。この老役人の前では自分を偽《いつわ》らずにいられるような、いや、幼い子どもに戻ったような気がして、口調がつい砕けたものになる。

「そうみたいだね。小さい頃は、捨子花《すてごばな》って教わったよ。花が咲いてから葉が出るでしょう。花は子、葉は親。親子が会えないから捨子花だって」

ひどい名だよね、と加恵は墓標を見渡しながら呟いた。

捨子花もひどいけれど、もっとひどい名もある。死人花。幽霊花。地獄花。美しい花なのに、いくつも不吉な名がついているのは墓の周囲に植えられるからだ。彼岸花の根には毒があるため土竜《もぐら》や鼠《ねずみ》を寄せ付けないという。亡骸を喰《く》われないための先人の知恵だ。

「花の名なぞ、所詮《しょせん》人がつけたものだ。花はただ咲いているだけなのにな」

長澤はそう言って天を仰《あお》いだ。二日続いた雨が中空の塵《ちり》をすべて洗い流してくれたのか、空は澄《す》み切った青色をしていた。

花はただ咲いているだけ――長澤の言葉が胸に沁《し》みる。花だけじゃない。この山に棲《す》むあらゆる生き物はただ無心に生きている。

でも、人は、人だけは、そんなふうに生きることができない。何かに囚《とら》われ、そこに徒《いたずら》に意味を持たせようとして足掻《あが》きながら生きている。

加恵はまだ新しい色の小さな墓石へと近づき、屈《かが》んでそっと手を合わせた。長澤の気配が横に並ぶ。長澤を墓参に誘ったのは、親しみが生じただけではなく、加恵一人では恐ろしいからかもしれなかった。おみちの下駄《げた》の跡を見たときの、胸に絡みついた冷たさが未《いま》だに残っているような気がした。

遠くで鳴く鳥の声を合図にゆっくりと目を開ける。血のにおいにも似た、濃い土のにおいが立ち上った。掘り起こしたばかりの、空気を孕《はら》んだ黒々とした土の上には明るい光の溜《た》まりができている。

でも、あの洞《うろ》のような目は、永遠にこの光を映すことがないのだ。

――おら、ちっこい頃におかあもおとうも亡くしちまって、兄《あに》ぃに育てられたもんでぇ。けど、近所の子どもの子守はいっぺぇしたから、大丈夫だ。

早く出て来い、と子どもが生まれるのを心の底から楽しみにしていた女が、少女と言ってもいいような無垢《むく》な女が、どうして、あんな死に方をしなくてはならなかったのか。厩の前で会ったとき、もっとおみちと話せばよかった、と今になって思う。村の女の中では加恵と同じ新参者だったのだ。年齢だって近かったのだから、加恵が村長の家の嫁という垣根を越えればきっとおみちも打ち解けてくれたはずだ。

もしも、もっとおみちと親しくなっていれば。夫の愚痴でもいい。ここに来るまでの苦労話でもいい。聞いていれば。進んで話し相手になっていれば。

逃げる前に、加恵を頼ってくれたかもしれないのに。

苦い後悔ばかりが胸を占《し》め、生前のおみちの顔がぼやけていく。丸顔だったとか、右頬に大きな片えくぼがあったとか、大きな口を開けて笑うと綺麗《きれい》な歯茎が見えたとか、言葉ではどうにでも説明できるのに、どれも頭の中で上手《うま》く像を結ぶことができない。あの娘は確かに若く可愛《かわい》らしかったはずなのに、加恵の頭の中に残っているのは真っ黒な洞のような目と人形のように動かぬ白い太腿《ふともも》だけなのだ。

気づけば、地面の上に涙がこぼれ落ちていた。泣くのをこらえようとすればするほど、肩は震え、食いしばった唇から嗚咽《おえつ》が洩れた。

「子が生まれたら――」

嗚咽をようよう言葉にする。

「子どもと一緒に手習いにおいでって。長澤さまにそう言われたって。おみちさん喜んでた。わたしに嬉しそうに話してくれた――」

言い終えた途端に、悲しみと後悔が涙となってこぼれ落ちた。長澤は何も言わずに加恵の傍にいる。それが、ただただ有り難《がた》かった。

そうして、加恵の涙が少し落ち着いた頃、

「砥山の上で初めて会ったときのことだが」

長澤がおもむろに口を開いた。

――ここはちょっと胡乱《うろん》な場所だよ。

「おまえはそう言ったが、胡乱なわけはわかったかの」

泣いたばかりの顔を見ないようにしているのか、前を向いたままだ。この役人が優しく信の置ける人だというのは間違いない。だが、どこまで話したらいいのだろう。加恵は少し迷った末に、

「この村では子殺しが行われてる」

とりあえずそのことだけを告げた。おみちがタケ婆に食って掛かったことを、この役人も知っているだろう。

「ふむ。おみちが言っていたのは真《まこと》のことだったか」案の定、長澤はそう言った。「だが、さよ

うに断ずるわけは？」

「タケ婆本人から聞いたんだ。おみちの子だけじゃない。何十人も赤子を殺したって。でもそのわけは知らない」

知るには、たぶん夫と閨《ねや》を共にしなくてはならない。だが、さすがに長澤にそこまでのことは言いづらい。加恵自身のことに言及しなくてはならないからだ。短い間の後、長澤が小さく息を吸った。

「小弥太と伊万里という兄弟のことは知っておるかな」

壊れ物でも差し出すような、優しい問い方だった。

「うん、知ってるよ。弟のほうが口が利《き》けないし、遅れてるって。それは舅《しゆうと》に聞いた」

「それ以外のことは？」

「それくらいしか、知らない。あの二人に何かあるの？」

なぜ今、兄弟のことを話すのだろう。そんな加恵の胸中を見て取ったのか、長澤は気まずそうに目を泳がせた後、

「いや、夜中に馬に乗って出掛けるところを見たことがあってな。こんな夜中にどこへ行くのかと不思議に思ったのだ」

微笑みながら告げた。何かを隠しているのは明白だったが、加恵も知っていることをすべて告げているわけではない。だが、いずれ、この老役人とすべてを分かち合う日が来るような気がした。

「ああ、それならわたしも見たことがある。昼間出られないから、夜に遊びに行くんだろうなって思ったけど」

「なるほど」

長澤は呟くように言った後、すっくと立ち上がった。長いこと屈んでいたので足がしびれているはずだが、そんなそぶりを少しも見せなかった。加恵もそれに続いたが、泣いたせいか少しめまいがした。

不意に生ぬるい風が墓地を吹き抜ける。春の終焉《しゅうえん》を告げる風だ。夏に向けて旺盛《おうせい》に伸び始めた青草が一斉に音をかき鳴らす。

「子殺しが行われているとして」長澤は言葉を切ると、目を細めて墓地を見渡した。「赤子はどこに埋められているのだろうな」

激しく胸を衝《つ》かれた。

「ここじゃないの」

祈るような思いで加恵は返した。

ここであって欲しい。ここでなければ、どこだというのだ。

「そうか。ならば、おみちは――」

また風が吹いた。長澤の声は、風と草の揺れる音にあえなくかき消された。だが、加恵には何と言ったのかわかった。長澤と同じ思いを抱《いだ》いていたから。

この優しい役人は、心からの願いをこめてこう言ったのだ。

――ならば、おみちは、あの世で赤子に会えただろうな。

二

おみちの弔《とむら》いの日、多門は屯所で一人、酒を飲んだ。老境に差し掛かり、ずいぶんと弱くなったはずだが、その日に限って酔いは少しも回らなかった。終始、おみちの死に顔が頭から離れなかったからだろう。

――おらも子どもと一緒に字を習ってもいいですかぁ。

そう言って柔らかくたわんだ目と、虚空《こくう》を睨《にら》みつけていた洞のような目とが同じ女のものとはどうしても思えなかった。

そして、やりきれなかったのが顔面の痣《あざ》だった。どう見ても、崖から落ちた際にできたものではない。となると、タケ婆に食って掛かった日にできたもの、夫に殴られたものではないかと推察された。寅太というらしい。山入りの日、身軽に丸太の足場に飛び乗った猿のような男だ。小柄だが、鏨《たがね》と槌《つち》を使う腕はたくましく、岩を穿《うが》つ音は力強かった。あの腕がおみちに向かって振るわれたのかと思えば胸が引き絞られた。

幾《いく》ら半狂乱になってタケ婆に逆らったとは言え、子を喪ってしたたかに傷ついている妻である。いたわりこそすれ、手を上げることなぞ、どうしてできよう。悲しみは怒りに変じ、なかなか寝付けなかったのだ。

そして、その晩から十日が経《た》った今でも、ふとした拍子に喉を灼《や》いた酒の苦味を思い出す。だが、村はおみちのことなど忘れたように平穏を取り戻していた。作業小屋で時折見かける加恵の様子にもことさら変わったところはないし、小弥太や伊万里もすこぶる元気である。

だが、金吾だけはどこかおかしい。

二刻（約四時間）ほど前のことを思い出しながら、多門は砥山への道を歩いていた。

伊万里に対する振る舞いを除けば、金吾が闊達《かったつ》で聡明《そうめい》な子どもであることは間違いない。手習いでも小さな子どもの面倒をまめまめしく見、自らも熱心に学んでいるのが平素の彼なのだ。

ところが、ここ数日は、心ここにあらずといった様子なのである。筆を持ったままぼんやりして新しい紙に墨を垂らしたり、佐三郎に呼ばれているのに気づかなかったり、とおよそ金吾らしくなかった。

――金ちゃん、朝飯を食いそびれたのかい。

佐一にもそんなふうにからかわれ、そんなことあるかい、と言い返してはいたものの、その声にはいつもの張りがなかった。

見るに見かねて、屯所を出る際、

――金吾、何か案じ事でもあるのか。

声を掛けると、一瞬だけ、困ったような面持《おもも》ちをしたが、

――何でもありません。

そのまま駆け出して集落のほうへ戻っていったのである。

その一方で、お役目のほうも気に掛かっている。何しろ、ここへ来てから既《すで》にひと月近くが経《た》っているのに密売の件は何も摑《つか》めていないのだ。数日前、麓へ赴《おもむ》き、多門は奉行宛てに書簡を出した。密売の尻尾《しっぽ》は未だ摑めぬが、胡乱なことが散見されるので、今しばらくここでの探索を続けたいとの旨をしたためた。併せて、妻の茅野にも帰れる目処《めど》がつかぬことを報《しら》せる文を出した。

子殺しと密売。

両者が繫《つな》がっているか否《いな》かはわからぬ。

だが、貧に喘《あえ》いでいるわけでもないのに、子殺しが行われているとしたら、それも捨て置けぬ事態である。

いずれにしても、手詰まりになっており、とりあえず初心に帰ろうと、今日は砥山へ向かっているのだった。誰にも告げてはいない。いわば抜き打ちである。もしかしたら、翡翠《ひすい》の石に繫がる何かが拾えるかもしれぬ、と多門はひとりで山道を歩いた。山は春から夏の装いになりつつあった。青葉を透かしてさらさらと降ってくる光は澄み、樹皮と葉のにおいが屈託をいっとき慰めてくれた。

だが、コナラの木立《こだち》の向こうに岩壁が見える頃、多門は剣吞《けんのん》な気配に気づいた。

「早くしろ。早く」「何してるんだ」

姿は見えぬが、男たちの怒鳴り声が飛び交っている。明らかに慌《あわ》てた口調に多門は足を速め、残りの山道を登りきった。

見れば、砥窪の入り口に十数名の男らが固まっている。表の作業場には誰もおらず、整形途中の砥石や鏨などが無造作《むぞうさ》に放り出されていた。

すわ、岩盤が崩れたか。

「何かあったのか」

慌てて多門が駆け寄ると、群がっていた男たちが一斉に振り返った。いずれの顔も引きつり、怯《おび》えたような色を浮かべている。その中から前に出たのは新太郎であった。

「若い衆が倒れたんです」

若い衆と聞いて、すぐに頭に浮かんだのは文吉の顔だったが、

「吾一《ごいち》って男です」

眉《まゆ》をひそめ、新太郎は後を続けた。不謹慎だが、内心ではほっと息をついていた。今朝の金吾のうなだれた様子が気になっていたので、もしも文吉であったら、金吾が悲しむだろうと思ったのだ。だが、倒れたとはどの程度なのか。横に立つ新太郎に状況を訊《たず》ねようとしたときだ。

「早く出せ！」

坑口の辺りで怒号が聞こえ、男たちがさっと道を開ける。大柄な男に担がれて出てきたのは十四、五歳の少年だった。がっしりした肩にかかった少年の手は真っ白でだらりとしており、まだ子どもらしさを残した顔は水から上がったように血の気がなかった。その背後で蒼白《そうはく》になっているのは文吉であった。

「早く！」

誰かが叫び、吾一という少年は地面にそのまま寝かされた。屈強な男たちに囲まれていると、吾一の細さは一目瞭然《いちもくりようぜん》だった。そのか細い身に一人の男がまたがった。

男は薄い胸を押しながら、

「まだ逝《い》くんじゃねえ、吾一。戻って来い、こっちへ戻って来い」

と大声で呼ぶ。男が強く胸を押す度《たび》に吾一の頭がびくんと跳ね上がる。

「おれがやる、やらせてくれっ！」

男を押しのけるようにして、吾一にまたがったのは金吾の兄、文吉だった。傍に立つ男に比べると、その腕はあまりに細かった。吾一の胸を懸命に押す。

帰って来い。帰って来い。

絶叫が辺りの空気をびりびりと震わせる。

「文吉、代わろう」

最初の男が文吉の華奢《きやしや》な肩に手を置く。だが、文吉は黙って首を横に振り、細い腕で吾一の胸を押し続ける。

吾一っちゃん、と文吉は少年を呼んだ。

帰って来い。帰って来い。

吾一っちゃん、帰って来い。逝くな、逝くな、逝くな。

文吉はわななく声で吾一を呼び続け、その度に吾一の頭はがくん、がくんと揺れた。

「文吉。もう無理だ――」

傍に立つ男が文吉の肩に再び手を置いたが、文吉は吾一の胸を押し続ける。

がくん、がくん、と吾一の頭が揺れる。

がくん、がくん、がくん、がくん。

小さな頭が揺れる度に多門の胸は強く締め上げられる。

やがて、吾一の頭が動きを止めた。

吾一っちゃん、吾一っ――

文吉が動かぬ吾一の身に取りすがっていた。

ごめんな、吾一っちゃん、ごめんな。

友を救えなかった詫《わ》びの声は、やがて不明瞭になり、いつしかくぐもった泣き声になった。初夏の山はしんと静まり返った。微《かす》かな渓流の音と少年の嗚咽だけが多門の耳朶《じだ》を打ち、心を抉《えぐ》っていく。こらえ切れずに俯《うつむ》いた多門の目に、傍らに立つ新太郎の拳《こぶし》が映った。固く握られた男の拳はぶるぶると震えていた。


吾一の死から十日が経った日の昼間、多門は村の墓地へと向かった。前途ある若者を喪い、暗く沈んでいた村も明るさを戻しつつある。ここで生まれた男らは山で生きるしかない。悲しみにくれる暇はなかった。

三日ほど手習いを休んだが、子どもらも再び元気な顔を見せるようになった。だが、金吾だけは違う。陽《ひ》に焼けた顔には大人のような憂愁《ゆうしゅう》が浮かび、口数も少なくなっていた。

亡くなった吾一は文吉と同じ十五歳だという。吾一っちゃん、と呼んでいたから、二人はかなり親しかったのだろう。となれば、金吾にとっても亡き吾一は近しい間柄だっただろうから、つらいのは当然だ。

しかし、金吾の様子がおかしかったのは、吾一が死ぬ以前からだ。もしかしたら、小弥太が伊万里を連れて村を出ていきたいと思うのと同じく、砥切り百姓としての先行きに迷いが生じているのかもしれない。迷うのも無理はない。

――二十五歳を迎えたら長寿の祝いをしたのですよ。

権左衛門の言った通り、砥窪での作業には様々な危険が伴う。頭ではわかっていたつもりだが、若い死を目の当《ま》たりにし、ようやくその厳しさが多門の胸に実感として立ち上った。

墓地の入り口に立てば、否応《いやおう》なく地面の色がひときわ黒い場所が目に入る。土を掘り返したばかりの色である。そこから二間（約三・六メートル）ほど先にあるおみちの墓の辺りは既に周囲の土と馴染《なじ》みつつあった。

どんなに深い悲しみも日常の中に溶け込み、やがて薄れていく。よくも悪くも。だが、悲しみは薄れても傷跡は残る。そして、ふとした拍子に疼《うず》くのだ。名も無き我が子のことを思えば、多門の胸もまたずきりとする。そして、考えても詮無いことを考える。もしも、あの子らが生きていれば、己と茅野の間にある溝はなかったのだろうかと。

多門は小さな墓石の前へ近づくと屈んで手を合わせた。この少年のことを多門はよく知らない。生前、彼がどんなふうに喋《しゃべ》ったのか、どんなふうに笑ったのか、一度も見たことはない。

だが――

――吾一っちゃん、帰って来い。逝くな、逝くな、逝くな。

喉が切れるほどの悲しい絶叫と、

――ごめんな、吾一っちゃん、ごめんな。

あの切ない詫び声だけで、吾一という少年もまた文吉と同様、優しく誠実だったのだろうと想像がついた。何より、二人は友だったのだ。この村で生まれ、共に育ち、笑い合った、佳《よ》き友だった。

目を開け、ゆっくりと立ち上がったとき、背後で人の気配がした。

はっとして振り返ると、目に入ったのは灰青色の眸であった。それは、多門の懐《ふところ》にある石のかけらの色、水に浸ける前の砥石の色にどこか似ていた。

「ほう。あんたが新しいお役人かの」

おみちとのやり取りを遠くから見ていたが、こうして面と向かうのは初めてである。

「さよう。長澤と申す。ここの取り上げ婆と聞いておるが」

「うむ。ここの男衆はみなわしの子どもみたいなもんじゃ」

そう言うと、タケ婆は吾一の墓前につぼみばかりの可憐《かれん》な山法師《やまぼうし》の花を供えた。

――おらたちはみんな、タケ婆の手で産湯《うぶゆ》を使ったんだ。

墓前で手を合わせる老女の背を見ているうち、ふと佐一の言葉を思い出した。そんな多門の心の内をなぞるように、タケ婆が屈んだまま口を開く。

「ことに吾一は難産でな」

何とか引っ張り出したときには、唇が紫色だったという。

「ちんまい心の臓をさすって、戻って来い、と何遍《なんべん》も叫んだんじゃ。そしたら戻ってきおった。この子は運の強い子じゃ。きっと強い男になる。そんなふうに思ったんじゃが。出てきてから彼《あ》の世《よ》へ逝きかけた分、心の臓が弱ってしまったのかもしれん」

淡々と言うと、おもむろに立ち上がった。

「長命茶も万能ではないということかの」

多門が呟くと、タケ婆がこちらを向いた、

「村長に聞いたのだ」と青い目を見ながら多門は告げた。「おりゅうさまを祀《まつ》って数年が経った頃、神社の裏に蓬《よもぎ》が生《は》え始めたそうだな。病《やまい》知らずだから〝長命茶〟と呼んでいると」

おりゅうさまの裏に行けるのはタケ婆だけ、と金吾は言い、

――タケ婆は神の依《よ》り代《しろ》なのです。

村長はそう断じていた。

「ふむ、病知らずとな。はて、どうじゃろう」

タケ婆は目を細め、首を傾《かし》げる。

「蓬茶はおりゅうさまの御褒美《ごほうび》だと、村長は申しておったぞ」

「褒美かえ」とタケ婆はくっと笑った。「そんなら、そろそろおりゅうさまの神通力も落ちてきたってことじゃろうな」

吾一の墓を見下ろす。

「おまえはおりゅうさまの御利益《ごりやく》を信じておらんのか」

多門が訊ねると、タケ婆は何かを考えるふうに墓石を眺めていたが、

「御利益なんぞ、そうそうあるものか。この世の神と呼ばれるもののほとんどは、人が拵《こしら》えたもんじゃ」

吐き捨てるような口調で言った。

依り代として村の者に尊敬され、村長にも信を置かれている老女がおりゅうさまも長命茶も醒《さ》めた目で見ている。いや、厭《いと》うている気さえする。

「人は愚かじゃ。生まれてきたときはまっさらだったのに、生きている間に数え切れぬほど罪を犯す。そんな愚かな人間が拵えた神なぞ――」

そこで不意に言葉を切ると、

「それはそうと、お役人、おまえさまは、裏へ参ったのか」

タケ婆は思い出したように問うた。

「いや、行ってはおらんよ。子どもらに行ってはいけない、と言われたのでな。ただ、そのことを村長に伝えたら、蓬の話をしてくれたのだ」

「なるほど」タケ婆はにいっと笑った。「おまえさまは今までのぼんくら役人とは違う。下手《へた》に隠せば、痛くもない腹を探られる。権左衛門はさように判じたのだろうな」

村長を呼び捨てだ。まあ、ここの男衆はみなわしの子どもみたいなもんだ、と言っていたか

ら、村長もタケ婆の手で取り上げられたのだろう――そこで頭の奥を何かにこつんと衝かれた。

――ここの男衆は。

先ほどタケ婆はそう言った。偶《たま》さかか――いや、手習いに来ている十名の子どもはみな男だ。小弥太も伊万里も。ということは。

――この村では子殺しが行われてる。

殺されているのは女の赤子ということになろうか。貧に喘ぐ村では女子《おなご》が生まれたら間引きされることもある。男と違って働き手にならないという理由で。だが、ここは豊かな村だ。そもそも間引きそのものをする必要がない。

では、なにゆえ女の赤子を殺す。

「この村では、女の赤子を殺しているのか」

多門は率直《そっちょく》に問うた。

「もし、そうだとしたら、どうする。わしをお縄にするか」

青い目が真《ま》っ直《す》ぐにこちらを見据《みす》える。

「さあ、わしは木《こ》っ端《ぱ》役人だからの。そんなことはわからぬ」

「そうか。だが、いずれにしても、わしはお縄にはならんよ」

青い目が弓形にたわんだ。老女とは思えぬほど無邪気な笑顔につい釣り込まれ、多門が次の言葉を探しあぐねていると、

「そうじゃ。おみちの墓参もしておかねばならんな」

タケ婆は文吉の墓の前から離れ、すたすたと歩きだした。迷うことなくおみちの墓前に屈み、瞑目《めいもく》して手を合わせている。老女が目を開けて立ち上がるのを待ってから多門は訊ねた。

「おまえは目を病んでいるようだが、どの程度見えるのだ」

「ほとんど見えんな。おまえさまの顔もようわからん。気配で村のものではないとわかるだけじゃ」

その目を眇《すが》めるようにして多門を見上げる。

「気配、となー」

「うむ。おまえさまは、ただの木っ端役人ではなかろう」

「いや、間違いなく木っ端役人だ」

木っ端も木っ端。奉行所の末端にいる人間だ。

「そうかの。どこか食えぬじじぃに思えるが。ならば」

江戸の狸《たぬき》か、とくしゃりと笑った。

「なるほど、そうかもしれん」

多門もにいっと笑ってみせる。この婆の前では己も小童《こわっぱ》か、と思いながら。

「つかぬことを聞くが」と多門は語調を変えた。「目がほとんど見えぬのに、何ゆえ、吾一の墓もおみちの墓もわかるのだ」

「においじゃな」

タケ婆は事も無げに言った。

「においだと」

「そうじゃ。死んでいくもののにおいじゃ」

死んだもの、ではなく、死んでいくもの。

その文言《もんごん》にはっと胸を衝かれる。それは、単に亡骸が朽《く》ちていくだけではなく、もっと別の意味を持っているように思えたのだ。人は生きていく。だとしたら、死んでいく道程もあるのではないか。

「不思議なことじゃ。死んでいくもののにおいは、生まれてくる赤ん坊のにおいに似ておるんじゃ」

「生まれてくる赤子のにおい、とな？」

そうじゃ、とタケ婆は深々と頷《うなず》いた。

「男衆は産屋《うぶや》には入らん。だから、生まれたばかりの赤ん坊のにおいを知らんのじゃ。お産が穢《けが》れだと言って遠ざけるからの。確かに赤ん坊は子壺《こつぼ》の中の水や血や色んなもんにまみれて生まれてくる。けど、そのときが人はいっとう綺麗じゃ。心がまっさらじゃからな。男も女も何も違いはありゃぁせん。皆生まれてきたときは血にまみれた裸ん坊じゃ」

生まれてくるもの。

死んでいくもの。

共にまっさらで美しい。

すると、死んでいくもののにおいとは、肉が朽ちていくときのにおいではなく、汚いものが禊《みそ》ぎ落とされていくときのにおいか。言い換えれば〝死んでいく〟とは、魂《たましい》が清められていくことか。

だが、傷心の癒えぬままこの世を去ったおみちは〝死んでいく〟ことができるのだろうか。その魂は余分なものをまとったまま、この村のどこかを浮遊しているのではないか。

「お役人。おみちの墓はにおうだけではない。これだけは、わしにもしかと見えるのじゃよ」

わかる、ではなく。見える、と言った。

恐らく、この婆は形あるものは見えない。見えるのは形のない、ものだ。

「なぜだ」

答えを半《なか》ばわかっていながら、多門は訊《き》いた。

「おみちがわしを恨んでいるからじゃ。わしを恨んで死んでいった者の姿はよく見えるんじゃよ。この」

青い目で。

その途端、湿り気を帯びた生ぬるい風が墓地を吹き渡った。

――こいつがおらの子を殺したんだぁ。せっかく生まれた子を殺したんだぁ。

――返せったら！　返せ！

風はおみちの声を孕み、ものすごい速さで多門の横を吹き抜けていった。

三

風がおとなしく眠っている。

厨《くりや》で片付けをしながら加恵の脳裏《のうり》にそんなことが浮かんだ。ここの風は生きているみたいだ。鼻歌を歌うように穏《おだ》やかなこともあれば激しく泣きじゃくっていることもある。おみちの亡くなった晩のように獣《けもの》のごとく吼《ほ》えることも。だが、今宵《こよい》は口を噤《つぐ》んでいる。昼間はそうでもなかったのに。

夫は今晩もいない。吾一という少年が亡くなった日はもちろん山を下りてきたが、翌日にはまた石切りに戻った。たった十五歳の少年の死は悲しいが、山で生きる男たちに悲しみにくれている暇はないのだろう。

だが、同じ男でも既に山を下りた老人たちにはこたえたようである。

明日使う埋《うず》み火《び》を灰に沈めながら吾一の葬儀の日のことを思い起こす。

その日、加恵は吾一の家にいた。もちろん加恵だけではなく、おくにを始めとした何人かの女衆が厨で忙しく立ち働き、酒や料理の支度《したく》をしていた。

火のない囲炉裏《いろり》の周りには、老いた男たちが四名ほど集まり、ずいぶん長いこと酒を飲んでいた。顔に刻まれた皺《しわ》を見れば、男たちはいずれも還暦《かんれき》は過ぎていると思われたが、肩や腕の辺りにはかつて石を切り出した片鱗《へんりん》が残っていた。

――砥窪で村のもんがあんな死に方をしたのは、三十年、いや四十年ぶりじゃろうか。

吾一の祖父がどこか怒ったような声で言った。

――三年前のあれは？

中ではいっとう若く見える男が遠慮がちに問うと、

――ああ、あれがあったな。あれこそ罰《ばち》が当たったんじゃろうな。

吾一の祖父が吐き捨てるように言った。

あれとは何だろう。曖昧《あいまい》な物言いが引っ掛かり、加恵は厨には戻らず、隣の板間の床を拭くふりをして男たちの話に耳を澄ましていた。

――おりゅうさまはへそを曲げておるのじゃろうか。

誰かが不安げな口調で言うと、

――三年前もそうじゃが、今度も寅太んとこの嫁のせいじゃ。

語気を荒《あら》らげたのは、吾一の祖父のようだった。

――そうじゃ。タケ婆に食って掛かったからじゃ。

別の者がそれに頷けば、鬼の首でも取ったかのように吾一の祖父が大声でまくしたてた。

――寅太も悪いんじゃ。夫婦は一蓮托生《いちれんたくしょう》。それを嫁にわからせねばならんのに、タケ婆を人殺し呼ばわりさせるとは――

声が途切れたと思ったら、吾一の祖父は顔を歪《ゆが》ませたまま固まっていた。権左衛門が話の輪に割って入ったからである。

――吾一は、まことに残念だったな。

お悔やみの言葉であるはずなのに、その声は突き放すような厳しさを孕んでいた。延々と続きそうな老人の繰言をやめさせたかったのか、いや、加恵に聞かせたくなかったのだろう。その証《あかし》に、舅は隣の間にいる加恵へ刺すような視線を投げると、さっさと厨へ戻れ、とばかりに無言で追い払ったのだ。

盗み聞きのようなはしたないことをしているのを咎《とが》めたのか。それとも、新参者の嫁には聞かせたくないと思ったのか。

ともあれ、老人たちの話で、タケ婆の言ったことはやはり真実に違いないと加恵は思った。

――夫婦は一蓮托生。それを嫁にわからせねばならんのに、タケ婆を人殺し呼ばわりさせるとは。

吾一の祖父の言から推察すれば、やはりこの村では子殺しが行われているのだろう。たぶん、外から嫁いだ女は閨で夫からその事実を告げられるのではないか。だが、寅太はそのことをおみちに告げていなかったのか、あるいは、告げたけれどおみちがきちんと理解できなかったのかもしれない。だから、おみちはタケ婆をなじり、村から逃げた。そして、三年前にも同じようなことがあった。

それは、姉のことではないだろうか。姉もまたおみちのように村から逃げようとして、崖から落ちた。そして、砥窪で誰かが死んだ。その誰かとは恐らく、姉の夫――つまり、おくにの息子だろう。

だが、老人たちの話を聞き、また新たな疑念の芽《め》が萌《きざ》した。

——おりゅうさまはへそを曲げておるのじゃろうか。

あれはどういう意味だ。おりゅうさまと子殺しの話がどう繋がっているのか。

通夜の日のことを手繰《たぐ》り寄せながら、加恵が厨でぼんやりと立っていると、背後で床を打つ足音がした。

はっとして振り返ると板間に権左衛門が立っていた。

明るい月の晩である。腰高窓の障子から仄白《ほのじろ》い光が差し込んで、温厚そうな丸顔がやけにのっぺりとして見えた。

「まだ片付けは終わらんのか」

抑揚のない声だった。

「いえ。もう終わります。火元だけ確かめてから——」

板間に映る黒々とした影を見て、この屋敷には加恵と舅の二人しかいないことに思い至った。姑《しゅうとめ》が亡くなったのは三年前だというが、その間、女手はどうしていたのだろう。下働きの女がいてもいいはずなのに、嫁してきてからそんな者は一度も見たことがない。そもそもこの村に嫁入り前の若い女はいるのだろうか。

「新太郎にはほとほと困ったものだ」

何が困ったというのですか。問いは喉に絡まり出てこない。

「おまえで既に三人目だ。それなりに金が掛かっているというのに、この女は気に入らんと、手もつけずに実家に帰してしまう。おまえも言われたのだろう」

　山を下りろと。舅は平板な顔をしたまま言う。だが、加恵は舅に頷き返すことができなかった。

　――山を下りろ。

　――今なら、逃げられる。

　舅と夫の言葉は似ているようで違う。何が違うのか、と自問したとき、とくん、と胸が高く鳴った。その拍子に、木洩れ日《こもび》の下で差し伸べられた手の温《ぬく》みと加恵を見つめる悲しげな眸が。次いで、あの晩の熱を持った手と熱い息が。今ありありと甦った。

　――おまえは――知らぬほうがいい。

　恐らく、夫は子殺しに反対しているのだろう。だから、嫁になった女を何も知らぬうちに実家に帰したのではないか。ただ、今の言い条では権左衛門はそのことに気づいていないのかもしれない。息子は父親の選んだ嫁が気に入らず、離縁していると思っている。

　もし、ここで加恵が下手なことを言えば、新太郎の立場が悪くなる。

「だが、おまえの場合、山を下りても帰る場所がない。だから、ここにいさせてくれと言ったそうだな」

　舅の声色に苛立《いらだ》ちが含まれる。

「はい」

　仕方なく加恵は頷いた。真実とは多少異なるが、まったくの嘘《うそ》ではない。

わたしは、ここから逃げない、、、と夫に伝えた。

「ま、いい。おまえも女郎だったのだから、男を悦《よろこ》ばせる手練手管《てれんてくだ》には長《た》けているだろう。あの堅物《かたぶつ》を何とかしろ」

男を悦ばせる――その物言いに首根がかっとなった。同時に、なぜ、村長の嫁を探すのに権左衛門が娼家《しようか》を廻《まわ》っていたのか、係累《けいるい》のない器量のいい娘を探していたのか、腑《ふ》に落ちた。帰る実家がないのと、もうひとつは――

怒りと羞恥《しゆうち》を抑えるのに必死で加恵が何も返せずにいると、

「ともかく、おまえはうちの嫁だ」舅は吐き捨てるように言った。「ああ、そうだ。それと盗み聞きのような真似《まね》はするな。みっともない。お里が知れるというのは、まさしくこういうことだ」

低い声で言い放つと、暗がりの中へ消えた。

舅の影が消え、板間は月光だけの仄かな明るさを取り戻した。気づけば両の拳を固く握り締めていた。

お里が知れる、か。溜息交じりの苦笑を洩らすと自然と拳がほどけたが、首根はまだ羞恥と怒りで燃えていた。不快な火照《ほて》りを鎮《しず》めようと背戸から表に出る。

裏庭には月の光がいっぱいに溢《あふ》れ、山椿《やまつばき》の葉が雨上がりのように濡《ぬ》れて見えた。振り仰げば、少し欠けてはいるけれど、銀色の盆を置いたような月が皓々《こうこう》と輝いている。湿った土と青葉のにおいで肺腑《はいふ》をいっぱいに満たすと、首根の嫌な熱は少し引いた。

いずれにしても、舅の言葉で夫の気持ちがよりくっきりと見えるようになった。

加恵で三人目の嫁。

夫は女嫌いでも堅物なのでもない。村の子殺しに反対しているのだ。手を触れぬことで、妻を守っているのだろう。そう確信すると、首根の熱が引く代わりに、胸の内側が甘やかな火照りを増してきた。

あの晩からだ、と加恵は思う。あの熱を感じ取ってしまった晩から夫が加恵の胸に棲《す》むようになってしまった。だが、あの熱にもう一度包まれたいと願うことは、同時に恐ろしい場所へと足を踏み入れることでもあるのだ。子殺しという業の渦巻《うずま》く恐ろしい場所に。

加恵は裏庭から砥山へ続く一本道へ出ると、輝く月に誘われるように歩き始めた。

姉は子を守るために村から逃げ、足を滑らせて崖から落ちた。

その推察は十中八九、間違いがないだろう。

だが、そうだとわかっても、加恵の胸はまだすっきりしない。

わたしが知りたいのは姉の死の真相だけじゃなかった。姉の心だった。姉がどういう思いでこの村に来て、どういう思いで過ごし、どういう思いで逃げたのか。それを知りたいのだ。でも、どうやって知ったらいいのか。

姉さま。

わたしはどうしたらいいの。

呟いた拍子に、空の月はますます輝きを増し、加恵は眩《まぶ》しさに視線を前方へ戻した。

すると、月で白く濡れる道の先に巨大な馬の姿が見えた。背には二つの影がある。

ああ、あれは、小弥太と伊万里とかいう兄弟だ。可哀相に弟のほうは口が利けず遅れているという。陽に当たると肌がかぶれてしまうらしく、夜にしか出られないと舅からは聞いている。あの黒馬に乗って遊びに行くのを以前にも見かけたことがあるが、いったいどこまで行くのだろう。どんなふうに遊ぶのだろう。むくりと頭をもたげた兄弟への興味に抗《あらが》えず、加恵は馬の後を追った。

追いながら、ふと思う。あの子も籠《かご》の鳥なのだと。こんな夜にしか飛ばせてもらえない籠の鳥だ。木登りや山登り。闊達に明るい野山を駆け巡っていた自らの子どもの頃を思い出せば、ますます胸が痛む。

そんなことを思っているうち、不意に黒馬が立ち止まった。屯所の前だ。なぜあんな場所でと訝《いぶか》っていると、程なくして長澤が姿を現した。

「おお。来たな。よい晩になったの」

嬉しそうな声である。

「うん、そぞろ歩きにはうってつけだよ」

はしゃぐ声は可愛らしいから弟のほう――いや、おかしいではないか。弟は口が利けぬはず。思いがけぬことに加恵が混乱していると、ナミが小さくいないた。馬上の影が弾かれたように半身をひねる。

「誰だ！」

投げつけられた声には夥《おびただ》しい棘《とげ》があった。今度こそ兄のほうだ。

「後をつけてきたわけじゃないの。表を歩いていたら――」

加恵がしどろもどろになっていると、

「大丈夫だよ」

ナミがいいってさ、と可愛らしい声が、明るい夜のしじまを楽しげに震わせた。


黒い杉の木立を抜けると、流れの緩《ゆる》やかな沢があった。

「ここでナミはいつも体を洗うんだ」

馬上で伊万里が得意げに笑う。

「そうなのね」

笑顔で返しながらも加恵の頭の中は、大風が吹いた後のように色々なものが散らばっている。伊万里という子ども。口が利けぬどころか、はきはきと喋り、すこぶる賢そうではないか。陽に当たると肌がかぶれてしまうというのも偽りかもしれない。だが、何のためにそんな嘘をつく必要があるのだ。

「たもじいたちは、あっちから渡るといいよ」

馬上の伊万里が三間ほど離れた場所を指した。確かにそこだけ水が少なく、心持ち川幅も狭《せま》い。水面から頭を覗《のぞ》かせた岩を伝っていけば、女の加恵でもたやすく対岸に渡れそうだ。

既に浅瀬を渡り始めている黒馬に向かって手を振った後、長澤は加恵の横に立つと低い声で囁《ささや》いた。

「色々と不審な点はあるだろうが、あの子らには余計なことは訊かないでくれ」

わかった、と加恵は頷きを返した。おみちの一件以来、加恵はこの老役人に信を置いている。彼がそう言うのなら承知するほかはない。

「でも、ひとつだけ」と一呼吸置いてから訊ねた。「あなたはあの子が家にこもる理由を知っているの」

「知らぬ」

即答だった。では、なぜあの兄弟はこれほどまでに長澤に懐《なつ》いているのか。

「あの子どもらは、わしがよそ者だから心を開いたのかもしれん」

加恵の胸中を見抜いたように長澤が続けた。見れば、老役人は真面目な面持ちで明るい夜空を仰いでいる。月影のせいか、その横顔はいつになく精悍《せいかん》に見えた。

「どういうこと？」

「あの二人もある意味、よそ者なのだよ」

長澤は明るい空から視線を戻した。微笑む顔はいつもの好々爺《こうこうや》に戻っている。

「あの二人も、よそ者――」

他所《よそ》の村から来たということだろうか。だが、舅からも夫からもそんな話は聞いていない。

「さよう。おまえも同様だろう。村長の嫁とはいえ、この村に馴染んでいるようには見えん。つまり、わしもおまえも、あの二人もよそ者だ」

確かにわたしはこの村に馴染んでいない。そもそも馴染もうなどと端《はな》から思っていなかった。ただ姉の死の真相を知りたかったがために、村長の嫁の面をかぶったに過ぎない。長澤の言う通り、まったくのよそ者だ。

「でも、あの子たちはこの村で生まれたんでしょう」

他の子どもらは明るい山を思う存分、走り回っているというのに、なぜ、あの子だけがお天道さまを避け、息をひそめて生きねばならないのだ。

「そうだ。あの子らはこの村で生まれた。なのに、よそ者なのだ」

まことに不憫《ふびん》だ、と長澤は汀《みぎわ》で足を止めた。しばらく緩やかな川の流れを見下ろしていたが、つと顔を上げた。

「わしはおまえより長く生きてきた分、色々な人間を見てきたがな。残念ながら、生まれた場所に合わぬ者というのは、どこの世界にも少なからずおるものだ」

生まれた場所に合わぬ――ある意味、父もそうだったのだろうと加恵は亡き父の穏やかな顔を思い出した。武家の長男として生を受けたがために仕方なく武士になったものの、優しすぎる父は山で生きる男たちをなだめることはできなかった。かと言って上役《うわやく》に上手く取り入ることも難しかったのだろう。ただ、よそ者ではなかったと思う。少なくとも改易まではお役目をこなし、侍長屋の住人とも普通に付き合っていた。

「だが、合う合わぬはそこで生きてみて己で判じることだ。魚が水を選ぶようにな。濁った水を厭い、澄んだ水を求めて川を上るか。あるいは、清すぎる水では棲《す》めぬと淀《よど》んだほうへ移るか。

だが、あの子どもは水に棲むことさえ許してもらえなかった。はっきり言えば、あの子は」

生きていないのと同じだ、と長澤は顔を歪めた。

生きていない――その言葉にしたたかに頬を打たれた。

「たもじい！　何やってんだよ！　早く来いよ」

とうに瀬を渡り終えた伊万里が手を振った。その背後では兄の小弥太が弟を守るように抱えている。そう言えば、ここへ来るまでの間、小弥太の喋るのを一度も聞いていないことに加恵は気づいた。まるで彼のほうが唖者《あしや》のようだ。

今行く、と手を振り返した後に、長澤は低い声で言った。

「これはわしの勘だがの。伊万里は、殺されるはずの赤子だったのではないかな」

「殺されるはずの――」

息が詰まりそうになる。

――こいつがおらの子を殺したんだぁ。せっかく生まれた子を殺したんだぁ。

おみちの絶叫が耳奥で甦り、

――ああ、殺した。おみちの子だけじゃない。わしは、もう何十人も、この手で殺した。

淡々としたタケ婆の声音がそれを押し潰した。

「あくまでも勘だ。だが、タケ婆が子殺しを肯《がえ》んじたのであれば、あの子どもがお天道さまを避けて暮らす理由はそれしかなかろう」

確かにそう考えれば腑に落ちる。伊万里は殺されるはずの子どもだった。だから、口の利けぬ遅れた子どものふりをして、お天道さまから目を背けて生きている。いや、長澤の言う通り、それは存分に生きているとは言えない。

あの子は――陸で息も絶え絶えに喘いでいる魚なのか。

だが、もしそうだとしたら。

殺されるはずだった子どもが、こっそりと生きていたら。

しかも、それを糊塗《こと》するために唖者で遅れたふりをしていたとしたら。

――そうじゃ。タケ婆に食って掛かったからじゃ。

――タケ婆を人殺し呼ばわりさせるとは――

怒りに歪んだ老人たちの顔が思い浮かび、氷を抱かされたようにぞくりとした。

「たもじい。早くってば」

伊万里がじれったそうに手を振った。静かな川べりに響く声は高く澄んでいる。

「可愛らしい声だろう。まるで――」

その拍子に川面《かわも》で何かがぴしゃりと跳ねた。

まるで――その言葉の先を確かめようとしたが、長澤はすぐそこの岩場へ軽々と飛び移っていた。

浅い川の先には再び杉の林があった。その林の出口で足を止め、

「な、綺麗だろ」

伊万里は誇らしげに胸を張った。

小さな湖である。黒々とした山にすっぽりと抱かれた水鏡は、月の光を湛《たた》え、明るい藍色をしている。村にこんな場所があったなんて——加恵が眼前の景色に見惚《みほ》れていると、

「いきあいの湖、って言うんだ」

ナミから滑り降りた伊万里が言う。

「いきあいの湖？　藍色だから？」

加恵が訊ねると、

「違うよ。ここはね——」

「伊万里！　喋りすぎだ！」

小弥太の鋭《するど》い声が飛んだ。

「兄ちゃん、この人は大丈夫だってさっきも言っただろう。ナミを見てごらんよ。おとなしいじゃないか」

口を尖《とが》らせ、伊万里が黒馬の首を撫《な》でる。改めて見ると馬は美しかった。豊かなたてがみは月明かりで白銀色に輝き、手を伸ばして触れたくなるほどにつややかだ。

「な、ナミ。そうだよな」

伊万里の言葉がわかったのか、ナミは加恵に向かって鼻面をぬうっと伸ばした。驚いたが恐ろしくはなかった。馬の目が優しかったからだ。加恵は黒馬に一歩近づき、

「加恵よ。よろしくね。ナミ」

囁くように告げる。返事をするようにナミは軽く鼻を鳴らした。

「ほらね」と伊万里が兄に向かってしたり顔で言う。「ナミは人を見る目があるんだ。小母《おば》ちゃん、触ってもいいよ」

お許しが出たのでさらに半歩近づき、首にそっと手を触れる。巨大な生き物は温かくなめらかだった。

ぶるん、と鼻を鳴らし、ナミが首を元に戻すや否や、

「けど、あんた、村長んとこの嫁だろう」

小弥太が切れ長の目で刺すように見た。

「兄ちゃん――」

「そうよ」

兄をなだめようとする伊万里を制し、加恵は小弥太の前に立った。一瞬ひるんだような目をしたが、小弥太はすぐに細い顎《あご》を反《そ》らし、加恵を睨みつけた。

その様を生意気だとは思わなかった。ただただ、強く胸を衝かれた。小さき者が重い鎧《よろい》を必死でまとい、さらに小さき者を守ろうとしているのだ。

「わたしは、村長の家の嫁。でも、それはふりをしているだけ。あなたたちと同じだよ」

「おれらと同じ――」

小弥太が虚を衝かれたような面持ちになった。

「そう。恐らく、お天道さまに当たると駄目なのも〝ふり〟なんでしょう」

核心に触れると、小弥太が歯を食い縛るようにしてさらに顎を反らした。まとった鎧がその肩にずしりとのしかかるのがわかった。

「でも、それはこの子を守るため。だから、必死で人目に触れないようにしている。そうなんでしょう」

加恵の問いに小弥太は答えない。この女を本当に信じていいのか。まだ同じ面持ちで加恵を睨みつけている。

「わたしがなぜ嫁のふりをしているのか、話す。そうしたら、あなたたちのことも話してくれる？」

加恵は口調を少し和《やわ》らげた。その横で長澤が苦笑している。何も訊かない約束をもう破っているのだ。でも、興味本位ではない。重い鎧を脱がしてやりたかった。少なくとも今だけは。

「おれたちのこと？」

食い縛った口元からようやく声が洩れた。

「そう。あなたたちのこと。もしかしたら、わたしのこととあなたたちのことは繋がっているかもしれない」

ねえ長澤さま、と加恵は好々爺を振り返った。

「うむ、そうかもしれん」

兄弟を安心させるためか、長澤は明るく笑い、大丈夫だ、と小弥太の肩に手を置いた。強張《こわば》った肩が少し緩む。でも、まだ鎧はまとったままだ。

「わたしが村へ来たのは」

姉の死の真相を知りたかったからなの、と加恵は小弥太から視線を外さずに告げた。

加恵の家が武家だったこと。だが、百姓らの強訴《ごうそ》によって改易になり、父親は出仕が叶《かな》わず、仕方なく商いに手を出したこと。その元手のために姉はこの村に嫁したこと。だが、嫁して三年ほど後、身ごもっているのに崖から落ちて死んだこと。

そこまでを話し終えると、

「でも、それがどうして腑に落ちないんだい。誤って崖から落ちることはあるだろう」

小弥太が首を傾げた。その仕草はいかにも少年らしい。眉の辺りの険しさは消えていた。

「わたしの姉は高いところが苦手だったの。崖どころか、裏山の坂道を登るのすら嫌がったくらい。だから、お腹《なか》に赤子がいて、崖に近づくなんて考えられないのよ」

「小母ちゃんの姉ちゃんはどこから落ちたんだい」

小弥太が問いを重ねた。呼び名があんたから小母ちゃんになっている。

「わからない。でも、たぶん――」

分かれ道を左に行った、あの崖だ。でも、その場所をこの子たちが知っているとは思えなかった。

「麓に下りる途中に分かれ道があるのを知っているか」

長澤が後を引き取ってくれる。

「知らない。おれ、山を下りたことがないから」

果たして小弥太は力なく首を振った。村の者はあの分かれ道を知っている、と夫は言っていたが、それは大人の男だけなのだろう。砥石を馬で運ぶときに知るのだ。

「そうか。だが、知っておいたほうがいいな。村の入り口から四半里ほど下ったところだ。そこに分かれ道がある。左が道なりに見えるが、そっちへは行くな。細く険しい道になっている。落ちたら十中八九助からぬ」

「うん。ありがとう」

小弥太がにっこり笑って頷いた。だが、すぐに笑みを仕舞《しま》い、しばらく逡巡《しゅんじゅん》するように唇を嚙《か》んでいたが、

「伊万里、こっちに来い」

凛《りん》とした声で伊万里を呼んだ。兄の語調にいつもと違うものを感じ取ったのだろう。伊万里はナミから離れると素直に兄の傍に立った。

「こいつ、女子なんです」

伊万里の肩を抱くようにすると、小弥太は言った。

兄を不思議そうに見上げる伊万里の顔には月が柔らかな光を落としている。その表情はこの上なく愛らしかった。

＊

小弥太は五歳のときに母ちゃんを喪った。

大好きな母ちゃんはこの世を去っていくとき、小弥太の許《もと》にちんまい赤子を置いていった。まるで猿みてぇでかわいくねぇな、と思ったけれど、抱いてみると赤子はあったかくてほわほわしていて、そのくせずしりと重たかった。小弥太の指をぎゅっと握るもみじみたいな手も存外に力強くて、それが小弥太には何だかとっても嬉しかった。だから、母ちゃんが亡くなった後、心にぽっかり開いた穴も、赤子に指を握ってもらうと少しだけ埋まるような気がした。

赤子は男だ。伊万里という名にすると父ちゃんは小弥太に言った。

妙な名だ、と小弥太は思った。小弥太の知る男は自分みたいに「太」や「吉」や「郎」がつくのに。でも、父ちゃんは、それでいいんだ、そういう名の男も他所にはいると言った。まあ、父ちゃんが言うんだから本当のことだろう、と小弥太は納得した。そんなことより、母ちゃんが置いていったこの子をどうやって守ったらいいだろう。そのことで頭がいっぱいだったのだ。

母ちゃんがいないので赤子はもらい乳で育った。赤子のいる女たちに乳を搾《しぼ》ってもらい、ばあちゃんが綿に含ませて飲ませていた。

ある日、乳をくれるお千代という小母さんが訪ねてきて、伊万里をうちで預かってやるよと言った。そうすれば乳も搾らなくて済むし、と小母さんは少し寂しそうに笑った。伊万里が生まれる直前に子を産んだのだが、すぐに亡くなってしまったらしい。だから、乳が張って仕方がないのだ、と小母さんはつらそうな顔をした。

ところが、それはできん、とばあちゃんは小母さんの申し出を強く断ったのだ。

「遠慮しなくてもいいのに。襁褓《むつき》だってうちにもあるし」

小母さんが親切から言ってくれているのだと幼い小弥太にもわかった。ところが、ばあちゃんは思いがけぬことを告げたのだ。

伊万里はとっても癇《かん》が強くて、慣れない人が抱くとあまりよくないのだ、というようなことだ。それだけではない。

「もしかしたら、この子は少し遅れているかもしれん」

皺だらけの顔を思い切りしかめてみせたのだ。

それを聞いて小弥太は不思議に思った。伊万里が遅れていないことはよくわかっていたからだ。まだ生まれて三月《みつき》ほどなのに、小弥太を兄だと知っているのか、あやしてやるとにこにこ笑うのだ。目が覚めているときは部屋のあちこちに視線を動かして、ぶうぶうとお喋りもする。

もしかしたら、小母さんも子を喪って、心にぽっかり穴が開いているんじゃないのかな。だから、伊万里を抱っこしたいと思うのかもしれない。だって、伊万里はあったかくて可愛らしいもの。ばあちゃんったら、何でそんなことがわからないんだろう。小母さんに伊万里を抱かしてやればいいのに。

小弥太はそんなふうに思ったけれど、ばあちゃんの顔があまりにも真剣だったので、その思いは胸の奥底にそっと畳み込んだ。小母さんは何か言いたげに唇をもぞもぞさせたが、

「そう。それじゃ仕方ないね」

肩をすくめて去っていった。

「ねえ、ばあちゃん。どうして伊万里を預けなかったんだい」

小母さんが帰った後に小弥太が訊くと、ばあちゃんは困ったような顔をして言った。

「この子はちょっと他の子と違うんじゃ。それが知られたら、神さまにお返ししなくちゃならん」

神さまに返すだなんて。それは困る。もしも伊万里がいなくなったら、小弥太の心にはもっと大きな穴が開いてしまう。だから、小弥太はそれ以上、お千代小母さんのことに触れるのをやめた。

そのうちにばあちゃんはもらい乳をやめた。その代わり、重湯や野菜汁などをせっせと拵《こしら》え、伊万里に与えていた。

――この子はちょっと他の子と違うんじゃ。

ばあちゃんの言ったことがはっきりわかったのは、伊万里が生まれて一年が過ぎる頃だ。

そろそろおまえにも話しておかなきゃならん、と父ちゃんは小弥太に真剣な顔で切り出した。

「伊万里は女子だ。だが、それを知られたら伊万里は神さまにお返ししなくちゃならん」

薄々は気づいていた。ばあちゃんが襁褓を替えたり湯浴《ゆあ》みをさせたりするのを見て、自分とは違うと思っていたからだ。でも、どうしてなんだろう。

「どうして、女子だと神さまにお返ししなくちゃならないんだ」

小弥太の問いに父ちゃんは困ったような顔をした。ああ、あのときと同じだ。うちで預かる、という申し出を断ったばあちゃんに、

――どうして伊万里を預けなかったんだい。

小弥太が訊ねたときと同じ顔をしている。

「決まりを守らなかったからだ」

「決まり？」

「そうだ。それはそのうち、おまえが十三になるときに話す。だが、伊万里は神さまに返すわけにはいかない。おいよ。おいよと約束したんだ」

おいよ。母ちゃんのことだ。そうか、伊万里の「い」はきっと母ちゃんの名から一字をもらったんだ。そのことに思い至ると、小弥太の胸に温かく力強いものがみなぎった。母ちゃんが亡くなってぽっかり穴が開いた場所、母ちゃんの笑顔や胸の温みを思い出せばまだ少しひりひりと痛くなる場所に、とろりとした温かいものが流れ込むような気がした。もしかしたら、母ちゃんは伊万里を神さまにお返ししない代わりに、自らの命を差し出したのかもしれない。うん、きっとそうだ。

「だから、伊万里を村の者になるべく見られねぇようにしなきゃいけねぇ」

伊万里は口が利けない。少し遅れている。すぐに癇癪《かんしやく》を起こす。陽に当たると肌がかぶれる。父ちゃんは伊万里にたくさんの病をくっつけた。どれもが小弥太の知っている伊万里には不釣合いなものだった。伊万里はよく喋るし、よく笑う。めったに泣いたり怒ったりしない。お天道さまが大好きで、縁先まで這《は》っていって何べんも落ちそうになったことがある。肌はすべすべで柔らかくておもちみたいだ。だから、小弥太は少し不満だった。大切なものにわざわざ災いをくっつけるなんて馬鹿みたいだと。

そんな小弥太の腹の中を見て取ったのか、父ちゃんは、いいか、と小弥太の顔を覗《のぞ》き込んだ。

その目はものすごく怖かった。いや、怖いほどに真剣だった。

「それが伊万里を守るんだ」

そうか。災いは見せかけか。本物の災いが降りかかるのを避けるために、わざと伊万里の身に偽りの災いを貼り付かせるのか。お札みたいに。

だったら、仕方ない。伊万里は口が利けず、遅れていて癇癪持ちだ。肌がかぶれるからお天道さまには当たれない。災いの子だ。そう思うことにしよう。

小弥太はこくりと頷いた。

ばあちゃんが言うように、

――それが知られたら、神さまにお返ししなくちゃならん。

そんなことになったら困ってしまうから。

母ちゃんが自らの命と引き換えに、神さまに救ってもらった命なのだ。小弥太に置いていってくれた大切なものなのだ。

だから、小弥太も精一杯守る。

小さいけれど、あったかくてずしりと重いものを守ってみせる。

そう胸に決めたとき、小弥太の膝に柔らかく温かいものが触れた。

気づけば、寝ていた伊万里が布団から這《は》い出て、小弥太の膝に小さな手を置いていたのだ。寝起きなのに少しも泣いていない。そうだ、伊万里は癇癪なんて起こさない。小弥太の傍にいれば、いつだってにこにこしているのだ。だって伊万里は小弥太のことが大好きだから。

「伊万里、兄ちゃんの言うことを聞くんだぞ」

小弥太が妹の頭を撫でると、伊万里は嬉しそうに声を立てて笑った。

*

「けど、こいつ、近頃はあんまり言うことを聞いてくれなくて」

小弥太は伊万里の頭を乱暴に撫でた。

「兄ちゃんがうるさいからだよ」

あっかんべえ、と伊万里は舌を出すと、兄の腕から逃れるようにしてナミに駆け寄った。馬の首に自らの頰を寄せている。その様子を見ているうち、どうしてあの馬が暴れ馬なのか、加恵は腑に落ちるような気がした。

あの馬も偽りの災いだ。他の者が伊万里に触れぬように、伊万里を守るために、悍馬《かんば》のふりをしているのだ。

見せかけの災いを貼り付け、本物の災いを避ける。

とりあえず、この子たちの父親の思惑は、今のところ功を奏しているのだろう。

だが、今の小弥太の話でまだわからぬところがある。どうして女の赤子は殺されねばならぬのか。そして、どうして伊万里だけが殺されずに済んだのか。

「それにしても、なぜ女子が殺されねばならぬのだ」

加恵の胸の内をなぞるように長澤が問うた。

「おれもわからないんです。どうして女の赤子が生まれたら、神さまにお返しするのか。父ちゃんは十三になるときに教えてくれるって言ったきりで」

小弥太が思慮深く眉をひそめると、

「ふむ。恐らく、お返しする神さまは〝おりゅうさま〟じゃろうな」

長澤が苦い顔で言う。

なるほど、と加恵も心の中で頷いた。子は七歳までは神の懐の中と言われる。赤子が生き延びるのはそれくらい難儀《なんぎ》なことなのだ。だから、幼子が亡くなった親は、子を神に返したのだと考える。それは子を喪った悲しみに折り合いをつけるためだ。

一方で、貧しい村では間引きを行う。そんな村でも子を殺したのではなく、子を返したのだ、と言う。それは、たとえ生きるためであっても、子を殺したやましさから逃れるためだ。

すると、おりゅうさまは、村人のやましさが作り上げたものなのだろうか。

「小母ちゃん！　こっちに来てよ」

重い空気を伊万里の無邪気な声が破った。兄の長い話に飽きたのか、いつの間にか傍を離れ、汀に立っている。

「謎解きはまたにしよう」

長澤がにかっと笑い、小弥太がほっとしたように息をついた。

そうだ。伊万里はまだ六歳なのだ。己が女子であることや、それが知られたら大変なことになると朧《おぼろ》げにわかっていても、それ以上のことは理解できないだろうし、理解したくないのかもしれない。だから、あの子はあんなにも屈託がないのだ。そうしなければ、己の背負う得体の知れぬものに押し潰されてしまうから。

だが、そんな窮屈な生き方から解放してやらねばならない。この美しい魚を思う存分、清流で泳がせてやりたい。

「そこに、何があるの？」

加恵は伊万里の傍に並んで屈んだ。

「小母ちゃんは、会いたい人がいないのかい」

伊万里が顔を上げた。

「会いたい人――すぐには思いつかないな」

伊万里は誰に会いたいの。

言いかけた言葉を加恵は慌てて呑《の》み込んだ。聞くまでもなかった。

「おらが会いたいのは母ちゃんだよ。たまにしか会えないからさ」

伊万里は赤い唇を恥ずかしそうに尖らせた。

「たまにしか？」

「うん。そうだよ。ここに来れば母ちゃんに会えるんだ。だから、〝いきあいの湖〟って言うんだよ」

最前言いさした言葉を伊万里は告げた。

なるほど。会いたい人に行き会えるから〝いきあいの湖〟か。だが、そうとわかっても、この湖の色は不思議な色をしている。明るい月のお蔭《かげ》かもしれないが青みがかっているというのか、明るい藍色に見える。昼間見たらどんな色をしているのだろうと思いつつ、

「どうやったら会えるの」

加恵は伊万里に訊いてみた。だが、返ってきたのは沈黙だった。伊万里は細い顎をくいと反らし、しばらく月を見ていたが、不意に立ち上がった。

「かあちゃぁん」

一拍置いて、

――かあちゃぁぁん。

と震える声が返ってくる。

畏怖《いふ》のようなものが加恵の胸をしたたかに打った。激しい胸の震えは総身に伝わり、鳥肌が立つ。

「かあちゃぁん」

また伊万里が叫ぶ。

――かあちゃぁぁぁん。

谺《こだま》だった。これほど声が響くのは湖が山に囲まれ、辺りが深閑としているからだろう。

不思議な声のやり取りを続けた後、伊万里はその場に膝を抱えて腰を下ろし、月光が揺らぐ湖面に目を当てた。長い睫《まつげ》が透き通るような頬に淡い影を作っている。その横顔はこの世のものとは思えぬほどに清らかで美しかった。いや、神々《こうごう》しくさえあった。余人が決して足を踏み入れることのできぬ場所にこの子どもは座している。そう思うと声を掛けるのも憚《はばか》られ、困った挙句、加恵は背後を振り向いた。そこでは、小弥太がやはり泣きそうな面持ちで立っていた。

「あいつには聞こえるし、見えるんだ」

引き結んだ唇がほどけ、いっそう泣きそうな顔になる。

「小弥太もやってみたの？」

「何べんかやってみた。けど、おれには母ちゃんの声は聞こえないし、姿も見えない」

その声は、悲しそうにも済まなさそうにも聞こえた。

長い静寂の後、伊万里が不意に立ち上がった。

「小母ちゃんもやってみな。けど会えるのは一日に一度だけだ」

「今みたいにして呼べばいいの？」

伊万里と視線を合わせるべく腰を屈める。こちらを見上げる目は澄んでいて、嘘をついているようには見えなかった。

「うん。会えるだけじゃない。声も聞こえる。母ちゃんって、おらが呼べば、伊万里って声が返ってくる。で、水の上に母ちゃんが現れる。兄ちゃんは見えないっていうけど、おらには見える」

頬を上気させて伊万里は言う。

「小母ちゃんも母ちゃんに会いたいのかい」

「ううん。わたしが会いたいのは姉よ。姉に会いたい」

加恵は背筋を伸ばして湖に向き合った。息を吸い込むと澄んだ夜のにおいで肺の腑が満たされた。思い切り息を吐く。

「姉さまぁー」

自分の声とは思えぬ響きが、夜の静寂をわななかせた。不思議だった。月明かりで明るい水面《みなも》が僅《わず》かだが震えているような気がした。風ではない。何か見えぬ力が渡っていくようだった。

──ねえさまぁぁ。

明るい夜の中から谺が飛び出してくる。水の膜《まく》に覆われたようなくぐもった響きは、加恵の発した声とは思えなかった。

「姉さまぁー」

加恵は拳を固く握り締め、声を張り上げた。

──ねえさまぁぁ。

加恵の声。谺。

ふたつの声が行き交い、湖上の夜陰を何遍も震わせた。だが、小さく波打つ湖面に求める人の姿はなく、空から落ちた月のかけらが星の瞬《まばた》きほどにちかちかと揺らめいているだけだった。

それでも、大きな声を出したからだろう、胸の辺りがすっきりしたような気がする。大きく息を吸ってから振り返ると、伊万里が目を輝かせて待っていた。

「小母ちゃん。姉さまには会えたかい」

「うん。会えた」

ありがとうね、と加恵が微笑むと、

「よかったな。小母ちゃん」

綺麗な顔をくしゃくしゃにして伊万里は笑った。

神に生きることを許されていない少女。彼女はこの美しい湖で何度母を呼び、何度母と会ったのだろう。不意に愛《いと》おしさがこみ上げる。

「本当にありがとう」

加恵は目の前の少女を抱きしめていた。その身は温かく柔らかい。そんな当たり前のことが途《と》轍《てつ》もなく有り難かった。

四

翌朝、屯所に朝餉《あさげ》を持ってきたのは加恵であった。初めてのことである。

「どうしたんだ」

屯所の庭先に立つ加恵を見て多門はそんなふうに言ってしまった。

「どうもしないよ。ほら、わたしも一応は村の女房だから」

加恵は艶《つや》やかな唇を尖らせた。紫紺《しこん》の地に亀甲柄《きっこうがら》の太織は落ち着いていて、どこから見ても村長の家の嫁といった佇《たたず》まいだ。

「おくにさんに言ったの。わたしも仲間に入れてくださいって。ったく、たもじいの言ったとおり、よそ者扱いなんだよ」

ざっかけない口調とは裏腹に、はい、と丁寧な挙措《きょそ》で膳《ぜん》を差し出した。小女子《こうなご》の佃煮《つくだに》と芋がらの煮物、それに大根の浅漬けが並んでいる。済まぬ、と頭を下げて受け取ると、

「ちょっと話したかったから」

食べながらでいいよ、と加恵は縁先に腰を下ろした。

「昨日の話、どう思った？」

昨日の話と言われても、たくさんありすぎてどれのことかわからない。が、先《ま》ずは加恵のことから。

「いきあいの湖で姉上に会えたことか」

途端に、加恵は拍子抜けしたような面持ちになった。

「信じたの？」

馬鹿じゃないの、とまでは言わないが、初めて会ったときと同じく、突き放すような物言いだった。その割に切なそうな面持ちをしていたし、伊万里を抱きしめていたではないか。

「姉に会えた、とおまえ自身が伊万里に言ったではないか」

多少の非難をこめて美しい顔を睨《ね》めつけると、

「あの子の話に合わせたのよ。あんな澄んだ目で見つめられたら、見えなかったなんて言えるわけがないじゃないの」

加恵は半ば呆《あき》れ顔《がお》をした。そんなことは斟酌《しんしゃく》しろとでも言いたげだ。

「なるほど。だが、伊万里はどうだったのだろうな」

「あの子には母親の姿が見えていたと思う」

加恵は殺風景な板塀に目を当てた。塀とは呼べぬほどの簡素な囲いである。しかも出入り口は大きく開いており、外から覗こうと思えば覗けるのだ。色々なことがわかりつつある今とあっては、屯所がなぜ離れた場所にあるのか、腑に落ちた。役人を、いや、よそ者を遠ざけたいのだ。だが、そのくせ、村人からはこちらをいつでも監視できるようにしている。

「なにゆえ、そう思う」

確かに伊万里は真剣だった。

「目の色よ」

あんな目で嘘を言うはずがない、と加恵は断じる。

「だが、小弥太は見えないと言っていたぞ」

「そうね。あの子には見えないだろうね」

たぶんだけど、と加恵は言葉を切り、どこか遠くを見るような目をして言った。

「思い出が邪魔をするのかもしれない」

「思い出が？」

「ええ。小弥太は母親を知っているから」

母親が亡くなったのは五歳の頃だ、と小弥太は言っていたが。

「わかるようでわからんな。なぜ亡き者の思い出があると見えないのだ」

「小弥太は、母親の温みや柔らかさが確かにあったことを知っている。でも、それは言い換えれば、喪失の痛みも知っているってことだもの。そういう痛みはぶり返すでしょう。ぶり返す度に、喪失がこの世の現《うつつ》だとはっきり教えられるの」

喪失の痛み――加恵はこの歳で三度もそれを経験しているのか。

三度――それは多門と茅野も同じだ、と思っていると、

「母親が見えても見えなくても、どっちもつらいね」

加恵が呟くように言った。

確かにそうだ。小弥太も伊万里もそれぞれに切ない。だが、やはり、思い出はないよりもあったほうがいいのではないか。ぶり返す痛みもやがて優しさを帯びる日が来る――そこまで考えてはっと胸を衝かれた。

己と茅野にそんな穏やかな日がいつ来るのだろうかと。

――こうして食べるほうが美味《うま》いからだよ。

ひとつの饅頭《まんじゆう》を分けて食べる。

亡き子を思いながら、同じ月を見る。

喪失の痛みがまだ尖っているのは――二人で分かち合う刻《とき》を、今までなおざりにしてきたから

ではないか。

多門が己の浅はかさに思い至り、愕然《がくぜん》としていると、

「あたしが話したかったのは、赤子殺しの件よ」

加恵が口調を変えた。多門も頭の中を己のことから子殺しの件へと切り替える。

それについては、多門も昨夜、散々考えたのだ。考えすぎて頭の中が沸騰し、眠りに就いたのは暁闇《ぎょうあん》の頃だった。

「あれは、信仰の歪んだ形ではないかの」

昨夜考えた結論を告げる。

「信仰の歪んだ形？」

「うむ。おりゅうさまが女子を殺せと言っている。そう考えればつじつまが合う」

「でも、なぜおりゅうさまは女子を殺せって言うの？」

「おりゅうさまは砥石の神だ。砥窪での無事を祈願するために祀られた。となれば、女子は人《ひと》柱《ばしら》のようなものかもしれない」

「人柱――」加恵が絶句した。

川普請《ぶしん》の際の人柱はよく知られている。治水は古今の重大事だ。暴れ川は田畑や財産、人の命をも奪っていく。ために、出水による破堤箇所を復旧するに当たり、石を括《くく》りつけた人間を川に沈めたり、川岸の地中に埋めたりすることは各地で行われていたという。水の神である龍神《りゅうじん》の怒りを鎮《しず》めるという名目だ。

とかく人の世は神に溢れている。山の神、海の神、川の神、田の神。そこにあるのは、人の力を超えた自然への畏怖だ。人は弱い。台風による洪水や山津波。落雷による火事等に見舞われれば為《な》す術《すべ》がないから、ただひれ伏し、供物《くもつ》を捧《ささ》げ、祈るのだ。その際に人を捧げものにする。それが人柱だ。

無論、信仰が人を支えることもある。だが、その支えに寄りかかりすぎれば、人はもっと弱くなる。己の力でできることをしなくなったり、困難や不幸を信仰心の欠如だと片付けたりする。

何よりも恐ろしいのは、信仰が弱い人間同士を結びつけることだ。ひとりひとりは弱くても集団になれば人は強く、いや、途轍もなく傲慢《ごうまん》で残酷にもなる。その傲慢さや残酷さが人柱を作るのかもしれない。

恐らく——伊万里の父や祖母が最も恐れているのは、おりゅうさまではなかろう。おりゅうさまを妄信する村人だ。

「吾一の葬儀のときにね。村の老人たちが話してたんだ。三年前にも祇窪で何かがあったみたい。それは罰が当たったんじゃないかって」

——おりゅうさまはへそを曲げておるのじゃろうか。

そんなふうに話していたという。

そのときの顔がものすごく恐ろしかったんだ、と加恵は唇を噛んだ。

罰が当たったと言えば——

——でも、あれは偶々《たまたま》だったんだ。罰が当たったわけじゃない。

文吉がそんなふうに言っていた。となれば、三年前にあった「何か」というのは、文吉の父親と兄の岩盤事故だろう。そして、それをおりゅうさまの〝制裁〟だと村人は解している。すると、文吉の父と兄は子殺しに反対したということになるか。

「わしらが考えていることは、ほぼ合っているかもしれん」

「そうね」

言ったきり、加恵は眉根を寄せて押し黙った。

もしも今、伊万里が女子だと知られたら、吾一の不運な死はおりゅうさまの怒りと捉えられるのだろう。

女子を生かしたからだ。村掟を破ったからだ。おりゅうさまを蔑《ないがし》ろにしたからだ。

だから、おりゅうさまが怒り、最も弱い吾一に罰を与えたのだ。

そんな村人たちの声が頭の中で鳴り響くと身の毛がよだつようだった。

だが、己にできることなぞ、高が知れている。もとより、お役目は赤子殺しを暴くことではなく、砥石の密売を探ることだ。ここへ来てそろそろふた月を迎えようとしている。

赤子殺しを陣屋に報告すれば、無論お咎めはあるだろうが――そこまで考えたときだった。

「加恵さん！　新太郎さんが大変だよ！」

板塀の向こうで大声がし、転がるようにおくにが駆け込んできた。

「新太郎さんが、どうしたの」

弾かれたように加恵が立ち上がった。最前まで思案に耽《ふけ》っていた顔には明らかに動揺が走っている。おくには息を継ぎ、続けた。

「岩盤の下敷きになったたって」

途端に加恵は色を失い、今にも倒れそうになった。その身を支えたのはおくにのがっしりした腕であった。

その翌日、多門は一人、屯所の縁先で物思いに耽っていた。

岩盤が崩れたのは砥窪の最奥だったという。菊治に先導されて多門も入った場所である。崩れたと言ってもたいしたことはなく、岩壁の一部が落ちてきただけで、幸い、命に別条はなかった。右足に怪我《けが》を負ったが、ふた月もすれば山に戻れるそうだ。

それにしても――

おくにが飛び込んできたときの加恵の取り乱しように多門は驚いた。

――嫁のふりをしている。

加恵はそんなふうに言っていたが、ふりが本物になったかもしれぬ。

あの打ち明け話が本当であれば、加恵は相当な苦労を重ねた上に天涯孤独の身になったのだろう。姉の死の真相を追うなどという因縁《いんねん》さえなければ、村長の嫁は加恵にとって最上の幸福なのかもしれぬ。だが、赤子殺しの謎を解かねば、いつかその幸福にもひびが入るか。何ともやり切れぬことだ。

縁先に座したまま多門が息を吐き出すと、

「長澤さま。少しいいですか」

板塀から顔を覗かせているのは、金吾であった。岩盤事故があったので、昨日、今日と手習いは取りやめになっていたのだ。

「おう、いいぞ。遠慮するな」

手招いてやると、金吾はそろそろと中へ入ってきた。

そう言えば、近頃ずっと元気がなかったな、と多門は年長の少年に心を傾ける。伊万里が女子だとわかってみれば、これまでの金吾らしからぬ言動にも得心《とくしん》がいく。

「上がっていいですか」

神妙な顔で問う。

「うむ。もちろんだ」

多門が頷くと、金吾はほっとしたように息をついて土間から上がった。それだけでもいつもと違う。縁先から上がれ、と言えばよかったか、と小さく悔やみつつ、多門は金吾と向かい合う。

何があった。そう水を向けたほうがいいのか、あるいは、本人が話すまで待ったほうがいいのか。束《つか》の間《ま》の逡巡の末、待つことにした。

まだ昼前だ。開け放された障子から初夏の陽があっけらかんと差し込み、板間を明るく照らしている。村へやってきた当初はよそよそしく冷たかった部屋は、子どもたちが出入りするお蔭で温かい場所になった。この温かさをここへ持ち込んでくれたのは、紛《まぎ》れもなく前に座している子どもだ。この子どもがいなければ、幼い子らはあんなにまとまってはいないだろう。

しばらく金吾は自身の手元を見つめていたが、きっぱりと顔を上げた。

「今から話すのは、文吉兄ちゃんとおれしか知らないことなんです」

思いつめたような目をして言う。

「文吉と、おまえしか知らぬこと？」

「はい。誰にも言わないでくれますか」

その目は潤み、今にも泣きそうである。

「もちろんだ。誰にも言わん」

多門は自らの胸に手を当て、大きく頷いた。

「障子を閉めてもいいですか」

何だか落ち着かなくって、と金吾は首を巡らせて眩しげに目を細めた。わかった、と多門は立ち上がると障子をそっと閉《た》てた。初夏の陽は途端に柔らかくなる。

少年はほっとしたように息をつくと、重い口を開いた。

「知ったのは、たまたまでした」

去年の夏のことです。

＊

その日はうだるように暑かった。昼間、佐一たちと一緒に川で水浴びをしたけれど、夜になっても肌にまとわりつくような蒸し暑さはいっこうに収まる気配がなかった。山間《やまあい》の村だから冬は雪も降るし冷たい風も吹くのだが、真夏は風が凪《な》ぐと山がむっとするような熱気を抱き込み、黙っていても汗が滴り落ちるような暑気に見舞われる日もある。

ちょうど今日がそんな日だった。文吉兄ちゃんは砥山から戻ってきたばかりだったので、疲れ果てて眠っているようだ。家の中はかき混ぜたくなるようなもったりした空気が沈んでいた。こんなふうに眠れぬ夜、金吾は死んだ初音義姉《ねえ》ちゃんのことを思い出す。

義姉ちゃんに会ったのは、五年前、金吾が六歳の秋だった。山の楓《かえで》が真っ赤に燃えていたのをよく覚えている。

——初音といいます。よろしくお願いします。

目元が涼やかで、丁寧な言葉遣《づか》いをする人だった。正平兄ちゃんも色白で華奢だったから、二人並ぶと夫婦というより兄妹みたいで、くすぐったいような嬉しいような気がした。

初音義姉ちゃんは見た目通りの優しい人で、金ちゃん、金ちゃん、と金吾を可愛がり、眠れぬ夜にはよくお話をしてくれた。『桃太郎』や『舌切り雀《したきりすずめ》』のような聞いたことがあるものの中に『桃花源記』というのもあった。その話をするとき、

——ここは、『桃花源記』に出てくる「桃源郷」みたいね。

初音義姉ちゃんは微笑みながら言った。

どうして、と金吾が訊ねると、

——山も川も綺麗だから。でも、一番は——

そこでいつも言葉を切った。だが、その先を金吾はいつも聞きそびれた。なぜなら、その話をするときの初音義姉ちゃんは、少し寂しげだったからだ。

そんな義姉ちゃんに金吾は訊いたことがある。

――初音義姉ちゃんには、きょうだいはいないのかい。

――妹がいるの。木登りが大好きでね。きっと金ちゃんと気が合うわ。

――木登りはおいらも大好きだよ。その妹に会いてぇな。

嬉しくなって金吾が言うと、

――そうね。いつか会えるといいわね。

初音義姉ちゃんは微笑んだけれど、やっぱりどこか寂しげだった。

ともかく、うちは男ばかりの三兄弟だったから、姉というのはこんなに優しくていいものなのか、と幼心に思ったものだ。

義姉ちゃんは父ちゃんや母ちゃんにも可愛がられ、すぐに村の暮らしに馴染んだようだった。

でも、ひとつだけ妙なことがあった。なかなかやや子ができなかったのだ。

どうしてかな、とあるとき母ちゃんに訊いたら、

――正平と初音は仲がよすぎるんだろうね。

そんなふうに言った。仲がよいほうがやや子ができるんじゃないか、と金吾が訝ると、

――仲がよすぎると、神さまが焼餅《やきもち》を焼くのさ。

母ちゃんはそう続け、どうしてか悲しそうな顔をした。

よく考えれば、赤ん坊が生まれたら初音義姉ちゃんは金吾をあまり構ってくれなくなるだろうから、それはそれでいいような気もした。

初音義姉ちゃんが村へ来てから二年が経った頃、やはり、紅葉が鮮やかに山を彩《いろど》る季節に、義姉ちゃんにやや子ができたと金吾は知らされた。まだおなかは目立たなかったけれど、義姉ちゃんは幸福そうで、それを見ている金吾の胸まで灯《ひ》を点《とも》したように明るくなった。義姉ちゃんに会った頃に比べれば、金吾もちょっぴり大人になっていたから、義姉ちゃんに構ってもらうよりも赤子の世話をしてやろう、義姉ちゃんを手伝ってやろうと思えるほどになっていた。

ところが、おなかが目立ち始めた頃、あんなに明るかった義姉ちゃんの面持ちが翳《かげ》ってきた。冬を越し、枯れ色だった山に桜色と淡い木の芽の色が重なり、煙って見える頃だった。

義姉ちゃんはどうしたんだろう。正平兄ちゃんと喧嘩《けんか》でもしたんだろうか。

そんなふうに金吾が案じていた矢先のことだった。

初音義姉ちゃんが死んだ。

山菜採りに行き、崖から足を滑らせたそうだ。

家の者はみんな泣いた。中でも正平兄ちゃんはひどく落ち込んで、飯もなかなか喉を通らずにみるみるうちに瘦《や》せてしまった。それでも、春になって水抜きが終われば、男は山に入らなくてはならない。生きていくためには仕方がないのだ。金吾も悲しかったけれど、文吉兄ちゃんと一緒に正平兄ちゃんを懸命に励ました。

ところが、金吾の家の不幸は一度では終わらなかった。

父ちゃんと正平兄ちゃんが岩盤の下敷きになって死んでしまったのだ。

立て続けに大事な人が三人もいなくなってしまった。

そんな二年前のことを手繰り寄せると、今でも金吾の胸は錐《きり》を揉《も》みこまれたように痛くなる。父ちゃんと正平兄ちゃんと初音義姉ちゃんとやや子が生きていたら、今頃どんなにうちは賑《にぎ》やかだっただろう。そう思えば、知らずしらず泣けてきて金吾は拳で涙をぐいと拭った。泣いたせいか、いっそう体が火照って喉が渇き、唾《つば》も飲み込めないくらいになってしまった。

金吾はそっと立ち上がると、蒸し暑い寝間を出た。廊下を踏む素足がぺたりと音を立てる。木肌はひんやりとしていて、少しく心が落ち着いた。

明かり採りの窓から、土間に白々《しらじら》と月が差し込むのを見て、金吾は今日が満月の晩だと気づいた。視線を落とせば仄明るい土間に淡い影が映っている。心の臓がびくんと跳ね上がった。

まさか正平兄ちゃんの幽霊が現れたのだろうか——一瞬、そんな思いがよぎったが、よく見れば水がめの傍に立っていたのは文吉兄ちゃんだった。さっきまで正平兄ちゃんのことを考えていたから、そんなふうに感じたのかもしれなかった。

「文吉兄ちゃん。どうしたんだい」

下駄を突っかけて土間に下りると、兄ちゃんがはっとしたようにこちらを見た。金吾の足音がしたはずなのに、それに気づかぬほどぼんやりしていたらしい。

「ああ、金吾か。びっくりした」

どうにも暑くて水を飲みに来たという。疲れているはずなのに頭が冴《さ》え冴《ざ》えとして眠ろうとすればするほど眠れなくなるんだ、と兄ちゃんは告げた。

「おれもだ。水でも浴びてぇな」

金吾が言うと、

「よし、今から行くか」

軽い口調で答え、文吉兄ちゃんは開けっ放しの戸から外を見た。裏庭は月の光が水のように溢れ返り、石垣の上に咲く橙《だいだい》色のカンゾウの花まで透き通った金色に輝いていた。

「川か」

「そうだ。水でも浴びればすっとするべ。山に入ってから川遊びもしてねぇし」

村では十三になると砥山に入る。今年十四の文吉兄ちゃんは昨年から大人に交じって砥窪で働くようになった。まだ慣れていないからか、砥窪の気に当てられて具合が悪くなることも多いようだ。

「うん、行くべ」

川へ行くことも月夜に出歩くことも胸が沸き立つようで、金吾の頰はひとりでに緩んだ。

川遊びをするなら流れの緩やかな場所がいい。砥改人の屯所からすぐの杉林を抜けたところが恰好《かっこう》の遊び場だ。雨の少ない時季は中瀬に岩が顔を出し、向こう岸にも渡れるようになっている。清流を頭に思い描けば、汗で粘ついた肌も心なしかさらっとするようだった。

ところが、杉林を抜ける頃になると、明らかに川の流れとは別の水音が耳朶を打った。

「文吉兄ちゃん。誰かいるみてぇだ」

もしも大人だったら叱られるかな。進む歩が重くなったときだ。跳ねるような水音に子どものはしゃぎ声が割り込んだ。こんな夜更けに遊ぶ子どもと言えば――すぐに脳裏をよぎったのは小弥太と伊万里の兄弟だった。小弥太とは幼い頃に遊んだことを覚えているけれど、弟の伊万里を間近で見たことはない。口が利けず遅れているだけでなく、お天道さまに当たるといけないので昼間は表に出られないそうだ。そのせいか、近頃は小弥太の姿もあまり見かけなくなってしまった。

その話を誰かから聞く度に、金吾は胸が痛んだ。口が利けぬのも遅れているのも気の毒だけれど、お天道さまに当たれぬのはもっと可哀相だと思ったのだ。お天道さまは毒を消してくれるんだよ、と布団を干しながら母ちゃんが言っていたことがあるけれど、本当にそうだと思う。汗で湿った布団もお天道さまに干すとふっくらとしていいにおいになる。布団だけじゃない。悲しみで湿った心もお天道さまの下で広げると、洗い張りした着物みたようにからりとなるのだ。初音義姉ちゃんや父ちゃんや正平兄ちゃんが亡くなったときもそうだった。お天道さまは心の湿り気も吸い上げてくれるのだ。

「文吉兄ちゃん、小弥太たちだ」

一緒に水浴びすべぇ、と金吾が足を速めると、

「待て、引き返そう」

林の出口に差し掛かっていた文吉兄ちゃんが引き返してきた。

「どうしてだい」

怪訝《けげん》に思い、金吾が訊ねると、

「あの兄弟とは関わっちゃならねぇ」

文吉兄ちゃんは厳しい顔をして言った。林の中に月の明かりが差し込んで、兄ちゃんのこわばった顔が白々と浮かび上がっている。文吉兄ちゃんらしくない、と金吾は思った。正平兄ちゃんもそうだったが、文吉兄ちゃんもすごく優しい。

村の子どもは木登りをしたり、砥山へ続く道で山菜採りをしたり、砥石を削ったりして遊ぶのだが、文吉兄ちゃんは、小さな子が上手く遊べずに困っていたら、自分のことは後回しにして必ず手を差し伸べていた。それなのに、あの兄弟をのけ者にするなんて。

まったくもって、文吉兄ちゃんらしくない。

「けど、二人で遊ぶより四人のほうが楽しいべ」

金吾は言うことを聞かず、兄を追い越した。妙な高揚と義俠心《ぎきょうしん》のようなものが胸を突き上げていた。

だが、林が途切れ、視界が開けた瞬間、金吾の足は止まった。

月で銀色に輝く川べりで遊んでいたのは、確かに小弥太と伊万里の兄弟だった。けれど、それは金吾の想像とはあまりにもかけ離れていた。

黒いびろうどのような肌を持つ巨大な馬と、その横で水を掛け合っている二人の子ども。

それは、見たこともないほど美しかった。美しすぎて、金吾はそこに近づくことができなかったのだ。

こんなに美しいものがこの世に在《あ》るなんて。

その驚きは、やがて奇妙な違和に変じた。

二人は裸であった。それ自体は驚きでも何でもない。真夏のお天道さまの下、川で水浴びをするときは村の子どもは素っ裸になる。だが、今、目の前にあるのは金吾が生まれて初めて見るものだった。

背後で静かな声がした。

「金吾、戻ろう」

「けど――」

「戻るぞ」

言いながら文吉兄ちゃんはもう踵《きびす》を返している。金吾は仕方なく後を追った。

杉林を出ても文吉兄ちゃんはしばらく無言だった。月で冴え冴えとした背中を金吾は複雑な思いで追っていた。胸の中の高揚も義侠心も弾け飛び、代わりに石ころを飲み込んだみたいな重いものが底のほうに沈んでいる。

――あの兄弟とは関わっちゃならねぇ。

文吉兄ちゃんの厳しい物言いと、今見たものがつながっていることは朧《おぼろ》げにわかったが、それに軽々と触れてはいけないと思ったのだ。だから、何遍も兄ちゃんを呼び止めようとしたけれど、その度に金吾はぐっとこらえた。

文吉兄ちゃんの背中が止まったのは家の前だった。

兄ちゃんはおもむろに振り返ると、

「今見たものを、誰にも言っちゃなんねぇぞ」

神妙な口ぶりで言った。整った顔が青白く見えたのは月光のせいばかりではないような気がした。兄ちゃんは家の中には入らずに石垣の上に身軽に腰を下ろし、おめぇもここに座れ、と顎をしゃくった。

文吉兄ちゃんは今から大事なことを話すのだ。張り詰めたその面持ちに恐れのようなものを覚え、金吾は言われるままに石垣へ上った。

「初音義姉ちゃんのお腹にやや子ができたときのことを覚えてるか」

文吉兄ちゃんが切り出した。うん、と金吾は頷いたが、話の行方が掴めずに戸惑った。今見てきたものと亡くなった初音義姉ちゃんのことが、どうつながるのかわからなかったのだ。

初音義姉ちゃんは一昨年の春に山菜採りに行き、崖から落ちて死んだ。腹の中にはやや子がいた。あまり思い出したくないことだ。思い出せば、父ちゃんと正平兄ちゃんの死もつながって一緒になって出てきてしまう。悲しみは悲しみを生む。そうして金吾の胸いっぱいに悲しみは広がって、どうにもできなくなってしまうのだ。近頃は、その悲しみと上手く折り合いをつけられるようになったのに。どうして文吉兄ちゃんはそんなことを言うんだろう。そんな不満めいた思いが萌したとき、文吉兄ちゃんがつと空を見上げた。

「義姉ちゃんが死ぬ少し前だったかな。おれ、正平兄ちゃんに言ったんだ。兄ちゃん、赤ん坊が生まれるの、楽しみだなって」

するると、正平兄ちゃんはこう言ったそうだ。

――楽しみなんかじゃねぇ。恐ろしくて恐ろしくてたまんねぇ。

「おかしいだろう」

確かにおかしいと金吾も思う。正平兄ちゃんが〝心配〟と言うのならばまだわかる。赤ん坊が無事に生まれてくるかどうか知っているのは神さまだけだ。もし神さまが気紛《きまぐ》れならば生まれても赤ん坊をすぐに返せと奪ってしまうこともある。だから子どもは七歳までは神さまの手の中にいるのだ、と金吾もどこかで聞いたことがある。それくらい赤子は弱いものなのだ。だが、〝心配〟ではなく〝恐ろしい〟とはどういうことなのか。

文吉兄ちゃんが不意に視線を転じた。

「もし、赤ん坊が女だったら殺される。それを思うと恐ろしい。正平兄ちゃんはそう言ったんだ」

首根を何かで殴られたような衝撃があった。

「殺されるって。どういうことだい」

ようやく出した声は震えていた。文吉兄ちゃんは金吾の問いを受け止めるようにゆっくりと瞬きをし、その後に小さな声で言った。

「村の決まりなんだ」

十三歳になったら男は山に入るだろう、と文吉兄ちゃんは言葉を継いでいく。

それから、しかるべき歳になったら嫁を取る。人によってそれぞれだが、大体二十歳前後で、嫁は例外なく他所の村から貰《もら》う。その際の支度金は村から出るそうだ。高い金を払って嫁に来てもらうというわけだ。なぜ、そんなことをしなくてはならないのか。村には妙齢の女がいないからだ。いや、妙齢どころか女の子どももいない。女は生まれたらその場でタケ婆に口を塞《ふさ》がれて殺される。

殺されるって。

「どうして」

声がもっと震えた。

「おれも詳しいことは知らねえ。正平兄ちゃんもそこまでは教えてくれんかった」

だが、嫁を取ることが決まったら先ず村長からその話をされるのだという。これは村掟だ。逆らうことはできない。逆らったら厳罰だ。村長は厳しい顔で告げるのだそうだ。

ということは。

「伊万里の父ちゃんは逆らったのか」

初めて見た女子の形が金吾の眼裏《まなうら》に焼きついている。むろん風呂に入るときに母ちゃんのは見たことがあるが、黒い毛に覆われているのではっきりとは見えず、父ちゃんや兄ちゃんたちとは違うとわかるだけだ。けれど、幼い伊万里のそれははっきりと見えた。明るい月の光に白く浮かび上がった女の形、スモモを思わせるような丸みと小さな割れ目は息を呑むほどに美しかった。

「そうなんだろうな。けど、どうやって逆らえたのかはわからない。ただ村のもんは伊万里を男だと思っている」

だが、女だった。だから伊万里は口の利けぬふりをし、昼間は人前に出てこないのだろう。もしも女と知られたら、村掟を破った咎で〝厳罰〟を受けることになるから。

「厳罰って何だ」

金吾の問いに文吉兄ちゃんは束の間考えていたが、

「たぶん、金だ」

唸《うな》るように言った。

「金って、どういうこと」

「この村は潤っている。石が金を生むからだ。けど、その金を分けてもらえない。まあ、村八分《むらはちぶ》ってやつだ」

どうして、どうして、どうして。金吾の頭の中にはたくさんの疑念が渦巻いている。そのひとつを掬い取り、金吾は口にした。

「どうして伊万里だけはタケ婆に殺されずに済んだんだ」

果たして文吉兄ちゃんは首を横に振った。知らないのか。

「けど、女の赤ん坊が殺されるのは、確かなことなんだ」

文吉兄ちゃんはそこでいったん言葉を切った。そして、もう一度空を見上げる。皓々と輝く月を瞬きもせずに見つめる。澄んだ明かりの中に答えを探すように月を凝視する。

そのままの姿勢で兄ちゃんは口を開いた。

「おれと正平兄ちゃんは歳が離れているだろ」

生きていれば、正平兄ちゃんは二十四歳になっている。十四歳の文吉兄ちゃんとは十歳違いだ。十年は長い歳月だ。その十年の間に何があったのか。話の流れを考えれば金吾でもわかる。わかるけれども、自ら口に出すことはできなかった。

「おれと文吉兄ちゃんの間に生まれるはずの赤子がいたんだ。正平兄ちゃんが五つのときだったらしい」

文吉兄ちゃんは空を見上げたまま話を続ける。まるで父ちゃんや正平兄ちゃんと話をしているみたいに。

生まれてきた赤ん坊が死んだ。報せにきたのはタケ婆だったという。母ちゃんは産屋にいたからどんな様子だったかはわからない。だが、父ちゃんは男泣きに泣いたそうだ。タケ婆が帰った後、家の柱を拳で殴りながら。ちくしょう、って唸りながら何遍も何遍も殴った。滲《にじ》んだ血が柱にこびりついたのを、五歳だった正平兄ちゃんはよく覚えていたという。

十九歳で他所から嫁を娶《めと》ることになり、すべてを知ったとき、正平兄ちゃんはあのときの父ちゃんの様子が腑に落ちたそうだ。ああ、きっとあの時の赤ん坊は女だったんだろうと。父ちゃんは自らの無力を、やり場のない怒りを、拳にこめて家の柱にぶつけたのだ。

「正平兄ちゃんは、そんなふうにおれに話してくれたんだ」

文吉兄ちゃんは空からようやく目を離した。その眸は月明かりで藍色に濡れていた。

「おれたちには、女のきょうだいがいたってことかい」

姉ちゃんという言葉を口にするのが恐ろしく、金吾は遠回しな言い方をした。

ああ、と文吉兄ちゃんは頷いた後、

「その話の後に正平兄ちゃんは言ったんだ」

——おれは初音の腹の子を守る。男だろうが女だろうが、おれたちの大事な子だ。だから何としてでも守ってみせる。

ということは。

「正平兄ちゃんは、初音義姉ちゃんを村から逃がそうとしたんだな」

でも、運悪く崖から落ちてしまった。

「そうだと思う。生まれてくる子がどっちかはわからなかったけど。もしも女子だったら殺される。だから、そうなる前に実家に帰したんだ」

文吉兄ちゃんの苦しげな顔ではたと気づいた。

「もしかしたら、うちは〝厳罰〟を受けたのかい」

初音姉ちゃんを逃がそうとしたから。

「いや、受けなかった。その前に——」

そこで文吉兄ちゃんは言葉を切った。両の拳は固く握り締められている。

その前に——うちの父ちゃんと正平兄ちゃんは死んでしまったのだ。

何も悪いことをしていないのに。ただ大事な人を懸命に守ろうとしただけなのに。その大事なものを守れずに、しかも当の兄ちゃんまで命を落としてしまったのだ——どんなにか悔しかっただろう。どんなにか悲しかっただろう。

「なあ、金吾。この世には運、不運ってのが確かにある。父ちゃんと兄ちゃんの死は不運だったのかもしれない。けど、初音義姉ちゃんは、運が悪かったんじゃない。女子が生まれたら殺すなんて村掟がなかったら逃げなくても済んだ。死ななくても済んだ。義姉ちゃんは」
村に殺されたんだ――

*

屯所の板間に静寂が駆け抜けた。

障子紙を透かして差し込む初夏の陽は明るいのに、多門の頭の中には月光を浴びてこぼれるように咲く金色のカンゾウの花と、石垣に腰を下ろす二人の少年の黒々とした影があった。

「文吉兄ちゃんはさ、こう言ったんだ。とりあえず伊万里を守ろうって。だから、おまえは伊万里を率先してのけ者にしろ、もしも昼間に姿を見かけるようなことがあったら、いじめて家の中に戻るようにしろって」

――みんなから遠ざけることが伊万里を守ることになるんだ。

文吉はそう言ったそうだ。

「なるほど」

多門は頷いた。当人からじかに話を聞けば、今まで不思議に思っていたことが、しっくりと胸に収まった。

――伊万里は役立たずだ。砥窪に入れねぇような男はいらねぇ。とっとと村を出て行け。初めて金吾に会った日に小弥太に罵言を投げつけたのも。おみちがタケ婆に食って掛かった日に、家の外へ出てきた伊万里を侮辱し、家の中へ追いやったのも。

すべては伊万里を守るためだった。

そして、それは亡き正平の思いを守るためでもあったのだ。

「話はわかった。だが、どうして、さように大事なことをわしに話してくれたのかな」

多門は居住まいを正し、眼前の少年を真っ直ぐに見た。

「文吉兄ちゃんが何かあったら長澤さまを頼れって。おみちさんが崖から落ちて、おれ、どうしていいかわからなくなっちまったんだ。そんなところへ吾一さんが死んで、昨日は岩盤が崩れて新太郎さんが足を怪我した。みんな噂《うわさ》してるんだって。おりゅうさまが怒ってるかもしれないって。だから、おれ、もしかしたら、次は文吉兄ちゃんが死ぬんじゃないかって――」

そこで金吾は黙り込んだ。俯いて膝上の手を固く握り締めている。多門は声を和らげた。

「なあ、金吾」

金吾がゆっくりと顔を上げる。いつもは真っ直ぐな目に迷うような色が滲んでいた。

「文吉は、父親と正平の死について、わしにこう言ったぞ」

――でも、あれは偶々だったんだ。罰が当たったわけじゃない。

「文吉兄ちゃんが――」

「そうだ。正平は何も悪いことをしておらぬ。妻子を守ろうとしただけだ。だから、神の罰が当たるはずがない。文吉はそう言いたかったのだ。わしもそう思う」

多門の言葉に金吾は唇を噛んだ。膝上の拳がぶるぶると震えている。その拳を切ない思いで見つめながら、多門は神よりももっと恐ろしいものに思いを馳《は》せる。

村の男たちはこう考えるかもしれない。

続く砥窪の不幸は、村掟に逆らったおみちのせいだけなのだろうかと。

もしかしたら——女子がどこかで生きているのではないか。おりゅうさまの御託に逆らった者、村掟をこっそりと破った者がいるのではないか。

疑心暗鬼に駆られた男らが、真っ先に目を付けるのが伊万里であることは想像に難くない。

赤子を返せ。おりゅうさまに返せ。返さねば、おりゅうさまはもっともっとお怒りになる。

だが、それはおりゅうさまの声ではない。人間の声だ。

本当に恐ろしいのは。

神の声を借りた人間だ。

「長澤さま——」少年が顔を上げた。「おれはいくじなしだ」

「そんなことはない。少なくとも、こうしてわしに話をしてくれた」

それだけでも立派だ。

「ううん。いくじなしだ。おれ、ずっと考えてたんだ。正平兄ちゃんのことを忘れてもいいんじゃないかって。文吉兄ちゃんもおれも、このまま何にも知らぬふりして、いつか嫁をもらって子ができても、みんなみたいに村掟に従えばいいんじゃないかって。そっちのが楽じゃないかって」

金吾はそこで言葉を切った。肩を小刻みに震わせながらじっと俯いている。

今、己の心の中に忍び込もうとする闇と金吾は戦っているのだ。その闇に正面から立ち向かおうとしている。

けどさ、と金吾がきっぱりと顔を上げた。顎を反らし多門の顔を見つめる目には、少年らしい一徹さが宿っていた。

「あの晩の文吉兄ちゃんの目の色を思い出すと、背筋がしゃきっと伸びるんだ。月の光を吸い込んだような目だった。怖いくらいに透き通ってた。もしかしたら、死んだ正平兄ちゃんが、文吉兄ちゃんの姿を借りて空から降りてきたんじゃないかって思えるんだ」

名も無き姉ちゃんの魂を守れ。

初音とやや子の魂を守れ。

今、目の前にある命を守れ。

これから生まれてくる命を守れ。

それがこの村を守ることだ。

そう言われたような気がするんだ、と金吾は多門を見つめた。

「正平兄ちゃんは死んじまった。けど、兄ちゃんの魂は生きてるんだ」

ここに、と金吾は自らの胸に拳を当てた。涙をこらえるように唇を噛み締める。

その姿に初めて砥山に登った日のことが思い浮かんだ。

文吉に瓜二《うりふた》つの端整な面差し。この世のものではない青年。あれはやはり正平だったのだろう。

──兄ちゃんは待ってたんだ。長澤さまみたいな人が来るのを──

なぜ己が選ばれたのか、そして、無力な己にどこまでのことができるかわからぬが。

「わかった。わしもできる限りのことをしよう」

能《あた》う限り、この子どもを支えよう。

金吾がほっとしたように頷き、ありがとうございました、と頭を下げた──そのときだった。

表で何かの気配があった。

咄嗟《とっさ》に立ち上がって障子を開ける。

庭の柿の木に止まった二羽の鳥が弾かれたように飛び立った。

鮮やかな黄色はキビタキか。ほっと息をつく。

「長澤さま──」

振り返ると、金吾が不安そうな面持ちでこちらを見上げていた。

「大丈夫だ」

総髪の頭を撫でてやると、強張った頰の辺りが緩んだ。

庭に出て金吾を見送りながら、加恵もいればよかった、と多門は思った。金吾の義姉、初音は加恵の姉であることは間違いなかろう。

──わたしが村へ来たのは、姉の死の真相を知りたかったからなの。

いきあいの湖で加恵はそんなふうに打ち明けた。

いきあい――そこで、多門の胸に何かが引っ掛かった。

――いきあいの湖？　藍色だから？

加恵も言っていたように、あの湖の色はずいぶんと明るかった。昼間に見たら、「藍」は鮮やかな「青」、いや「碧《あお》」に見えるのではないか。

多門は懐に手を当てる。

この石は――濡れたら翡翠の色に変わる。

空を見上げれば南中にはまだ間があった。

お天道さまの高いうちに湖へ足を運べば、探しているものに〝会える〟かもしれぬ。

善は急げだ。多門は下駄を草鞋《わらじ》に履き替えるために土間へ戻った。

＊

あたしは屯所から村の墓地へと急いで駆けた。家のほうに向かえば、盗み聞きしていたことに気づかれると思ったからだ。墓地の途中の畑にはしょっちゅう行っているから、誰かに見られても不審がられることはない。

それにしても――今、聞いた事実で胸の中がどくどくと脈打っていた。

やっぱりそうか。やっぱりそうだったのだ。

偶さか表に出たとき、金吾が思いつめたような様子で屯所へ向かうのが目に入ったのだ。一人きりだというのが気になって、その後を追ったのだが、思いがけず様々なことが知れた。

やはり、あの子ども――伊万里は女だったのだ。

――遠慮しなくてもいいのに。襁褓《むつき》だってうちにもあるし。

あたしが伊万里を預かると言ったとき、

――この子はとっても癇が強くて、慣れない人が抱くとあまりよくないのじゃ。

伊万里を育てている老女はそんなふうに頑《かたく》なに拒んだ。

それだけじゃない。

――もしかしたら、この子は少し遅れているかもしれん。

そんなことまで言ってのけたのだ。

でも、すべて嘘っぱちだった。伊万里が女だと隠すための出鱈目《でたらめ》だった。

薄々そうではないかと思ったけれど、あたしはそのことを誰かに洩らすことはなかった。なぜかはわからないが、誰かに言おうとすると、胸の辺りが疼《うず》いたからだ。それは子を喪った直後の痛みによく似ていた。飲ませる当てのない乳を無理やり搾るときの引き攣《つ》れるような。胸のいっとう柔らかなところが焼《や》け爛《ただ》れたような。そんな痛みがぶり返し、あたしは伊万里のことを口にすることができなかった。

でも、よく考えてみたら、やはりおかしいじゃないか。

あたしの子は三人とも殺されたのに。

何で、あの子どもだけが〝厳罰〟を逃れ、のうのうと生きているのだ。

こんな理不尽が許されるものか。

ねえ、おりゅうさま。

こうなったら、あの子の親にもあの子にも厳罰を。

どうか、厳罰をお与えください。

どくどくと脈打つ胸に手を当てて祈りながら、墓地に立った。

生ぬるい風が墓標の間を吹き抜け、草が耳障《みみざわ》りな音を立てる。ここに来たところで、あたしが慰めるべき魂はない。可哀相に。殺されたのにあの子たちは墓も作ってもらえないのだ。

これもまた、何という理不尽なのだろう。

溜息を吐くと、あたしはそっと砥山を振り返った。

夏に向かう山は、眩《まばゆ》い濃緑の衣をまとっている。

ここでは山がすべてだ。男は砥石を削ってようやく山の男になり、女は男子を産んでようやく山の女になる。

だが、あたしは山の女になれなかった。山は、その麗《うるわ》しい衣の袖《そで》であたしを冷たく跳ねのけたのだ。

気まぐれで意地悪な山。けれど、豊潤で美しい山。

その山は初夏の陽を受け、村を傲然と見下ろしていた。

巻の四

神の子

一

開け放した障子から、寝間に夕刻の風が吹き込んでくる。加恵の膝には縫いかけの着物があった。しゃっきりとした手触りの白絣《しろがすり》は夫に似合うだろう。針はあまり得手ではないけれど、家の押入れから出てきたまっさらな上布を見たら、すぐにでも縫い上げたくなった。恐らく姑《しゅうとめ》が新太郎のためにと支度《したく》していたものに違いない。

その新太郎は――穏《おだ》やかな寝顔を見て加恵は安堵《あんど》の溜息《ためいき》をついた。昨日は痛みであまり眠れなかったようだが、今日は落ち着いたのか昼過ぎから眠りに落ちて、いっぺんも目を覚ましていない。

――加恵さん！　新太郎さんが大変だよ！

昨日の朝、おくにが屯所に飛び込んできたときは血の気が引く思いがした。岩盤の下敷きになれば、先《ま》ず命はないと思ったからだ。だが、岩盤が崩れたわけではなく、切り出された石が、夫の足を直撃したのだった。骨は折れているようだが安静にしていればふた月ほどでくっつくだろうと、麓から呼んだ医者は言った。

それにしても、おくにと長澤の前であんなに取り乱してしまうなんて。思い出すだけで恥ずかしくなる。だが、あれで加恵は自らの心の内をはっきりと確かめられたのだ。

もしも夫がいなくなったら自分は生きていけない。子殺しに反対し、夫がわたしに触れないのならそれでもいい。わたしは、この人とこの村で生きていく。

どうしてそんなふうに思ったのか、頭で考えるとわからなくなる。ただ、理屈ではなく木洩《こも》れ日《び》の下でわたしの心は囚《とら》われたのだろう。石を切り出すごつごつした、けれど温かい手に。

ふと視線を感じて運針の手を止めると、いつの間にか夫が目を覚ましていた。

「ずっと、そこにいたのか」

信じられぬものでも見たかのように、夫は目をしばたたいた。

「ええ。今日も砥石磨きの作業は休ませてもらいました。村長の家の嫁ですから、それくらいいいでしょう」

加恵が大仰《おおぎょう》に肩をすくめると、

「本当にそれでいいのか」

夫は静かな声で訊《たず》ねた。

「いいも何も、そうしてもらわないと困ります。ここを出てもわたしは行くところがありませんから」

加恵の言葉に夫は微笑《ほほえ》んだ後、首を巡らせて庭を見た。盛りを迎えた真っ白な卯《う》の花が夕風に気だるそうに揺れている。斜光の中をちらちらと舞う小さな花びらは、帰る先のない羽虫のようだった。

「己など、死ねばよかった」

思いがけぬ言葉に息が止まりそうになる。

「何てことを――」

「おれは、いつも逃げてばかりだ」

夫が庭からこちらへ目を転じた。

「逃げてばかりって」

どういうこと、と加恵は縫いかけの上布を傍《かたわ》らに置き、枕頭《ちんとう》ににじり寄った。

「おまえは、初音の妹だろう」

胸がとくんと鳴った。おくにから聞いたのか。いや、おくには余計なことを喋《しやべ》る女ではない。

「そんなに不思議そうな顔をするな。初音の夫の正平はおれと同い年だったんだ。こんな狭《せま》い村だ。歳《とし》が近ければ親しくなる。いや、歳が近いからじゃないな」

あいつだから親しくなったんだ、と夫は目を細めた。


六歳の頃、新太郎は麓の村にある親戚の家に預けられていたという。石場村には手習所がないからだ。

親戚の男は砥石の請負人をやっており、父親の権左衛門とは十歳ほど離れていたが仲がよかった。その家には男子がいなかったので、男は新太郎を喜んで預かり、砥石の商いについても教えてくれたそうだ。男には新太郎より歳上の娘二人がおり、彼女たちが「新ちゃん、新ちゃん」と可愛《かわい》がってくれたが遊び相手としてはつまらなかった。それに、新太郎は蒲柳《ほりゆう》の質《しつ》で、しょっちゅう熱を出したり腹を下したりと手が掛かったので、手習所が終わっても習い子たちと遊ぶことを禁じられていた。皆と遊びたいと不満を洩《も》らしても、権左衛門さんに叱られるから、とか、預かりものだから大事にしなきゃ、などと言って親戚の男は新太郎をはぐらかした。

そんな数年を過ぎて、新太郎が石場村に戻ってきたのは十二歳のときだ。

雪解け水がぬるみ始めた、二月初旬のことだったという。ようやく村の子どもたちと遊べると期待に胸を膨《ふく》らませていたのだが、なぜだか彼らはよそよそしかった。屋敷の前で新太郎が立っていても、気づかぬふりをして林のほうへ駆けていく。

何よりつらかったのは父母と上手《うま》く話ができなかったことだ。生まれた村だというのに、なぜどこにも自分の居場所がないのだろう、と新太郎は途方に暮れた。

そんな新太郎の心を慰めてくれたのは馬たちだ。どれもが美しい栗毛《くりげ》で穏やかな気性だったが、新太郎の気に入ったのはいっとう小さな馬だった。小さいからか、その馬は厩《うまや》の隅でいつも居心地の悪そうな、不安そうな面持《おもも》ちをしていた。

その馬に近づき、そっと首を撫《な》でると柔らかく鼻を鳴らしてくれた。まるで独《ひと》りぼっちの新太郎を慰めるみたいに。

ようやく仲間を見つけたような心強さを覚え、新太郎は、馬に「ちび」と名をつけて毎日厩に通うようになった。幼い頃のことや、父や母と上手く喋れないことなどを語って聞かせると「ちび」は必ず新太郎に鼻を寄せ、頰《ほお》を優しく舐《な》めてくれた。

それからしばらくして、今日が山入りという日。いつものように新太郎が厩へ行くと女や子どもたちが馬を表に出しているところだった。今日は山入りだから馬も身を清めるのだ、と誰かが言うのが新太郎の耳に入った。

春の陽射《ひざ》しを浴びた馬たちは皆気持ちよさそうだったし、子どもたちも誇らしげな顔をしている。でも、「ちび」だけは新太郎の目には不安そうに映った。

「おれもついていっていいですか」

思い切って、いっとう年嵩《としかさ》の女に頼んでみた。すると、女は明らかに困惑したように目を泳がせて、

「坊ちゃんに、こんなことをさせるわけにはいきませんから」

もごもごと言った。

「どうしてですか。おれ、毎日ここに来てますよ。そいつの面倒だって見られます」

と、濡《ぬ》れた目でこちらを見つめる「ちび」を指差した。

「でも、川で体を洗いますからねぇ。今日は少しひんやりしていますから。風邪でも引かせたら権左衛門さんに――」

女は終《しま》いまで言わずに、他の者たちと顔を見合わせた。

それでわかった。親戚に言ったようなことを、父は村の者にも言っているのだと。けれど、新太郎はもう十二歳だ。五歳や六歳のときみたいに熱を出すことも腹を下すことも少なくなった。でも、女たちはそんな新太郎の思いなど汲《く》んでくれず、困惑と非難の混じったような視線を向けるだけだった。新太郎が諦めてその場を去ろうとしたとき、

「一緒に行こうよ」

近くで澄《す》んだ声がした。顔を上げると、目の前に一人の子どもが立っていた。手足がひょろ長く、女子みたいに優しい顔をしているが、澄んだ目は真《ま》っ直《す》ぐで夏の陽《ひ》のように力強かった。

「正平。無理を言うんじゃないよ」

二歳くらいの小さな子を抱いた女が近寄り、子どもをたしなめた。色黒だが、眸《ひとみ》の美しい女だった。

「大丈夫だよ。母ちゃん。この馬は、新太郎じゃなきゃ駄目なんだ」

な、ちび、と子どもは「ちび」の首を撫でてくしゃりと笑った。

不思議だった。どうしてこの子どもは馬が「ちび」っていう名だって知っているんだろう。どうして、「ちび」がおれに懐《なつ》いているって知っているんだろう。どうして、おれを「新太郎」って呼び捨てにしてくれるんだろう。

次々と疑問が押し寄せると、不意に心の堰《せき》が切れ、言葉が迸《ほとばし》っていた。

「そうなんです。その馬は、いや、『ちび』はおれのことが大好きなんです。だからおれが川に連れていきます。誰が何と言おうとも――」

そこで言葉は途切れた。瞼《まぶた》の裏がじわりと熱くなり、新太郎が慌《あわ》てて顎《あご》を反《そ》らすと、

「新太郎、おれと一緒に行こう」

すぐ近くで声がした。肩に触れた、子どもの手は驚くほど温かかった。

「それが、正平と仲良くなったきっかけだったんだ」

話し終えると、新太郎はひとつ息を吐いた。後で聞いたところ、正平は新太郎が厩で馬相手に語っているのを見たことがあったそうだ。声を掛けようと思ったが、そのときは勇気が出なかったのだという。

「村長の子どもだし、体が弱いと聞かされていたから、みんな、近寄り難《にく》かったのね」

「そうだろうな。だが、正平だけは大人が作った垣を飛び越えてくれたんだ。有り難《あがた》かったよ。文吉や金吾を見ればわかるだろう。あの家の兄弟はみんなそうなんだ。心優しくて真っ直ぐだ」

砥山に入る前の一年も、入ってからの数年も楽しかったという。正平がいたから砥窪の仕事も少しもつらくなかった。どちらがよい石を切り出せるか競いもしたそうだ。

「だから、正平が嫁をもらったときはおれも嬉《うれ》しかったんだ。何しろ、あいつは本気で初音に惚《ほ》れていたからさ。そうそう、しょっちゅう惚気話《のろけばなし》を聞かされていたよ」

――初音は武家の娘だから所作が綺麗《きれい》なんだ。けど、それだけじゃねぇ。心根も綺麗なんだ。

そんなときの正平は実に嬉しそうだったという。そんな正平も真っ直ぐな心根の男だったから、初音のほうも正平が気に入ったようで、二人は本当に仲睦《なかむつ》まじかった。男衆が砥山から下りてくる日、初音が屯所の前まで迎えにきていることもあったそうだ。他の男衆に冷やかされると二人とも真っ赤になったけれど、その表情は幸せそうだった。

「初音に妹がいるっていうのは、正平から聞いたんだ」

――加恵っていうの。わたしと違っておきゃんでね。木登りや山登りが大好きで高いところから飛び降りるのもへっちゃらなの。五つも離れていたからかしら。わたし、妹のことが可愛くて仕方なかったの。

「正平を通して、何遍も聞かされたから、加恵って女子が、おれの頭の中で思い浮かぶくらいになってた」

だから、三度目の嫁が「加恵」という名だと聞いたとき、もしかしたら、と思ったという。祝言《しゅうげん》で顔を合わせてすぐにわかったそうだ。

ああ、こいつはきっと加恵だ。初音がいつも話していた、おきゃんで木登りの大好きな女子だ。おれが、ずっと会いたかった女子だ。でも、そんなふうに舞い上がったのは短い間だけだった。もしかしたら、加恵は敢《あ》えてこの村に来たのではないか。初音の死に不審を抱いて。その思いが確信に変わったのはおりゅうさまに行った日のことだ。

「おまえが、見晴らしのいいところに行きたいと言っただろう。あれでわかった」

この女子は姉の死の真相を確かめにきたのだと。

「だから、逃げろって言ったの？」

――今なら、逃げられる。

崖を見下ろしながら夫はそう言ったのだった。でも、加恵は逃げなかった。逃げるよりも、差し出された手を選んだのだ。

「そうだ。おまえを逃がしたかった。そうしておれも逃げようとしたんだ。この村が抱えている諸々《もろもろ》のものから。もう知っているんだろう」

子殺しのことを、と夫は加恵を見上げた。

「知っています。理由はわからないけれど、女子が生まれたら殺されることも。それがおりゅうさまに関わっていることも」

長澤の言った通り、女の赤子は砥窪での安泰を祈願する際の人柱のようなものなのだろう。どのような経緯だったのかはわからないが、おりゅうさまが祀《まつ》られたのが、五十年ほど前だというから、その頃から始まったのかもしれない。

ただ、伊万里のことはまだ言うまい。伊万里はこの村の闇《やみ》を照らす光になるかもしれない。だが、小さな小さな光だ。深い闇に呑《の》み込まれぬよう、大事に守らねばならない。

「そうか」

夫は呟《つぶや》くと庭を見た。卯の花の咲く場所は翳《かげ》ってしまったが、生垣の青々とした葉はまだ光を跳ね返していた。

「あなたは、わたしを守ろうとしたんでしょう。だから、ずっと手を触れなかった」

それは決して前向きな守り方ではなかったかもしれない。でも、精一杯できることをして、加恵を傷つけまいとしたのだ。この手の温《ぬく》みは本物だった。加恵がこの手を取ったことは正しかったのだ。

「守るなんて、そんな立派なものじゃない。ただ恐ろしかったんだ。我が子が殺されることが。正平や初音が死んでからはいっそう恐ろしくなった。だから、逃げただけだ。親父《おやじ》が連れてくる女を気に入らないと離縁したのは、女たちの身を案じたわけじゃない。己を守ったんだ。子殺しなんて、おれには関わりのないことだ。おれは一生独り者でいい。妻も子どもも要らない。そのうちに親父も諦めるだろう。そうしてこの村で石を切り出して、いずれ死ねばいい」

そんなふうに決めて逃げてきたんだ、と夫は庭から加恵へと目を転じ、言葉を継いだ。

「正平に相談されたときも、おれは逃げた」

――新太郎。村掟を何とかできないか。おまえから村長に言ってくれないか。おれは腹の中の子が女でも殺したくはない。

わかった、と新太郎は言った。少し待ってくれ、父に話してみると。

だが、新太郎は何もできなかった。父が怖かった。村の男どもが怖かった。おりゅうさまを怒らせることが怖かった。臆病な新太郎にできたのは、正平と初音の子が男でありますように。そう願うことだけだったのだ。

新太郎がうじうじと悩んでいるうちに日にちは過ぎ、

「そうして、初音はあんなことになったんだ」

苦しげに絞り出した。

「姉は――どうして分かれ道を左に行ったのかしら。正平さんは教えたはずでしょう。左に行くなって」

「正平は教えていない」

「どういうこと?」

「教える間もなかったんだ。初音は自らこの村を逃げた。恐らく厳罰のことを気にしていたんだろう」

「厳罰――」

「村掟を守らなかったら、その家は村八分だ。富の分配を受けられない。だから、初音は誰にも言わずに逃げたんだ。少しでも正平たちに迷惑を掛けまいとして」

姉の葬儀の後、正平はこう言ったという。

――うじうじと迷っている間に、逃げろと言ってやればよかった。分かれ道を右に行けと教えていれば、あんなふうにならなかったのに。

うじうじと迷っている間に。

その言葉が新太郎の胸の中心に過《あやま》たず振り下ろされた。

新太郎、おまえがぐずぐずと迷っていたからだ。おまえが父親に村掟を変えようと進言していたら、初音は死なずに済んだ。おまえが初音を殺したんだ。

「正平に、そんなふうに言われた気がしたんだ」

淡々とした物言いだった。だからこそ、夫の言葉は加恵の胸の柔らかな部分を深く抉《えぐ》り取った。

――わたしは父さまと母さま、それから加恵を守りたいのよ。

姉はそういう人だった。大事なものができたら、自らの身を挺《てい》して守ろうとする人だ。だから、逃げた。両親よりも加恵よりも正平よりも、もっと守らなければいけないものができたから、命懸けで逃げたのだ。でも、小さな命を守ることはできなかった。

ただ、それは姉のせいじゃない。もちろん、正平のせいでもないし、夫のせいでもない。

では、誰のせいなんだ。誰のせいで、この村はこんなふうになってしまったんだ。

「加恵、おまえは逃げろ」

気づけば夫がこちらを見上げていた。

──今なら、逃げられる。

木洩れ日の下で言ったときよりもずっと切実な目をして。

ふと、無数の傷ができた夫の手が目に入った。岩盤が落ちたときにできたものだと思えば、いつか見た秖窪の闇が眼裏《まなうら》に卒然と甦《よみがえ》る。坑道には地の底まで延びているような、黒々とした闇が横たわっていた。

深い闇を押しのけるように加恵はきっぱりと言った。

「わたしは、逃げられない」

なぜなら、もう「今」を逃してしまったから。この村のことを知ってしまったから。もう「今」は二度とやって来ない。

「大丈夫だ。女郎上がりの女は嫌だ、と親父には言う」

下手《へた》な冗談だ。笑っているのに泣きそうな、総身の痛みをこらえているような、夫はそんな面持ちをしている。

いや、本当に痛いのだ。身を切られるほどに痛いのだ。

──何遍も聞かされたから、加恵って女子が、おれの頭の中で思い浮かぶくらいになってた。

口にした本人が気づいているかどうかわからないが、あの言葉は充分に愛情の表現だ。

愛するものを喪《うしな》うのは――誰だって身が切られるほどにつらい。

「嘘《うそ》」

加恵はきっぱりと言った。夫の下手くそな笑顔が歪《ゆが》む。

「女郎上がりの女が嫌だなんて、嘘でしょう」

本当のことを言って。

加恵は自らの手を夫の前に差し出した。木洩れ日の下で夫がそうしたように。

今度はわたしが夫を試す番だ。

さあ、どうする。

この手を取ったら、もう逃げられない。

夫の口から吐息が洩れた――と思ったら声を立てて笑っていた。

「おきゃん、いや、聞きしに勝るはねっかえりだ」

そう言うと、夫は傷だらけの手で加恵の手を取った。その温みに触れたとき、加恵の胸は激しくわなないた。感動というより武者震《むしゃぶる》いのようなものかもしれない。

――そういや、こんなに笑ったのは久方ぶりだ。

夫はおりゅうさまでそんなふうに言った。恐らく、この人はかけがえのない友を喪ってから、暗く湿った砥窪の隅に独りでうずくまっていたのだろう。友に何もできなかった己を罰するつもりで。でも、もう独りではない。こうしてつながったことで、小さいけれど確かな光を手にしたのだ。

ただ、わたしたちはまだ闇の中だ。手を取り合って、もっと光の溢《あふ》れる場所へ出ていかなければ、この光はいつか消えてしまうだろう。

だが、どうすればいい。何十年もこの地を覆ってきた深く巨大な闇に立ち向かっていくには、何をすればいいのだ。

二

多門はコナラとアカガシの林をひとりで歩いていた。夕刻間近の濃くなった陽が枝の間をすり抜け、足元に金色のまだら模様を描いている。ともあれ、金吾のお蔭《かげ》でぼんやりとした推察が輪郭を持った。この村では、おりゅうさまの御託により女子が生まれるとその場で殺すことになっている。だが、女がいなければ村は滅びる。だから、嫁は他所《よそ》の村から貰《もら》うしかない。

そして砥石の密売が行われているとしたら、それは嫁を〝買う〟金を作るためのもので、その金を生む隠し砥窪は、いきあいの湖の近くにあるのではないか。

そう考えたのは、夜の湖が驚くほどに明るい藍色をしていたからだった。

だが、予測は外れた。

昼間見る湖面は確かに美しい青色をしていたが、それは濃い縹《はなだ》色で、求めている翡翠《ひすい》の色とは違った。汀《みぎわ》に転がっている石に水を掛けても黒くなるだけだった。湖から少し離れると、赤茶けた岩肌がむき出しになっている場所に行き当たり、もしや、と思ったのだが、辺りに坑口らしきものは見当たらなかった。地面にはかめ穴と呼ばれる水の溜《た》まりが幾つかあり、そこに映る青空は美しかったが、かように水の溜まりやすい場所に砥窪があるとも思えなかった。

そこで、もう一度、おりゅうさまを当たってみようと考えたのだ。

禁足となっている本殿の後ろには、蓬《よもぎ》が生えていると権左衛門は言ったが、果たして本当なのか。この目でしかと確かめねばならない。

明るい林を抜けるとすぐに石鳥居が見えてきた。梅雨入り前の今、林の中は青葉のにおいでむせ返るほどだった。

まさか本殿の裏に、裏砥石の保管所があるなんてことはないだろうが。

石段を上がると、多門は覆屋の前で一礼した。

——おりゅうさまを怒らせたら大変なんだ。砥窪が潰《つぶ》れちまうからな。

念のために、裏に足を踏み入れる許しを乞《こ》うたつもりだった。ゆっくりと顔を上げたとき、板戸の奥で何かが揺れるような気配がした。ひそやかな声さえ聞こえる気がする。

おりゅうさまがお怒りになっている——まさか、な。

多門は苦笑を洩らし、爽やかな香りを放つ杉の大木の間をすり抜けて裏手へ回った。

そこは、確かに蓬の群生地だった。

初夏の今、高さは二尺（約六十センチ）ほどもあろうか。羽根状に切れ込みの入った葉が斜光を跳ね返し、百坪ほどの広さを覆い尽くし、青い香気を放っている。これまでに出会った、どの蓬よりも香りが強かった。

蓬の群れの向こうには、杉の木を中心とした林が広がっており、緩《ゆる》やかな下り斜面となっている。多門は蓬の群生に近づくとその場に屈《かが》んで葉に触れてみた。切れ込みの入った葉の裏は細かい白毛でびっしりと覆われており、強い香り以外は特段変わったところがない。ただ、蓬は林へと続く斜面の際まで列になって生えており、まるで人が切り開いて畑地にしたかのようだった。

とりあえずは奥まで行ってみようと、群生の切れ目を進んでいけば、林の手前に僅《わず》かに土の色の違う場所がある。明らかに近頃掘った痕跡を残していた。

さらに、遠くから見たときには気づかなかったが、林との境には野蒜《のびる》に似た細く長い葉が枯れて重なるように倒れていた。初夏のこの時季、旺盛《おうせい》に葉を茂らす草木とは反対に枯れるのは――

彼岸花だ。

そうとわかった途端、息が詰まりそうになった。

――花が咲いてから葉が出るでしょう。花は子、葉は親。親子が会えないから捨子花だって。

加恵の言葉が脳裏に浮かんだ。彼岸花は秋に茎だけを伸ばして花をつける。その花が散ってから葉をつけ、冬越しをした後、この時季に枯れるのだ。だから「捨子花」と呼ばれる。「葉見ず花見ず」「母見ず子見ず」とも。

――花の名なぞ、所詮《しょせん》人がつけたものだ。花はただ咲いているだけなのにな。

そんなふうに加恵に言ったものの、おりゅうさまの裏に、この花が植えられていると思えば、胸が引き絞られた。

やはり、女の赤子は人柱だったか。恐らく、ここにはタケ婆の手で葬られた多くの女の赤子が眠っているのだろう。母の顔を見ぬまま。

そして、小さな人柱と引き換えにもたらされる御利益《ごりやく》が長命の蓬か。

——この茶のお蔭で村の男衆は皆病知らずです。

おりゅうさまを祀ったのは五十年ほど前。そこから数年が経《た》った頃、蓬が自生し始めたと権左衛門は言っていた。あの場所に偶々赤子を埋めたのがきっかけだったのかもしれない。長命茶がいかほどに効《き》き目があるのか多門にはわからない。だが、少なくとも、村の男たちは信じているのだ。

おりゅうさまと長命茶のお蔭で壮健になり寿命が延びたと。

確かに砥窪での作業は過酷だ。たった一度きり、しかも短い刻《とき》の間、中に入っただけだが、あれほど気の悪い場所で石を切り出す作業に従事していれば体に悪いことは自明だ。ここの男たちは十三歳になったら砥山に入り、死と隣り合わせで生きていく。

おりゅうさま信仰の裏にあるのは、生への執着だ。

——昔は二十五歳を迎えたら長寿の祝いをしたのですよ。そんな馬鹿なことがありますか。もっと生きたい。二十五歳よりももっともっと。三十、四十、五十、六十と生きていたい。人の欲には際限がない。砥石のお蔭で美味《うま》いものも食えるし、山を下りれば欲しいものも手に入る。ただ生きるだけではなく、人生をもっともっと謳歌《おうか》したい。それは決して責められることではない。人は誰しもそう思う。

だが、そんな生への執着が、新しい命を搾取しているとしたら。

怒りとも悲しみともつかぬ、身の切られるような思いが突き上げ、多門は思わずその場に膝をついていた。

その拍子に湿り気を帯びた、生ぬるい風が吹き抜けた。村の墓地を訪れたときと同じような、厚ぼったい風だった。

風は多門の耳奥で鳴り、おみちの声を甦らせる。

――返せったら！　返せ！

喉が切れんばかりの絶叫の後には、

――わしを恨んで死んでいった者の姿はよく見えるんじゃよ。この青い目で。

淡々としたタケ婆の声が続く。

だが、ここに眠る命に恨まれるべき相手は、タケ婆だけではあるまい。

膝をついたまま黒々とした地面に手を触れれば、蓬の群生が一斉に頭《こうべ》を垂れ、ざわざわとどよめいた。それはおののいているようにも泣いているようにも聞こえた。

そのときだった。

「おーい！　たもじい！」

聞き慣れた、澄んだ声が背後から聞こえた。

振り向けば、蓬の群生をかき分けるようにして伊万里が駆けてくる。その後ろには小弥太が困ったような顔で立っている。

おまえら、どうしてこんな場所にいるのだ。

そんな疑問など消し飛んだ。

それは、まさに光だった。

風とひとつになって躍動する少女は、神の子かと思えるほどに眩《まばゆ》い輝きに満ちていた。

この少女が、今ここにいること。

弾むように駆けていること。

それだけで多門の胸は清らかで温かいもので溢れそうになる。

この光が消えないでくれてよかった。本当によかった。

風が変わる。軽くなる。

蓬の群生は頭《こうべ》を挙げ、さやさやと歌い、澄んだ青い香気を吐き出している。

たもじい！

飛び込んできた光の子を、多門は両の腕《かいな》で力いっぱい抱きしめた。


「ここは、昼間遊ぶのに恰好《かっこう》の場所なんだ」

覆屋の前で伊万里が得々とした口調で言った。

「恰好の場所、か」

六歳の童女らしからぬ言に苦笑が洩れる。

小弥太の話では、日頃、ここに来る人はほとんどいないそうだ。山入りのときと、ひと月に一度、女衆が交代で掃除に来るくらいで、それも毎月晦日《みそか》と決まっているから、その日を避ければいい。なるほど、「おりゅうさまのお蔭」と言いながら、足繁《あししげ》く通う者は少ないというわけだ。

「たまにタケ婆が来るけど、裏で遊んでても、この中に入っても何にも言わないんだ」

まあ、タケ婆はすべての事情を知っているからな、と笑いそうになったところで、多門ははっとした。今、伊万里は聞き捨てならぬことをさらりと言わなかったか。

「おまえら、覆屋の中に入ったことがあるのか」

驚いて多門が訊ねると、

「覆屋って、おりゅうさまのいるところ、ここのことかい」

覆屋の扉を見上げながら、伊万里があっけらかんとした顔で訊《き》く。

「まあ、そうだな。正しくはおりゅうさまは本殿に鎮座しておる。その本殿を雨風から守るのが覆屋だ」

「うん。この中にはしょっちゅう入ってるよ」

な、兄ちゃん、と伊万里の得意げな言に、

「見られると困るときとかあるから」

仕方なく、と小弥太が弁解口調で付け足した。

「そうそう、加恵さんが来たこともあるよ」

伊万里が思い出したように手を叩《たた》いた。

「加恵が？」

「うん。村長の息子と来たよ。お参りしてすぐに帰っちゃったけど。おらがそっと扉を開けたら、ちょうど振り返ってさ。ものすごくびっくりしてたけど」

くすくす笑う。それは驚いただろう。人のいるはずがない覆屋の扉が開いたとあっては、さぞ肝《きも》を冷やしたはずだ――そこで、はたと思い当たった。

「もしかしたら、わしが参拝したときも、中にいたか」

板戸の向こうで何かが揺れるような気配があったのだ。

「うん。石段を上がってくる気配がしたから、急いで中へ入ったんだ。でも、たもじいだったから外に出ようとしたんだけど、兄ちゃんがびっくりさせるからやめろって。けど、神妙な顔してたからさ、思わず笑い出しそうになった」

そう言いながら、肩を揺すって笑う。

「この罰当たりめが」

多門が伊万里の頭を軽く小突《こづ》くと、

「でもさ。都合の悪いときは、この中に入れって言い出したのはタケ婆だよ。裏にも戸があるから出られるし」

覆屋の戸を指差して、伊万里は赤い唇を尖《とが》らせた。

「タケ婆が？」

「うん。おらはおりゅうさまの子だから、大丈夫だって。むしろ、おりゅうさまはおらを守ってくれるって」

なあ、兄ちゃん、と伊万里は横に立つ小弥太を見上げたが、小弥太は頷《うなず》かなかった。ただ黙

って覆屋を見つめていたが、

「長澤さま、いざとなったら伊万里を守ってください」

こちらの胸が引き絞られるような、ひたむきな目をして言った。

三

昨夜は風が強かった。

不穏な風だった、と多門は半分だけ目覚めた頭の中でその音を甦らせる。

――うん。震えてる。まるで泣いてるみたいだ。

伊万里がそんなふうに表した、あの晩と同じような心をざわつかせる風だった。

山も泣くのか。どんなときに泣くのだ。

すると、たった一度だけ入った砥窪の光景が思い浮かんだ。

狭い坑道の先には生温かい、丸い広がりがあった。まるで巨大な生き物の胎《はら》の中のような。ああ、そうか。あの山は女なのだ。女は大勢の男たちを胎内《たいない》に抱き、代わりにその内側を穿《うが》たれ、削られている。

だから、山は泣くのか。柔らかな場所を削り取られる度《たび》に泣き叫び、その痛みに身を震わせるのだ。

うつらうつらしながら多門がそんなことを考えていると。

どしん、と大きな音がしてはっきりと目が覚めた。板戸に何かが叩きつけられたような乱暴な音だった。咄嗟《とっさ》に跳ね起き、素足で土間に飛び降りる。

「何者だ」

戸の向こうの気配に問う。

「菊治、です」

苦しげな声が返ってきた。急いで戸を開ければ、ひやりとした気が頬に当たった。暁闇《ぎょうあん》の中、戸の前にうずくまっているのは確かに菊治であった。だが、その面差しは変わり果てている。頬も唇も赤黒く腫《は》れ上がり、右目の瞼は塞《ふさ》がっていた。したたかに殴られたのは一目瞭然《いちもくりょうぜん》だった。聞くまでもなかった。これが〝厳罰〟だ。村掟に従わなかった。いや、おりゅうさまに逆らった罰は〝金〟だけではなかった。それが今、菊治に与えられたのは疑いのないことだった。

「立てるか」

多門は肩を貸し、菊治を中へ入れた。支えながら板間に上がり、今まで己が寝ていた夜具に傷ついた身を横たえてやる。顔以外に大きな傷はなさそうだが、蹴《け》られていれば身の内で出血しているやもしれなかった。

まずは傷の手当てをせねば、と多門が立ち上がると、

「長澤さま――」

苦しげな声がそれを止めた。

「わかっておる。しばし待て」

なだめるように言うと、多門は土間に行き、桶《おけ》に水を汲んだ。

水に手拭《てぬぐ》いを浸し、絞ると腫れ上がった頬に当てる。薬はない。村長の家に行けば調達できるだろうが、それこそ飛んで火に入る夏の虫だ。

「すみません。でも、わたしのことより――」

手拭いを右手で押さえ、喘《あえ》ぎながら言葉を絞り出す。

「伊万里のことだな」

「すべてご存知《ぞんじ》で――」

「うむ」

頷くと、菊治はほっとしたように息を継いだ。

「何かあったら、長澤さまを頼ればいい。小弥太がそう言いました。でも、そこまでよそ者を信じていいものかと。けれど、小弥太は反論しました」

――よそ者って何だ。おれらこそ、この村でよそ者じゃないのか。長澤さまはおれたちとの約束を守ってくれた。伊万里のことを守ってくれた。おれたちの事情を聞かないで手習い指南もしてくれた。それだけで信じられる人だ。村の誰よりもずっとずっと信じられる。

「伊万里が女子だってことも。小弥太が村を出たがっているってことも。誰にも言わずにいてくれたんですよね」

微笑もうとし傷が痛んだのか、顔をしかめた。

「喋ろうにも喋る相手がいないだけだ」多門も微笑み返し、肩をすくめた。「だが、伊万里のことはどこから洩れたのだ」

「昨日、今日のことではないと思います」

「以前から、ということか」

「はい。ご存知の通り、伊万里はあんなですから。人目に触れぬようにするのも苦労しました。前々から、伊万里は女子ではないか、と疑っていた者がいたようです。そこへ、立て続けにあんな不幸が――」

不幸とは吾一の死と新太郎の怪我《けが》だ。どちらも砥窪でのことだったので、村の老人たちは「おりゅうさまはへそを曲げている」と言っていたそうだ。

「だが、こんなになるまで殴られたのだ。伊万里が女だという事実を誰かが摑《つか》んだに違いあるまい」

「お千代が、昨日山へ来て――」

お千代とは――三度の膳を持ってくる女の顔を手繰り寄せれば、おくにやおゆわなど、明るい女の中で俯《うつむ》き加減な女の暗い面差しと同時に、柿の枝を揺らして飛び立つ、二羽のキビタキの姿が甦った。

もしかしたら――

あのとき、お千代が表にいて、金吾との会話を聞いていたのではあるまいか。

多門は己の迂闊《うかつ》さを呪った。

集落から離れている屯所。でも、村人はいつでも出入りできる屯所。

金吾は落ち着かないから、と障子を閉めたが、やはり開けておくべきだったのだ。

――ああ、あの人は子どもがいないんです。姑とも色々あったみたいで――

確か、おゆわがそんなことを言っていたが、子どもがいないのではなく、女しか生まれず殺されたのかもしれぬ。だとしたら、余計に伊万里が憎かろう。

「お千代は、わしが金吾と話しているのを聞いたのかもしれん。金吾は伊万里が女子だと一年前に知ったそうだ」

「一年前に――」

「ああ。だが、金吾のせいではない。わしのせいだ。わしが迂闊だったのだ」

済まなかった、と多門はその場で頭を下げた。金吾に責はない。責を負うべきは己だ。己の脇が甘かったのだ。

「いいえ。金吾のせいでも長澤さまのせいでもありません。来るべきときが来た。それだけのことです。一切の責は父親であるわたしにあります。ですが――」

そこで一旦切ると、菊治は痛みをこらえるように頬を歪めた。親として子を守りきることができなかった情けなさが、胸を苛《さいな》んでいるのかもしれなかった。だが、菊治の言うように来るべきときが来たのだ。偽りの災いを剝《は》がし、あの子を闇から光へと戻さねばならぬときが。

「承知しておる。伊万里は必ず守る。おまえはここにいなさい。念のため、わしが出て行ったら心張棒をかっておくのだ」

よいな、と多門は菊治の手をしかと握った。

屯所を出て振り仰《あお》ぐと月は西の空に傾き、東の空は白み始めていた。風はすっかりやみ、星の残る青藍《せいらん》の空を背にして砥山は静かに坐《ざ》している。かの山が夜半に震えていたのは、男らの怒りに怯《おび》えていたためか、あるいは、その愚かさを哄笑《こうしょう》していたか。いずれにしても、伊万里の秘密を知った男らはじきに山を下りて来るだろう。刻はない。多門は山に背を向け、集落のほうへ駆け出した。

菊治の家はタケ婆の家のすぐ隣だ。急いで生垣の向こうに廻《まわ》ると板戸が開いていた。遅かったか。いや、屯所の前を男らが通る気配はなかったから奴《やつ》らはまだ山だ。だが、多門は総身の気を張り詰め、薄暗い土間にそろりと足を踏み入れた。すると、奥からぶつぶつと呟く声が耳をかすめた。老女の声だ。

——ばあちゃんの饅頭《まんじゅう》は美味いんだ。

伊万里の得意げな表情が思い浮かんだ。祖母が早朝の読経でもしているのだろう。起きているのならちょうどよい。

「すまぬ。小弥太と伊万里はおるか」

土間から奥へ向かって多門は呼んだ。

呟き声がぴたりとやんだ。ややあって、ひたひたと床を打つ足音が聞こえ、囲炉裏《いろり》の切られた板間に白髪をひとつに結わえた老女が現れた。淡い闇の中でもその目の色が青く濁っているのがわかる。

「タケ婆か」

思わず声に出していた。

一拍置いて、くぐもった笑い声がした。病んだ目は同じでも、くしゃくしゃの顔をよく見ればタケ婆とはまるで面差しが違う。何より、もっと年老いている。小柄なだけでなく手足が枝のように細く、まるで粗朶《そだ》の束《たば》に藍縞の紬《つむぎ》を着せたようだった。

「遅いのう、お役人」

老女は喉を鳴らしながら言った後、

「そら、もうすぐ山を下りてくるわ」

青い目で砥山のほうを指した。


祖母の話では、兄弟はおりゅうさまへ行ったという。それ以上のことは何も語らず、再び奥へ戻り、くぐもった声で読経を始めた。

表へ出ると、ほんの短い間に空は明るくなっていた。集落は眠りから覚め、今日を生きる女や子どもの息衝《いきづ》きが家々から立ち上っている。

老女は〝もうすぐ〟と言った。とにかく急がねばならない。集落を飛び出し、多門は再び走る。杉とアカガシの林を抜け、夜露をまとった下草を足で踏み分け、ひたすら走る。

なぜ己がここまで懸命になっているのか。両の腕に今も残る命の重みと温みゆえだ。あの重みも温みも、生きられなかった名も無き三人の我が子らが等しく持っていたものだ。

そして、それらを身の内で大事に守っていたのは妻の茅野だ。

だから、伊万里を守ることができなければ、己は亡くなった子らにも茅野にも申し訳が立たない。たったひとつの命を守れずして何が隠密同心だと、子らも茅野もせせら笑うだろう。

刻一刻と明るさを増していくコナラとアカガシの林を抜けて石鳥居まで来たとき、多門はようやく立ち止まって息をついた。背後に人の気配を感じ、ぎょっとして振り向く。

「遅いのう、お役人」

今度こそ本物のタケ婆だった。青そこひの目こそそっくりだが、伊万里の祖母よりも遥《はる》かに若かった。しわくちゃだと思った顔も、枯れ木に着物を着せたような老女を見た後ではふくよかに見える。

「なぜ、おまえがここに」

「わしがいては困るかの」

歌うように言った後、タケ婆は石段を軽々と上がり、覆屋の前に立った。短い階《きざはし》を上ると節くれだった手で板戸をそっと開ける。壁に映った蠟燭《ろうそく》の火明かりが生き物のように揺らめいたかと思うと、

「たもじい！」

小さな影が駆け寄ってきた。

「とりあえずは安心じゃが、もしもの場合は」

お役人、と多門を振り返った目は、火影《ほかげ》でいっそう青みを増した。恐らく、その眸は多門の素《す》

性《じょう》などとうに見透かしているのだろう。江戸の隠密同心とまではいかずとも、ただの砥改人でないことくらいはわかっているのかもしれなかった。

「承知しておる」

いざとなったら、村長に江戸の奉行所から来たことを明かすしかあるまい。密売の事実は摑めていないが、由無《よし》き子殺しを村ぐるみで行っていたことは事実である。村長の権左衛門を小日向藩の陣屋に連れていくと脅せば、村人もさほどの無茶《むちゃ》はするまい。

タケ婆は深々と頷いた後、

「お役人、どこまで知っておる」

目を眇《すが》めるようにして訊いた。

「大体は聞いておる。だが、肝心のところは、まだ模糊《もこ》としておる」

「聞いたのは金吾からじゃな」

老女の皺《しわ》んだ顔がほころんだ。

「なぜ、わかる」

「前も言うたじゃろう。ここの男どもは皆わしの子ども同然じゃと。真っ直ぐな人間は生まれたときから真っ直ぐじゃ。あそこの三兄弟、正平、文吉、金吾。いずれも真っ直ぐな男じゃ。だが、その真っ直ぐなものが――」

言葉を切ると、タケ婆は苦しげに眉《まゆ》をひそめた。その先は聞かずともわかった。正平が岩盤の下敷きになり、亡くなったことを嘆いているのだろう。だが、その一方で老女の手は何十人もの赤子の命を闇に葬り去ったのだ。

「お役人。この婆《ばば》が怖いか」

青い目がつとこちらを向いた。まるで胸の中を覗《のぞ》かれたようでひやりとした。

「いや、怖くはない。悲しいだけだ」

――おみちがわしを恨んでいるからじゃ。わしを恨んで死んでいった者の姿はよく見えるんじゃよ。

眼前の老女が命の芽を摘み取ったことに、心底からの憎しみや恐れを抱けぬのは、あの言葉を聞いたからかもしれなかった。この小柄な身に老女はどれだけの憎しみと恨みを背負っているのかと思えば、悲しいという言葉の他に考えつくものはなかった。

「なるほど、悲しいか。だが、その悲しいことを話さねば、わしは地獄にも行けん」

淡々と告げると、タケ婆は板戸のほうへ目を向ける。透かし彫りから洩れる白く淡い光に、蠟燭の炎がぼやけつつあった。

「おまえらはここにおれ。もうしばらくは安心じゃ」

青い目を細めると、小弥太と伊万里の頭を順番に撫でた。

「どうして、安心だってわかるんだい」

兄らしく小弥太が慎重に訊ねると、

「この目があるからじゃ。この目は厄介での。見たくないものが見えるんじゃ」

タケ婆は薄く笑った。

「見たくないものって？」

伊万里が珍しく怯えた表情でタケ婆を見た。見たくないもの――子を殺《あや》められた女たちの恨みだけではなく、男たちの怒りもか。だが、その怒りは伊万里に向けられるべきものではなかろう。

「おまえは知らんでもよい。とにかく、ここにおれば大丈夫じゃ」

「ここなら、おりゅうさまが守ってくれる？」

――おらはおりゅうさまの子だから、大丈夫だって。むしろ、おりゅうさまはおらを守ってくれるって。

昨日も伊万里はそんなふうに言っていたが、よく考えればおりゅうさまが伊万里を守るのは妙に思える。伊万里はおりゅうさまに逆らった子なのだから。

「ふむ。いつだったか、わしはそんなことを言ったな。確かにおまえはおりゅうさまの子じゃ。神の子じゃ。しかし、おまえたちを守ってくれる者はここにもおる」

タケ婆は青い目を多門へ当ててるとくしゃりと笑った。

「たもじいだな」

伊万里は眉のこわばりを解き、兄の腕からようやく手を離した。タケ婆はひとつ頷きを返すと、

「お役人、外へ」

おまえたちはここで待っているんだぞ、と兄弟に再度言い含めてから覆屋の外へ出た。多門も

伊万里を安心させるように頷き、タケ婆の後に続く。

薄藍の靄《もや》はすっかり消え、境内《けいだい》はずいぶんと明るんでいた。青々としたコナラとアカガシの木立は朝の陽できらめきを放っているが、耳を澄ましても人の足音はしなかった。

「伊万里にはまだ大丈夫だと言ったがそうでもないな。じきにあの子を殺しにくるじゃろう」

殺しにくる。はっきりと口にすると、タケ婆は表情を引き締め、覆屋の階に腰を下ろした。その拍子に菜種油に似たにおいが微《かす》かに立ち上った。多門が訝《いぶか》しく思っていると、タケ婆が小さな息を吐いた。

「今は豊かな村じゃが、五十年も前は貧しかったんじゃ」

何かを手繰り寄せるように目を細めている。

「その頃はまだ砥石は掘っていなかったのか」

「砥石のことなぞ頭になかったようじゃの。蕎麦《そば》を作り、炭を焼いて細々と食うておったな」

蕎麦が不作の年には村から逃げる者もいたという。だが、子どもは皆のびのび育っていた。貧しくてもここは美しい。山は季節に応じてその姿を変え、村人の目を楽しませてくれる。ことに春の桜の可憐《かれん》なこと。それまで枯れ色だった山が淡い緑と薄紅色に煙ると我知らず心が弾んだ。山に行けばたらの芽が顔を出し、雪解け水を満々と湛《たた》えた清流ではヤマメが自在に泳いでいる。

だから、貧しい村にありがちな間引きなんぞなかった。子どもは村の宝だ。乳の出るもんが率先して乳を与え、世話できるもんが世話をする。それこそ、村全員で子どもを育てているようなものだった。そうするうちに、誰に言われなくても子どもたちは自ら大人の手伝いをするようになる。どの親も村の親で、どの子も村の子だ。

「ここはそういう村だったんじゃ」

タケ婆は皺んだ首を伸ばし、空を見上げた。しばらく眩《まぶ》しげに目を細めていたが、

「それががらりと変わったんが、上品《じょうぼん》の砥石を見つけてからじゃな」

見つけたのは当時の村長だったという。現村長の権左衛門の父親に当たる人物だ。彼は考えた。蕎麦と炭だけじゃ貧しいままだ。砥石を採ってみようと。そこで毎日山に登り、目に付く岩肌を削り、やがてよい石のある場所を見つけた。

「それが、屯所の前の道を登っていった場所か」

多門は問いを挟んだ。

「そうじゃな。あそこより、少し西のほうだったと聞いておる。だが、同じ礦脈《こうみゃく》じゃろうな。山は連なっておるからの」

「他に砥窪はないのか」

砥山で菊治にしたのと同じ問いを投げる。

「さあ、わしは砥窪のことはあまり知らん。だが、五十年の間に砥窪はいくつか潰れ、その度に掘られているじゃろうな」

まあ、そうだろう。だが、確かに山は連なっているのだ。いったん礦脈を見つければそれに沿っていけばいい。地形を読むことに長《た》けた者がいれば、この広い山のどこに宝が眠っているのか、目当てをつけるのはさほど難しくないのかもしれなかった。

「わしも見たが、村長が持ち帰ったのは、それはそれは綺麗な石じゃった」

香色というのか、生絹の色というのか、女の肌を思わせるしっとりとした色だったという。水に浸《つ》けると赤い斑紋が浮かび、そこに刃を当てるとぴたりと吸い付く。まるで石が刃を抱きとめるようじゃと誰かが言ったそうだ。

村長はすぐに砥石の切り出しを陣屋に申し出た。その時のことは、十二か十三だったタケ婆もよく覚えているそうだ。ふんぞり返ったお役人が半信半疑で山へ来たが、見つけた砥石で刃を研ぐところを見せられると顔色が変わったという。

村人たちも大喜びだった。砥石が高く売れることは皆知っていたからだ。砥石を切り出すことなぞ誰もやったことはなかったが、儲《もう》かると思えば何でもできるものだ。硬い岩壁に穴を掘り、水抜きをし、砥窪を作り、いつの間にかここの石は高く売れるようになった。

ところが――

せっかくの幸福に水を差すようなことが出来《しゅったい》した。

砥窪に入りたての十三、四歳の少年と四十路《よそじ》を越えた男がばたばたと死んだのだ。

砥石を切り出す仕事は過酷だ。まず、坑内の気が悪い。そこで、換気のための煙穴を開けたり地面を掘って水を流したりもした。だが、石を削るときの粉塵《ふんじん》によるものか、三十路《みそじ》にもならぬというのに胸の病に罹《かか》る者が出てきた。

「中には逃げていく者もおったのう」

長く喋りすぎたのか、そこでタケ婆は息を吐き、乾いた唇を舐めた。

「そこでおりゅうさまを祀ったのか」

老女を気遣《きづか》い、少し待ってから多門は先を促《うなが》した。

「そうじゃな。砥石が見つかってから数年が経っておったかの。その年は雨も多くてな、水抜きが大変だったらしく、掘る場所を少し変えたんじゃな」

すると、不思議な石が出てきたという。灰青の地の中ほどに緋色《ひいろ》の丸い模様があったそうだ。まるで龍《りゅう》の目玉のようだ、と男衆は大騒ぎした。しかもその辺りには上品の石が唸《うな》るほどあった。村中がお祭り騒ぎだったという。

――この石は龍神《りゅうじん》の眼じゃ。この石を祀ろう。

それが〝おりゅうさま〟だ。

「だが、そこから奇妙なことが起きたんじゃ」

タケ婆はひとつ息を継いだ。

「奇妙なこと？」

「ああ、そうじゃ。まことに奇妙なことじゃった」

お社《やしろ》を建立《こんりゅう》してからひと月ほどが経ってからだったか、生まれてすぐの赤子が死んだ。運悪くへその緒が首に絡まり、出てきたときにはとうに虫の息だった。

「わしもおっかさまの手伝いをしておったからよう覚えとる」

「おっかさま？」

「おまえさまがここへ来たのは、わしのおっかさまに会ったからじゃろう」

菊治の家にいた老女のことか。青い目のせいでタケ婆だと思ったが、面差しはあまり似ていなかった。

「小弥太と伊万里の祖母か。あれがおまえの母親だということは――」

「その話は後回しにしよう。先《ま》ずは赤子の話じゃ。もう刻がない」

タケ婆は息を吸い込むと、その先を語り始めた。

可哀相《かわいそう》なその赤子を神さまに返そうと、おりゅうさまの裏に埋めたという。当時は灌木《かんぼく》が疎《まば》らに立つがらんとした場所だったのだが、それからしばらくして、杉林に近いほうから蓬が生えてきた。それはもうものすごい勢いで広がり、気づいたら野の一面を覆い尽くしていた。

あまりに香りがいいので乾燥して茶にして喫《きっ》したところ、何やら調子がいい。古来、蓬は肌荒れや喉の炎症に良く効くと言われていたので、喉や肺腑をやられて寝付いていた男衆に服《の》ませると緩やかではあるが快復の兆《きざ》しを見せたという。これはおりゅうさまのご加護だ、と喜んでいたところへ、またまた妙なことが出来した。

立て続けに赤子が死んだのだ。それも、生まれてくる赤子ばかりではない。二歳、三歳の子どもまで熱が出たり、腹を下したりして短い間に儚《はかな》くなった。

いずれも女子ばかりだった。

最初の子に倣《なら》い、亡くなった子どもはすべておりゅうさまへ〝返す〟ことになった。早い話が、村墓ではなく神社の裏に埋めるのだ。不思議なことに、赤子を埋める度に蓬は青々と繁《しげ》り、香気を放つようになった。

すると、村長がこう言い出した。

――おりゅうさまは女が欲しいんじゃ。しかも赤子が。その証《あかし》がこの蓬じゃ。

それで、生まれた赤子が女のときはその場で殺すように命じた。無論、女たちは反対したが、男たちはそれに頷かなかった。

――赤子を殺さなきゃ、おれたちが死んじまう。男が死んだらこの村はどうやって食っていくんだ。

挙句は、他所の村がやっている間引きとどこが違うんだ、と居直る者もいた。食っていくためにはどこの村でもやっていることだと。そのうちに、その居直りに乗じる者が出始め、いつしか反対していた者たちも口を噤《つぐ》むようになった。子殺しを肯《うべな》う動きが村人たちを次々と呑み込んでいくさまは、まるで山津波が木々を押し流していくようだった。そうして、この村を支えていた善良な木々は根こそぎ倒されてしまった。

この村で間引きを行ったことなぞいっぺんもなかったのに。砥石を生業《なりわい》とする前は、どんなに貧しかろうが間引きしようなんて考える者はいなかったのに。蕎麦を作り、炭を焼いて、山の恵みをおすそ分けしてもらって、皆でつつましく生きてきたはずなのに。

そんなことはどこかに置き忘れてしまったように、多くの者が間引きを受け入れた。

ぴかぴかの白飯。芳醇《ほうじゅん》な酒。厚手の着物。ふっくらした夜具。

そんなものを一旦手にしたら、もう元には引き返せない。

子殺しは、食っていくためにどこの村だってやっていること。当たり前のこと。屁理屈《へりくつ》だとわかっていても、それに寄りかかっていく。

それでもやましさはつきまとう。飢《う》え死にしそうな村の間引きと、豊かさを手に入れるための子殺しは違う。それくらいのことはみな頭の隅ではわかっていたはずだ。

だから、そのやましさをおりゅうさまにすべてかぶせた。

おりゅうさまが赤子を欲しがっているのだから仕方ない。

その代わりにおりゅうさまは蓬茶をくださる。

砥窪の安泰をくださる。

長命と富を約束してくださる。

おりゅうさま。おりゅうさま。我らがおりゅうさま。村の宝、おりゅうさま。

皆、ひたすらにおりゅうさまを妄信した。

けれど、実はおりゅうさまは神さまなんかじゃなかった。

化《ば》け物《もの》だ。欲とやましさの化身だ。

だが、その化け物にみんな心が喰《く》われてしまった。

子どもが宝だってことも、その宝が明日の光になるってことも、ぜんぶぜんぶ忘れて目の前のことだけを考えて生きるようになってしまった。

「わしも皆と同じじゃ。この手でたくさんの宝を潰してしまった」

乾いた唇から息をひとつ吐き出すと、タケ婆は再び空を見上げた。

初夏の空には雲ひとつなく、悲しいくらいに澄んだ色をしている。だが、その青い目にこの空は映っていないのだ。光をひとつ消す度に、その目は光を失っていった。

「伊万里を殺さなかったのは、おまえの孫だからか」

タケ婆のおっかさまの話に戻る。

「いや、伊万里は孫じゃない」

タケ婆は首を振った。

「だが、伊万里が〝ばあちゃん〟と呼んでいる老女が、おまえの母親ではないのか」

菊治の家で見た老女の顔を手繰り寄せる。枯れ木に紬を着せたような老婆だった。かなりの歳と見えたから、タケ婆の母親でもおかしくはない。

「おっかさま、いや、トミ婆《ばあ》はわしと血が繫がっておらん。ただ取り上げ婆《ばば》だったというだけじゃ。わしもおっかさまも独り者じゃ。だが、トミ婆とわしは実の母子よりも太い糸で繫がっておるかもしれん。同じ罪業《ざいごう》を背負っておるんじゃからな」

だから同じ目の色になったんじゃろう、とタケ婆は青そこひの目を細めた。

では、その取り上げ婆がなぜ伊万里を守っているのだ。

「伊万里もいつもの段取りで殺そうとしたんじゃ。生まれてすぐに濡れた紙で鼻と口を押さえた。けど、あの子は生き返った。一旦止まった心の臓がとくんと動き、蒼《あお》かった唇をわなわな震わせたと思ったら大声で泣きよった。それと入れ替わりに、この子のおっかさまが死によったんじゃ。さすがにわしも、もう一度手を下すことはできなんだ。おっかさまの強い念じゃ。自らの命と引き換えに子を守ったんじゃ」

年老いて、その頃はお産に立ち会わぬトミ婆だったのだが、その時だけはたまたま産屋《うぶや》にいたそうだ。

――この子こそ神の子じゃ。大事に育てねばならん。そのためにわしは生きながらえておるのかもしれん。

そうして死んだ母親の代わりに自らがこの子を育てると菊治に申し出たという。菊治は妻の死を予感していたそうだ。赤子が女でも殺さないでくれ、その代わりに自分が死んでもいい、とお産の前に話していたらしい。

「この村で生まれ、生き残った女子は伊万里だけじゃ」

今いる女は皆、他所の村から来た女ばかりだ、とタケ婆は呟くように言った。

「おまえとトミ婆は、ここで生まれたのだろう」

「そうじゃった。わしとトミ婆がおったな」と皺んだ口元に薄い笑みを浮かべた。「他はみな死んでもうた。女の赤子を殺せばいずれ村から女がいなくなる。だから他所から、しかも貧しい家から嫁を〝買う〟ようになったんじゃ。〝買え〟ば女は逃げられなくなるからじゃ。金で身が縛りつけられる。おかしなことじゃ。金を生むためだと言って女を殺し、その金で女を買っておるのだからな」

――あたし、この村に来る前に言われたんです。あんたが縁付くところは「桃源郷」なんだよって。

おくにの言葉が思い起こされた。「桃源郷」とは姪《めい》を〝売って〟大金を得た伯母《おば》自身のやましさを糊塗《こと》するための言葉だったか。

一方、おくににとっては、いや、村のすべての女にとって。

ここは、俗世間と切り離された「桃源郷」なのだ。

もしかしたら、あの分かれ道はわざとわかりにくいようにしているのかもしれない。

女たちが「桃源郷」から俗世間へと戻ることのないように。

「初音もおみちも可哀相なことをした」

淡々とした口ぶりだが、膝の上で握られた老女の拳《こぶし》は微かに震えていた。

タケ婆だけではなく村の男たちにもやましさはあったはずだ。だが、砥石の生み出す金の魔力に囚われ、豊かな暮らしの甘美さに心が麻痺《まひ》し、赤子の命も女の命も軽く見るようになってしまった。女がいなくなっても、また他所から買ってくればいいと思うようになってしまった。

「それにしても因果なことじゃの。おっかさまもわしもたくさんの赤子を殺めたくせにこうして生きながらえておる。のう、お役人。この目はほとんど見えぬと、墓場で言ったのを覚えておるか」

「ああ、覚えておるよ」

見えぬと言いながら、おみちの墓まで歩く足取りは少しも危なげがなかった。その理由を多門が問うと、

――おみちがわしを恨んでいるからじゃ。わしを恨んで死んでいった者の姿はよく見えるんじゃよ。

そんなふうにタケ婆は答えたのだった。

「赤子を一人殺す度にこの目は見えにくくなっていくんじゃ。だが、殺す赤ん坊の顔だけはようく見える。濡れ紙でどれだけ押さえても、目をぎゅっと閉じても、末期《まつご》の赤ん坊の顔だけはくっきりと目の前に現れる。おっかさまもそうじゃと言っておったな。だが、それも、もう終《しま》いじゃ」

そら、と老女は青い目を林へと転じた。

四

コナラの緑がざわりと揺れ、林の出口に村の男たちが現れた。

十名以上いるだろうか。多勢に無勢だ。だが、あの子らは守らねばならぬ。多門が立ち上がり、長脇差の柄に手をかけたときだった。

タケ婆がすいと前に出た。袂《たもと》に手を入れ、何かを取り出した。男らに向かい、声を高らかに張り上げる。

「いいか。よく聞けよ。おまえらはわしの子も同然じゃ」

男らの足が止まる。皆が口を半開きにし、何か恐ろしいものでも見るような視線をタケ婆に注いでいた。だが、彼らが見ているのは小柄な老女ではない。

痩《や》せた体には不釣合いな、大きな手が摑んでいるもの。

それは丸みを帯びた石だった。大きさは赤ん坊の顔くらいで厚さは二寸（約六センチ）ほど。初夏の陽を受けて石は濡れたように輝いている。

灰青の地の真ん中に緋色の玉。

龍神の眼と称された、御神体《ごしんたい》だ。

話には聞いていても、皆、見るのは初めてなのかもしれない。石の美しさに呑まれているのか、あるいはタケ婆の暴挙に恐れているのか。その場に縛り付けられたように身じろぎもしない。

「子が間違《まちご》うているなら正さねばならぬ。よいか。こんなものは神でも何でもない」

ただの石じゃ、とタケ婆は御神体を持つ手を振り上げた。一瞬の間の後、硬い音が境内に響き渡った。覆屋の傍《そば》の大きな石に叩きつけられ、御神体は呆気《あっけ》なく割れていた。男どもはぽかんと口を開けたまま、二つに割れた石を見つめている。

「これがただの石なら、あれもただの蓬じゃ」

男たちが呆気に取られている間に、タケ婆は覆屋の中から火のついている蠟燭を手にして戻ってきた。

男ども、わしについて来い、と覆屋の裏へ駆けていく。

「たもん先生」

騒ぎを聞きつけ、出てきてしまったのだろう。すぐ傍に小弥太と伊万里がいた。兄弟の姿を見て正気に返ったのか、男らがものすごい勢いで石段を駆け上ってくる。

来い、と多門は伊万里の手を引き、タケ婆の後を追った。

タケ婆がなぜ「ついて来い」と言ったのかはわからぬが、その物言いには鬼気迫るものがあった。だが、己が今なすべきはこの子どもを守ることだ。いざとなったらお上の名を出すことも厭《いと》わない。そんなことを考えながら裏へ回る。

すると、思いがけぬ光景に多門は大きく息を呑んだ。

数十個もあろうか。小さな石が、林の前にずらりと並んでいたのである。まるで蓬の群生を見守るように。

これは——墓か。

昨日来たときにはなかったのに、いつの間に並べたのだろう。そして不思議なことだが、雨上がりでもないのに蓬の群れの中ほどだけが濡れて見えた。羽根の形をした青い葉は水滴をまとい、初夏の陽を跳ね返している。

美しくも厳粛な光景に誰もが我を忘れ、その場に立ち尽くしていた。

「たもじい——」

伊万里の手が多門の手を強く握った、そのときだった。

ごう、と熱い風が吹いた。その風に応えるように金の蓬が一斉に頭を揺らし、真っ赤に燃え立った。

タケ婆が蓬の群れへ蠟燭を放り投げたのだ。そうと気づいたときには蓬ヶ原の中心は緋色の炎に包まれていた。

濡れて見えたのは、油だったか。

「な、何をする。この罰当たりめが」

追いついた男たちの群れから真っ先に飛び出したのは、権左衛門だった。集落からここまで駆けてきたのだろう、その額《ひたい》には玉のような汗がにじんでいる。

「罰当たりとは、何のことじゃ」

タケ婆が村長に問う。

「何のことだと？　貴様、たった今、御神体を真っ二つに――」

不意に老女が哄笑《こうしょう》し、村長の返答をねじ伏せた。

「何がおかしい」

赤ら顔に朱が走る。

「御神体、御神体と言うが、権左衛門よ。おまえさまは、神を見たことがあるのか」

タケ婆が村長を真っ直ぐに見る。碧眼《へきがん》に射《い》すくめられ、村長は返答できない。

「見たことなぞなかろう。当たり前じゃ。神は見えぬものじゃ。なぜなら」

ここにおわすのだからな、とタケ婆は自らの胸を手で押さえた。

神はここにおわすもの――多門は老女の皺んだ手を見る。その手は多くの命を取り上げ、だが、一方で多くの命をもひねり潰した。

「だからこそ、そう、だからこそ、神は化け物にもなるのじゃよ」

悲しみのこもった目で村長を見た後、タケ婆は胸に手を置いたまま言葉を継いでいく。

「わしはずっと化け物をここに匿《かくま》っておった。この化け物を何とかしよう、何とかしよう、と思うているうち、何十年も経ってしまった。今は大きゅうなりすぎて、もう、どうにもならん」

もう、どうにも、とタケ婆は小さく首を横に振ると、懐《ふところ》から小さな竹筒を取り出した。菜種油の微かなにおいがふわりと立ち上る。

「伊万里よ。おまえは真実、神の子じゃ。だから大丈夫じゃ」

タケ婆は皺んだ手で伊万里の頭を撫でた後、

「お役人。伊万里をよろしゅう頼みますぞ」

竹筒の中のものを自らの衣服に掛け、燃え盛る蓬の群生へとまっしぐらに駆け出した。

「待て！」

呼び止めたが老女の足は止まらない。飛ぶように炎の中を駆けていく。

炎はみるみる広がり、老女を紅蓮《ぐれん》の大きな手で抱きとめる。

やがて小さな身は緋色に染まった蓬の群れにゆるやかに沈み込んだ。その場に端座し一心に手を合わせている。

おまえらはわしの子も同然じゃ。まことに、まことに済まなんだ。

墓標に向けた老女の声が耳朶《じだ》をかすめる。それは、小さな命への詫《わ》びの声だった。

炎は風を生み、風は炎を肥《ふと》らせる。

贖罪《しょくざい》の声が劫火《ごうか》の音と一体となる。

熱風に煽《あお》られまいと、多門は小弥太と伊万里の身を抱き寄せた。小さな手が多門の袖《そで》を摑み、ぶるぶると震えている。

タケばあ、タケばあ。

老女を呼ぶ声が多門の胸をぎりぎりと締め付ける。

――いずれにしても、わしはお縄にはならんよ。

そう言って童女のように笑った、タケ婆の顔がくっきりと甦った。

あの老女は――こうなることを以前から望んでいたのかもしれない。だから、加恵におみちの子を殺したとあっさり告げたのだろう。

何とかしよう。何とかしよう。そう思いながら子を殺し続け、老女の心に巣くう化け物はどうにもできないものに育ってしまった。

化け物を葬るには、己を葬るしかない。

そう思い決めて、ここへ来たのだ。

風の唸《うな》り声《ごえ》にすすり泣きが交じる。誰の泣き声だ。ここに眠るたくさんの赤子か。それとも老女を神の依《よ》り代《しろ》と崇《あが》めた村人たちか。ばらばらの泣き声が風の手でさらわれ、ひとつになって空へと昇っていく。

炎の中の影がゆらりと動き、地面にくずおれた。

「タケばあ！」

伊万里の絶叫が炎の中に吸い込まれていく。今にも炎に飛び込みそうな小さな身を多門は渾身《こんしん》の力で抱きしめた。

「てめぇのせいだ」

唸るような声で我に返った。見れば、権左衛門を押しのけるようにして寅太が前に出ていた。男らの背後ではおくにを始めとした女たちもいる。加恵の顔もあった。女は皆泣いていた。

「吾一が死んだのも、新太郎さんが怪我をしたのも、蓬が燃えたのも、みんなおめぇのせいだ」

おめぇのせい。

血走った目は多門ではなく、腕の中の伊万里へ向けられている。

多門は小弥太と伊万里を背後に隠し、刀の柄に手を掛けた。だが、寅太の目は多門なぞ見ていない。

「おめえはな。この世にいたらいけねぇんだよ」

おりゅうさまに逆らったらいけねぇんだ、と懐から大きな鏨《たがね》を取り出した。石を切り出す大きな鏨だ。小さな子どものひとりくらい簡単に殺せるだろう。

背後に控えている男衆も何かに憑《つ》かれたような目をして間を詰めてくる。

どうすればいい。どうすれば、この子どもを守れる。刀の柄に手を掛けたまま多門は必死に思案を巡らせた。近づいてくる男らの目には蓬ヶ原の炎が映り、いっそう血走って見える。

龍の眼が割れても、タケ婆が死んでも、〝おりゅうさま〟は男たちの心の中に生きている。欲とやましさという化け物となって。

タケ婆は、神は人の心の中にいると言った。

だからこそ、神は化け物にもなるのだと。

化け物と神。

相反するようで、それはどちらも同じもの。

おりゅうさまとは、人の心にほかならぬ。

ならば、伊万里を守るのは刀でもなくお上でもない。

人の心だ。人が人を守るのだ。

多門は刀の柄から手を離し、大きく息を吸い込んだ。

「わしには、子がおらぬ」

腹の底から言葉を吐き出した。

寅太の顔が一瞬弛緩《しかん》したが、

「それがどうした」

すぐに胸を反らし、眉を吊《つ》り上げた。

「不運なことに二人は流れ、一人はこの世の光を見てすぐに果敢《はか》なくなった」

「だから、それがどうしたってんだ」

寅太が苛立《いらだ》たしげに顔を歪める。

「おまえの子も同じであろう」

「おれの子――」

「そうだ。生きるはずだった子だ。おみちの子だ。あんなに明るくて健気《けなげ》だったおみちの子だ。

きっと可愛かっただろう」

寅太の顔がさらに歪んだ。

「本当は抱きたかっただろうに。死なせたくなかっただろうに」

悲しいことだったな、と多門は幼い子をなだめるように言った。鑿を持った無骨な手が小刻みに揺れている。

「そうさ――」寅太の声はかすれていた。「悲しかったさ。初めてできた子を間引かれたんだ。その挙句、おみちは親父にしこたま殴られて、おかしくなって村を逃げて、死んじまった。悲しくて悲しくてたまらねぇよ」

おみちを殴ったのは寅太ではなく、父親だったか。その父親もかつては悲しい思いをしたであろうに。

けどよ、と寅太がくぐもった声で言葉を継いだ。

「おれの子が殺されて、この子どもだけが生きている。そんなのおかしいじゃねぇか」

なあ、と寅太が男たちを振り返った。だが、男たちはうなだれている。肩を落とし、途方に暮れた顔で足元に目を落としている。

ここには、寅太と同じように悲しい思いをした者が幾人いるのだろう。だが、それはもう終わりにせねばならぬ。

おりゅうさまを化け物ではなく、神にしなければ。

村を守る本当の神に――

「その通りだ。寅太」

不意に男たちの中から唸るような声がした。前に出てきたのは四十路くらいの大柄な男であった。太い眉に大きな鼻。造作の大きな顔の中で炎を映した目は異様に輝いている。

「おかしいんだ。この子どもだけが生きているのは。おれの子は三人も殺された。女だってだけでさ。お役人。あんたの子も果敢なくなったそうだな。だが、それは神の裁量だ。おれらは違う。おれらの子は人の手で息を止められたんだ」

男が憎しみのこもった目をこちらへ向けたとき。

金吾の声が多門の耳奥からくっきりと甦った。

今、目の前にある命を守れ。

これから生まれてくる命を守れ。

それがこの村を守ることだ。

「聞け。この子は、光だ」

多門は男に半歩近づいた。大きく手を広げ、伊万里を守る。この光だけは、何としてでも守ってみせる。

「光だと」

「ああ、この村を照らす光だ。大事に守らねば、この村は暗闇になる」

多門はきっぱりと告げた。男が苦しげに眉根を寄せる。

「光なぞ――」

上空で風がごうと鳴り、男の声を押し潰《つぶ》した。一瞬のうちに炎が巻き上がり、天の高みへと昇る。

炎は風を生み、風は雲を招き寄せる。蓬ヶ原の上空には巨大な黒雲が覆いかぶさっていた。あっという間に辺りが夕間暮れのように暗くなる。

男が鼻で嗤《わら》った。

「何を言ってやがる。ここはもう真っ暗なんだ。タケ婆も言ったじゃねぇか」

――この化け物を何とかしよう、何とかしよう、と思うているうち、何十年も経ってしまった。今は大きゅうなりすぎて、もう、どうにもならん。

「そう、どうにもならねぇんだ」

男がまた嗤う。なのに、その頬を涙が一筋流れた。

「ここはもう、とうに、とうに、暗闇なんだよ――」

男は鑿を振り上げ前へ躍り出た。

多門が刀を抜くと同時に一人の女が飛び出し、男を押し倒していた。

一瞬の静寂の後。

雷鳴が暗い空をどよもした。

皆が一斉に空を見上げる。すぐそこの杉林の樹冠《じゆかん》で青白い稲光が一閃《いっせん》する。

ああ、おりゅうさまだ。

誰かの呟き声がした。その途端、大粒の雨が落ちてきた。雨は礫《つぶて》となって地面を穿ち、人々を打つ。だが、誰も動かない。皆呆《ほう》けたように不穏な空を見つめている。

風が吼《ほ》える。炎が唸る。雨が地を穿つ。

耳をつんざく音と共に、杉の林を真っ赤な稲光が貫いた。

それは、まさしく緋色の龍だった。

おりゅうさまだ。おりゅうさまがお怒りになっている。

＊

あたしの背中を大粒の雨が打っている。

それなのに、胸が痛い。痛くて痛くてたまらない。

あたしは、いったい何をしたのだろう。どうして伊万里を殺そうとする夫を止めたのだろう。

夫の言うことは、尤《もっと》もだと思うのに。

――おかしいんだ。この子どもだけが生きているのは。

そう、おかしいのだ。あたしたちの子が三人も殺されたのはどう考えてもおかしい。しかも、それは神の裁量ではない。人の手で抹殺されたのだ。

だから、この子どもだけが生きているのは断じて許せぬことなのだ。

なのに、どうして夫を止めたのか、あたし自身でもわからない。

頭の中ではずるい、と考えているのに。

伊万里だけが生きているのは許せない、と叫んでいるのに。

だから、伊万里なんか死ねばいい、と願っているのに。

胸の奥底にうずくまっている、〝ちっぽけなあたし〟がそれを拒んだ。

この子を殺してはいけないと。この子を守らなくてはいけないと。

〝ちっぽけなあたし〟は精一杯声を張り上げていた。

その声が響く度に、あたしの胸は疼《うず》いた。ずきずきと痛んだ。

そうか。あたしは痛みに負けたのだ。

子を喪い、飲ませる当てのない乳を搾りながら泣いたときの痛み。子を返して、あたしの子を返して、と独りぼっちで夜具に包《くる》まり泣いたときの痛み。

あの痛みこそが真実だったのだ。

この子どもはあたしの子の代わりだ。生きたかった三人の子たちの代わりに、今、生きているのだ。だから、何を措《お》いても守らなくてはならない。

胸の奥の〝ちっぽけなあたし〟は、その真実にずっと気づいていたのに。

あたしは、それをずっと押し込めていた。

貧に喘ぐ暮らしに、冷たく暗い場所に、牛馬のごとく人に罵《ののし》られる場所に、二度と戻りたくなかったから。ここの暮らしを喪いたくなかったから。

長いこと目を背けてきた。

ねえ、あんた。

この子は、紛《まご》うことなき光なんだ。あたしたちの光になるんだ。

この光を消しちゃいけない。

消したら——この村は本当に。

本当に真っ暗闇になってしまう。

＊

「お千代さんっ！」

おくにの絶叫で、多門は我に返った。

男を止めたのはお千代だった。伊万里の秘密を知り、夫にそれを告げたお千代が大柄な男に背後から抱きつき、雨に打たれた背中をわななかせている。熱に浮かされたように男の耳元で「あんた、あんた」と呟いている。鬘は泥濘《ぬかるみ》に落ち、男は呻《うめ》くように泣いていた。

いつの間にか、雨は弱まっていた。だが、罪業の火は赤々と燃え、無数の火の粉を次々と空へと昇らせている。

「この子には指一本触れさせないっ！」

誰かが叫んだ。それを合図にしたように、村の女たちが伊万里を守るように立ちはだかった。

おくにもいる。おゆわもいる。加恵もいる。名の知らぬ女もいる。

彼女たちの頬には罪業の火が照り映え、その目には強い光が点《とも》っていた。

その光に多門の胸は激しく震えた。

子を喪った女たちならわかるのだ。

自らの命と引き換えに、小さな命を守った女の魂がどれだけ尊いか。

だからこそ、ここにある小さな命がどれだけ尊いか。

人を守るのは、人の心でしかないのだと。

ここの女たちは、身を以《も》って知っている。

「おまえたち、よく考えろ。長命茶のお蔭で寿命が延びたのは事実なんだ。お蔭で男たちは安心して山に入れるようになった。男らが死んだら、おまえたちの暮らしだって潰れるんだ」

権左衛門がよろけるように女たちの前へ進み出た。雨に濡れそぼっているからか、その姿はいつもよりずっと老いて見えた。

女たちの中からおくにが一歩前へ出る。

「寿命が延びたのは長命茶のお蔭じゃないですよ。村長だってわかっているはずです。暮らしがよくなったからだって。砥石で潤って食べ物も薬も手に入るようになった。五十年前とは違います」

「だが——」

「もしもね」

反駁《はんばく》の声をおくにが柔らかに遮《さえぎ》った。その面持ちは優しく、聞き分けのない子を諭す母親のような慈愛《じあい》に満ちている。村長の顔が泣きそうに歪んだ。

「もしも、おりゅうさまのご加護があるとしたら」

この子を生かしてくれたことですよ、とおくには伊万里を振り返った。その小さな手は兄の手と、しかとつながれている。

「どうしてだ。どうして、この子どもが、おりゅうさまのご加護なんだ」

村長の声は震えている。

「どうしてって。お千代さんを見ればわかるでしょう」

お千代は未《いま》だ俯《うつぶ》せになった夫の傍にへたり込んでいる。わななく夫の背をさすりながら彼女もまた泣いていた。

おくには夫婦を慈《いつく》しむような目で眺めた後、言葉を継いだ。

「子を守ることに理屈なんてないんです。長澤さまがおっしゃったように、子は光なんですから」

そう、すべての子どもが、わたしたちの光になるんです。

その瞬間、村長が顔を覆って膝からくずおれた。低い嗚咽《おえつ》が男たちの間に広がり、弱い風に乗って散らばっていく。

劫火をなだめ、驟雨《しゅうう》も雷も去っていた。

雲の切れ間から、光の帯が幾条も重なり合って降りている。その下には雨に濡れそぼった数十個の石がひっそりと佇《たたず》んでいた。

五

タケ婆の死の翌日、四十名ほどの村人たちが村長の屋敷を訪れた。

村掟を変える嘆願のためだ。もちろん、舅《しゅうと》の権左衛門はそれを受け入れた。村長だからと言って、大勢の村人に逆らうことはできないし、何より、舅自身が、父親の作った悪《あ》しき決まりから解き放たれたかったのかもしれない。おくにの言葉でくずおれたのは、安堵からだったのではないか。

「死にたくない」という命への切望が、「より豊かに生きたい」という欲望に変わったのはいつからだったのだろう。欲望のための子殺しが、間違いだとわかっていながら、誰も声を上げられなかったのは、人々の心におりゅうさま信仰が絡み付いていたからだった。

おりゅうさまを守っていた本殿も覆屋も近々建て替えられるそうだ。そこに祀られるのはタケ婆が割った御神体だという。この石のお蔭で村が潤ったのは事実なのだし、あの場所には何十もの無垢《むく》な魂が眠っているのだ。割れた石を残すことで、村ぐるみの罪を人々が忘れないように、という戒《いまし》めもこめるそうだ。

「勝手なものだな」

隣で呟くように夫の新太郎が言った。夜の五ツ（午後八時頃）を過ぎたくらいか。ここ数日、怪我をした夫に合わせて加恵も早く床を延べるようになった。

足を怪我し、動けなかった夫はおりゅうさまでの経緯を見ていない。だから、村人たちの嘆願を耳にしても実感が湧《わ》かないのだろう。

村人たちと共に訪れたおくにには、

――加恵さん。これで姉さんも安心してるよ。あんたはいい子を産みな。

清々《すがすが》しい面持ちで加恵に言った。それは、おくに自身への言葉でもあったのだと思う。姉の初音はおくににとって嫁であり、その腹の子は孫でもあったのだから。

だが、加恵の心には鈎針《かぎばり》のようなものが引っ掛かっている。夫の表情がどこかすっきりしないからだろう。そう思って見るからか、天井を見上げる横顔は月の光を映し、いっそう青白く見える。

「タケ婆は自らを罰して死んだんだろう。だが、それでいいんだろうか」

自問するように夫は呟いた。

ああ、そこか。夫の胸にあるわだかまりに思い至った。

この人は、タケ婆だけに罪業を背負わせてあの世へ行かせたことを、心苦しく思っているのだ。

不思議なことだが、タケ婆の亡骸《なきがら》は蓬ヶ原のどこにも見つからなかった。

――おまえらはわしの子も同然じゃ。まことに、まことに済まなんだ。

炎の中でそう呟いた、タケ婆の厳粛な声は加恵にも聞こえた。

きっとタケ婆はあの場所で幼い命を守り続けるのだろう。

タケ婆が蓬ヶ原に火を放って自死を選んだ日、トミ婆なる老女も亡くなったそうだ。トミ婆はタケ婆の前に取り上げ婆をやっていた者で、小弥太たちとは血が繋がっていないが、生き残った伊万里の面倒を見たいと菊治に申し出たそうだ。老女は祈るように手を合わせ、座したままの恰好で息を引き取っていたという。穏やかに微笑んでいたらしい。歳は八十前後らしいが、誰も本当の年齢を知らなかった。

もちろん、伊万里はトミ婆の死を深く嘆き、その日は一晩中泣いていたという。伊万里のたっての願いで、トミ婆の亡骸は丘の上ではなく、おりゅうさまの裏に葬られた。

――これで、ばあちゃんは寂しくないよ。

伊万里はそんなふうに言ったそうだ。

赤子を殺したタケ婆。

伊万里を守ったトミ婆。

加恵には、二人の取り上げ婆が人の心の表と裏のように思えてならなかった。

もしかしたら、神の子である伊万里は理屈ではなく、そのことがわかっていたのかもしれない。だから、彼女はタケ婆にもトミ婆にも懐いていたのではないだろうか。

そして、残念なことに長澤も村を去ることになった。当初は食えぬ老役人と思ったが、心根の温かい頼りになる人だった。加恵も寂しいし、伊万里が悲しむと思えばなおさら胸が痛む。

「加恵」

夫の呼ぶ声に「はい」と返したが、夫はしばし黙ったままだった。どうしたの――と訊きかけ

たとき、

「この村に、湖があるのを知ってるか」

静かな声で問うた。

「聞いたことはあります。何でも会いたい人に会えるとか」

行ったことがあると言わなかったのは、伊万里にとって大事な場所だからだ。

――ここに来れば母ちゃんに会えるんだ。だから、〝いきあいの湖〟って言うんだよ。

「そうらしいな」

「あなたは行ったことがあるの」

あの藍色の美しい湖に。

「あるよ。だが、誰にも会ったことはないな。いや、どうやったら会えるのかもわからない。もしかしたら、念じ方が足りないのかもしれん」

乾いた笑い声が仄明《ほのあか》るい闇を微かに揺らした。

「そうね。強く念じれば会えるのかもしれない。今度行ってみましょうか」

「そうだな――」

夫はそう言うと、静かに目を閉じた。黒い睫《まつげ》が青白い頬に影を作っている。夫の屈託をすぐに拭い去るのは難しいかもしれない。村長の息子として、すべてをタケ婆になすりつけたようで心苦しいのだろう。それに、怪我をして何日も臥《ふ》せっているから、気持ちも沈みがちなのだ。

もう少し怪我がよくなったら一緒に村を歩こう。そのうち、本当に「いきあいの湖」にも足を運んでみよう。会えなくとも会いたい人を呼ぶだけで心が清々しくなるだろうから。

夫の手にそっと触れると目を閉じる。ここ数日の疲れもあったのだろう、加恵はすぐに温かく柔らかな場所に引きずりこまれるように眠りに落ちた。


遠くで風がごうと鳴った。

ああ、こんな日が以前にもあった、と加恵は朦朧《もうろう》とした頭の中で思う。あれはいつだったろう。もがり笛の鳴る日だ。ひゅうひゅう、ごうごう風が唸る日だ。いや、これは風の唸りではない。山が震えているのだ。男たちを懐に抱いた山が闇の中で震えている。

でも、大丈夫だ。わたしは、姉さまと違って高いところが平気だもの。陣屋のすぐ傍にある銀杏《いちょう》の木にだってするする登れたんだもの。陣屋の裏山の坂道だって駆け登れたんだもの。だから、山がどんなに震えても怖くない。

ほら、今あそこにいるのはわたしだ。小さな加恵がヤブガラシのはびこる山道をどんどん駆けていく。そのうちに道がふかふかの真綿みたいに柔らかくなった。踏みしめる度に立ち上ってくるのは落ち葉が死んでいくときのにおいだ。そして、それは生まれてくるときのにおいでもある。

――命は枯れることはない。また生まれ変わるんだ。そうしてずっと続いていく。

父さまの声が聞こえた。

そうか。父さまは死んだけれど、きっとどこかにいるに違いない。加恵の足元の落ち葉がそうなるように、新しく生まれ変わって。

山がまたぶるんと震えた。その拍子に加恵の足元が揺らぐ。坂道をずるりと滑り落ちそうになる。

助けて、父さま。

でも、もう父さまの声は聞こえない。ずるずると加恵は坂を滑り落ちていく。必死に足を動かしているのに、前へ進むどころか後退していく。おかしいな。わたしは山登りが得意なはずなのに。どこへだっていけるはずなのに。

——加恵ちゃん。

今度は姉の声がした。早く行かなきゃ、と加恵は必死に足を踏ん張った。姉さまは高いところが苦手なんだ、わたしが手を握ってないと、足がすくんでしまうんだ、と覚束《おぼつか》ない足に力をこめる。

姉さま、待ってて。加恵が再び坂道を登り始めたときだ。

——加恵ちゃん、こっち。

姉が再び加恵を呼んだ。ごう、と風が鳴り、山がぶるんと震える。

待ってて、姉さま。

姉を呼んだ拍子に、加恵は坂道を転がり落ちた。

——加恵ちゃん、この手を離さないでね。

離さないよ。離すもんか。

加恵は地面を転がり落ちながら、思い切り手を伸ばす。だが、その手に触れたのは、ひやりとした空《くう》だった。

はっとして、加恵は跳ね起きた。横を見ると夫の姿はなく、平たい夜具の上には、白々《しらじら》とした月明かりがうずくまっているだけだった。

＊

加恵は林の中を駆けていた。

これは夢ではない。杉の吐き出す青い息と湿った夜風が混じり合って肌を撫でる。うなじの汗がみるみる連れていかれ、背筋がぞくりとした。

急がねばならない。手遅れにならないうちに。

夫はきっと死ににいったのだ。そうと言われたわけでもないのに、その考えが確信となって加恵の心に取り付いていた。

――タケ婆は自らを罰して死んだんだろう。だが、それでいいんだろうか。

あの言葉は、自身を責める言葉だったのだろう。

おれも、タケ婆と同じく罪業を背負っているのだと。

村長の息子として、子殺しに目をつぶってきた罪業。

大事な友である正平を見殺しにしてしまった罪業。

その友の妻と子を死なせてしまった罪業。

誰よりも真面目なあの人だから、そんなふうに自責の念に駆られてもおかしくはない。

だが、夫の心には死への迷いがあった。だから、寝間で加恵を呼んだ後に間が空《あ》いたのではないか。そして、その間を埋めようとして、

――この村に、湖があるのを知ってるか。

自らの死に場所を口にしたのではないだろうか。

いきあいの湖――そこで、正平と姉さまと姉さまの子に会って心から詫びて、それから夫は死のうと考えているのではないか。

屋敷から駆け続けた足はだるく、胸は何かを押し込まれたかのように苦しい。だが、孤独への恐怖が加恵を走らせる。

しょうへぇえ。

夜陰に溶け込みそうな声が耳をかすめる。

正平を呼ぶ夫の声だ、と加恵は思った。急がねば、と足を速める。

しょうへぇえ。

声は湖のほうからではなく、黒い木の間から聞こえる。

違う。これは夫の声ではない。あやかしだ。山のあやかしがあたしを試しているのだ。

あやかしの声は煽る。あたしの心を縮み上がらせる。

にげろぉ。

ここから、にげろぉ。

逃げない。逃げるものか。

加恵はあやかしの声から耳を塞ぎ、林の中を駆け抜ける。

あたしが聞きたいのは、あやかしの声じゃない。

あの人の声だ。あの人の声が聞きたいのだ。

真っ直ぐに伸びた杉の幹だけが視界に入り、また視界から消えていく。青い夜気が頬を撫で、草鞋《わらじ》の足裏が濡れる。滝つ瀬のごとく逸《はや》る心を抑えながら、加恵は林の中を必死に駆け抜けた。

黒々とした木の間から藍色の水の広がりが見えたとき。

「しょうへぇえ」

胸に染み渡るような声がした。今度こそ夫だ。

林の出口に立つと、目に入ったのは月明かりの下で輝く平たい岩だった。青みを帯びた銀色の岩は伊万里が母を、加恵が姉を呼んだ場所だ。

その場所に黒い人影が立っていた。影がゆらりと前へ傾《かし》ぐ。

待って！

加恵はあらんかぎりの声で叫んだ。だが、影は振り返らずにゆっくりと沈んでいく。火のような焦りが加恵の胸を覆う。湿った闇を手で掻《か》き、必死に前へ進む。

硬い岩場を蹴り、加恵は黒い影を背中から羽交い締めにした。その勢いで水の中に二人一緒に倒れ込んだ。鼻にも口にも水がどっと流れ込む。苦しさをこらえ、互いに身を支え合いながらようやく立ち上がった。

「死なせてくれ」

新太郎が喘ぎながら言う。

「どうして。どうして、あなたが死ななくちゃならないの」

夫の濡れた身を支える腕が震え、声までも震えた。

「おれは、村長の息子だ」

「でも、タケ婆とは違う。あなたは誰も殺めてなんかいない」

必死に声を張り上げると、夫は加恵の身を押すようにしてそっと離れた。

「いいや、殺めている。赤子殺しは祖父が言い出したんだ。それを受け継ぎ、ここまでにしたのは親父だ。だから、親父が死なないんなら、息子のおれが死ななくちゃならない」

「でも、子殺しはなくなったんだよ。それでいいじゃない」

夫の濡れた袂にすがった。

「いや、よくない。蓬を燃やしただけじゃ、駄目なんだよ」

「どういうこと？」

加恵の問いに夫は俯いて黙り込んだ。明るい月で濡れた着物は銀色の輝きを帯びている。上物の紬をまとう身が悲しく思えた。村長の息子として育てられ、金の苦労を知らない代わりに、父親と心を通じることもできず、諸々の理不尽や悪しき因習を括《くく》りつけられた、その身が悲しく、愛《いと》おしかった。

「裏砥窪を潰さなきゃ、駄目なんだ」

夫が息を吐き、天を仰ぐ。

「裏砥窪って――」

「お上には報《しら》せていない砥窪だ。そこの砥石は裏で売って、金はすべて村のものにしている」

「何のためにそんなことを――」

問いかけた途端、頭の中でかちりと音が鳴った。

ああ、そうか。

女の赤子はおりゅうさまに捧《ささ》げる人柱だった。だが、女を殺せば女がいなくなる。

だから、女を外から買わねばならなかったのか。

「その金で、わたしたちは買われたのね」

摑んでいた袂から加恵の手が滑り落ちた。

「そうだ。嫁はなるべく貧しく、なるべく身内の少ない女を選んだ」

子殺しの村だと他所に知られるのは厄介だからだ。貧しければ親や親戚は金を喜んで受け取るし、嫁のほうは実家に帰りにくくなる。借金を抱えた天涯孤独の女ならなおいい。帰ろうにも帰る場所がない。

「女郎とか?」

自嘲気味な問いになった。束《つか》の間《ま》の躊躇《ちゅうちょ》の後、そうだ、と夫は頷き、先を続けた。

「おれはさ、ずっと死にたかったんだ。死んで正平と初音に詫びたかった。おれが死ねば、親父は裏砥窪を潰すだろう。さすがに罪の重さを感じて」

おれは死んでこの村を守れるんだ、と微笑んだ。その笑顔に、最後に見た姉の笑顔がぼんやりと重なった。

――わたしは父さまと母さま、それから加恵を守りたいのよ。

違う。

「死んだって、何も守れない」

本当に誰かを守れるのは、生きようとする思いだ。

生きて生きて、懸命に生きようとして。

そうして、人は誰かを守っていくんだ。

「加恵――」

夫の頬が苦しそうに歪んだ。

「それに、あなたが死んだら、わたしはまた独りになってしまう」

歯を食い縛って涙を必死にこらえる。

「大丈夫だ。もう村掟はなくなったんだ。加恵はいつでも山を下りられる。もう籠《かご》の鳥じゃないんだ。加恵ならどこでだって生きていける。だって、おきゃんだから」

「わたしはおきゃんなんかじゃない。風の吹く夜は不安になるし、暗闇だって怖いんだ。それに、あなたは選んだんだよ」

わたしの手を、と加恵は夫を真っ直ぐに見つめた。夫は無言で目を伏せた。銀色に濡れた肩が小さく震える。

「あなたはここで正平さんを呼んだんでしょう。正平さんに会えたの？　正平さんが、おまえもこっちへ来いと言ったの？　ねえ、答えて」

夫がゆるゆると顔を上げた。月で輝く眸には加恵の顔が映っている。小さな加恵は頼りなく揺れていた。

「正平さんは、あなたが死ぬことなんか望んでいない。だって、あなたの大切な人なんでしょう。あなたを孤独から救った人なんでしょう」

加恵が声に力をこめたとき。

――ここに来れば母ちゃんに会えるんだ。だから、〝いきあいの湖〟って言うんだよ。

伊万里の澄んだ声が耳奥から甦った。

会いたい。姉さまに会いたい。

正平さんに会いたい。

この人を、救って欲しい。

その瞬間、加恵は何かに引き寄せられるように湖に向かって叫んでいた。声の限りに呼んでいた。

姉の名を。義兄の名を。

一拍遅れて自分の声が響く。声は山の斜面に跳ね返り、余韻《よいん》を引きながら闇の中へと吸い込まれた。

一瞬の静寂の後。

矢庭に湖面が揺らぎ、大きく波立った。

あ、と思う間もなく波はみるみる膨らんでいく。月の光を孕《はら》み、見えぬ手で引き上げられ、夜の山よりもずっとずっと高く盛り上がる。

やがて、金色の波は真っ直ぐに夜天を摩した。

加恵の胸は激しく震えている。その胸の底から、

――初音は武家の娘だから所作が綺麗なんだ。けど、それだけじゃねぇ。心根も綺麗なんだ。会ったこともないのに、正平の嬉しそうな面差しが浮かんでくる。

――おまえさん、ご苦労さま。

次いで、弾む声が聞こえてきた。山を下りてきた正平に、姉が嬉しそうに駆け寄っていく。

――いいなぁ、正平。恋女房の出迎えか。

男衆がからかうと、正平も姉も真っ赤になった。夕陽《ゆうひ》の照り映えた屯所前に男たちの快活な笑い声が響き渡る。

今度は輝くような月の晩だ。家の前の石垣に正平と並んで腰を下ろし、姉は夜空を見上げている。初音義姉ちゃぁん。家の中から姉を呼ぶ金吾の声がする。小さな影が転がるように出てきて、二人の間に割り込む。姉の弾《はじ》けるような笑い声が明るい夜を震わせた。

そうか。そうだったのだ。

姉の人生は、不幸ばかりで占められていたわけではなかった。

姉はこの村で愛する人と出会い、手をつなぎ、抱き合い、語り合い、笑い合ったのだ。

その瞬間は、間違いなく幸福だった。

それこそが、わたしの知りたいことだったのだ。

気づけば、温かな涙が頬を濡らしていた。けれど、悲しくはない。

悲しみで曇った目では見えなかったこと。それが、今はっきりと見える。

わたしたちは、もっと生きなくちゃいけない。

もっともっと幸せにならなくちゃいけない。

姉さま、義兄さま、ありがとう――

心の中で呟いたとき、夫の手が加恵の手を強く握り締めた。加恵もまたその手を握り返す。

――加恵ちゃん、この手を離さないでね。

耳元で懐かしく優しい声が響き渡る。

金色の波は中空で砕け、やがて藍色の湖面に浮かぶ無数の光のかけらとなった。

六

「たもじいがいなくなるのは寂しいよ」

伊万里が筆を持ったまま桜色の頬を膨らませた。そんな表情も女子らしく映るのは、多門の心持ちのせいというより、当人の心が狭い檻《おり》の中から解放されたからかもしれなかった。それにしても、何とも可愛らしいことよ。

「そうだな。だが、わしがいなくても大丈夫だ」

「けど、手習いはどうするのさ」

伊万里が不満げにますます頰を膨らませる。新しく常住する本物の陣屋の役人が手習いも引き受けてくれるそうだ。

「伊万里、あまり無理を言うな。長澤さまにも事情があるんだ」

小弥太が算盤《そろばん》を弾きながらたしなめる。伊万里を守るために山を下りて商人になると言っていた小弥太だが、父を助けながら砥切り百姓になるそうだ。でも、山に入るまではしっかり学びたい。数に長《た》けることはゆくゆく砥窪の中で生きるかもしれない。そんなふうに小弥太は胸を張った。

「まあ、たいした事情ではないがな。それより新しい役人はわしより、ずっと優しいかもしれんぞ」

「やだ。たもじいじゃなきゃ、おらは嫌だよ」

頰を膨らませたまま、伊万里は手習帳に「いまり」と器用に書いた。嫌だ、と文句を言いながら書いているので、「り」の字がかなり跳ね上がっている。それを見て多門の口元はつい緩んだ。

女子だと隠す必要はもうないので、他の子らと一緒に昼間にくればいいのだが、伊万里の希望で夜の手習いは続いている。だが、それもあと数日で終わる。

無論、寂しいのは多門も同じだ。本当はもう少しここにいたいのだが、いったん戻ってこいと御奉行からせっつかれているのだった。由無く子殺しをしていた件は多門の胸に収めておくことにした。もし、これが明るみに出れば、村長の権左衛門や息子の新太郎に何らかのお咎《とが》めがあるかもしれない。だが、それは、せっかくやり直そうとしている村人たちの気持ちに水を差すことになる。何より、これまでつらい人生を送ってきた加恵には幸せになって欲しかった。

ただ、密売の件が落着となっていないのが引っ掛かっている。御奉行からの書簡によれば、疑わしい場所は他にもあるが、いずれも証拠がないらしい。ために、多門が空手で江戸に戻ったとしても、そう責められることはなさそうだが、この村が〝白〟だと胸を張って断じることができないでいる。いや、むしろ、限りなく黒に近いのではないかと思っている。

それは、やはり子殺しを行い、嫁を他所から〝買って〟いたからだ。聞けば、加恵の身請《みう》けには十両もかかったそうだ。豊かな村とは言え、その金はどこから出たのか。だが、帰府を命じられている以上、残念ではあるが、多門がここに留《とど》まることはできなかった。

「まあ、そう言うな。寂しいのは最初だけだ。そのうちに、わしのことなんぞ、思い出しもしなくなる」

「そんなことないよ。おら、たもじいのこと、忘れないから」

二枚目の手習帳に今度は「たもじい」と書いている。微笑ましいと同時に鼻の奥がつんとする。ったく、歳を取ると本当に涙もろくなるから困ったものだ。

「それじゃ、それをもらっていくかの。上手に書けておるからな。家に飾っておこう」

多門は「たもじい」と書かれた紙を指差した。

「いいよ。けど、もっといいものがないかな。たもじいがおらを忘れないでいるような――」

伊万里は顎に手を当て、しばらく考えていたが、

「そうだ！」

顔を輝かせて懐に手を入れた。取り出したのは、赤い麻の葉文様の巾着袋である。

「ばあちゃんが拵《こしら》えてくれたんだ。お守りだって」

嬉しそうな顔で伊万里は紐《ひも》を解くと、中から何かを取り出した。

「これ、たもじいにやるよ」

差し出されたものを見て、多門は大きく息を呑んだ。

小さな手の上にあるのは、灰青色の丸みを帯びた石だった。

「これは――どこで手に入れたんだ」

声が震えていた。よく見れば、似ているのはその色だけではない。粒子は細かく指で触れれば驚くほどなめらかだ。

「そんなの決まってるだろ。おりゅうさまだよ」

「おりゅうさま、だと」

「うん。杉林の中に落ちてたんだ。奥までは行ったことがないけどさ」

「杉林――とは」

蓬ヶ原の先に広がっていた、あの林か――と、思ったとき、頭の奥を何かにこつんと衝かれた。

タケ婆が蓬に火を付けた後、天候が急変した。

杉林の樹冠で青白い稲光が見えたとき、

――ああ、おりゅうさまだ。

誰かが呟いた。

さらに、杉の林を真っ赤な稲光が貫いたときも、

――おりゅうさまがお怒りになっている。

誰かの呻《うめ》き声《ごえ》がした。

あの稲光は、確かに緋色の龍のようだった。

おりゅうさまは、砥石の神。山の男たちにとっては、砥窪の安寧《あんねい》を約束してくれる神だ。

殺された女の赤子。

長命の蓬。

金を生む砥窪。

すべてはおりゅうさまの懐の中だったたか。

いや、もうひとつある。大事なものがもうひとつ。

多門の眼裏に蓬ヶ原を駆けてくる伊万里の姿がくっきりと甦った。風に乗って駆けてくる光の少女は神々《こうごう》しく美しかった。

おりゅうさまに逆らった子。村で唯一の女の子ども。

その子どもはおりゅうさまの懐で生かされていた。否《いな》。守られていたのだ。

その証が、この石だ。

神は、ここにもおわした。

「そうそう。これ、水に濡れると綺麗な色になるんだ」

伊万里は言いながら、文机《ふづくえ》の上に石を置いた。湯飲みの白湯《さゆ》をそっとかけると、小さな丸い石はみるみるその色を変えた。雨上がりの苔《こけ》を思わせる、鮮やかな翡翠の色だ。

恐らく、表砥窪から裏砥窪へと通じる裏道があるのだろう。多門は石を摑み、手のひらの上で見つめる。お役目を果たせる喜びより先に、心の奥に鋭《するど》い痛みが走った。

権左衛門が本殿の裏に蓬があることを多門に伝えたのは、下手に隠してそれ以上詮索されるのを恐れたからに違いない。小さな真実を教え、その先にある大きな真実を隠そうとしたのだ。彼にとっては、裏砥窪こそ守りたいものだったのだろうから。

だが、裏砥窪が明るみに出れば、密売の咎で権左衛門に重い沙汰が下るのは必至。無論、息子の新太郎にも。そうなれば加恵が——痛む心が曇ったとき、文吉の声が甦った。

——兄ちゃんは待ってたんだ。長澤さまみたいな人が来るのを——

そういうことか。

木っ端《こっぱ》は木っ端でも陣屋の小役人とは少しばかり違う。

己の振り仰ぐ先には、太い幹がある。南町奉行根岸肥前守という幹が。

そう思えば、曇った心に弱いけれど温かい陽が射《さ》してくる。

「たもじい、気に入ったかい。これを見れば、きっとおらのことを忘れないよ」

伊万里は手のひらの石に指先で触れると、くしゃりと笑った。得も言われぬ愛らしい笑顔に胸の奥が熱くなった。

「うむ。忘れぬ。おまえのことは、生涯忘れぬ」

おまえはやはり――神の子どもだ。

光の子だ。

*

「それ以上のことはできなんだ」

江戸南町奉行所の役宅で、根岸肥前守は淡々と告げた。

「いえ。ご裁量、かたじけなく存じまする」

多門は畳に平伏し、礼を述べた。

帰府してすぐに、奉行所に直行し、多門は石場村の秘密をすべて報告した。子殺しのことなしに裏祇窪の件は語れなかったのである。両方の罪は密接に絡み合っている。どちらも大きな罪だが、できれば酌量して欲しい旨を添えた。その背景にあるもの、村人たちの過酷な労働の上に祇石の産が成っていることを訴えたのだ。

――かつては、二十五歳で長寿の祝いをしたそうです。

そんな多門の言葉に根岸は思慮深げに眉をひそめた。

無論、根岸の一存では決まらぬことである。それでも、勘定奉行ならびに老中にも働きかけをしてくれたようで、村長の権左衛門は死罪を免れた。

所払いが科せられたという。畢竟《ひっきょう》、村長の家は取り潰しになり、財産は没収、麓の村から新しく肝煎《きもい》りが入ることになったそうだ。肝煎りの下に就く村役人も村人から新たに決め、石場村は名実共に新しく生まれ変わった。新太郎は村長の息子ではなくなったが、村には残れることになったらしい。これは多門のたっての願いであった。

お上も石場村の礦脈を失うのは惜しいと考えたのだろう。翡翠の石が眠る山は運上山《うんじょうやま》ではなく御手山《おてやま》にするという。村ぐるみの不正を防ぐのはもちろん、上品の砥石をすべて御蔵砥にするためだ。でも、その御蔵砥を切り出すのは、あの村の男たちなのだ。そう考えると、どこかやり切れぬ思いもあった。

「ともあれ、落着だ。ご苦労だった」

ねぎらいの言葉に再び平伏し、多門は座敷を辞した。

表に出ると、小糠雨《こぬかあめ》が降っていた。三月の二日に江戸を発《た》ち、再び江戸に戻ったのは、四月の末のことだった。そうこうしているうち、うっとうしい梅雨《つゆ》に入ってしまった。その梅雨もそろそろ明ける。

雨のせいで人通りは疎らだ。すぐそこの茶屋では、よしずの奥で赤子を背負った女が所在無げに床几《しょうぎ》の上を拭いている。赤子はすやすやと眠っていた。あどけない顔に思わず頬が緩み、

「茶をくれるか」

茶屋に入り、多門は声を掛けた。返答の代わりに女はにっこり笑った。もしかしたら、口が利《き》けぬのか、と思いつつ、

「饅頭も頼む」

言い足すと、果たして女は明るく笑い、頭を下げた。その右頰にはえくぼが浮かんでいる。不意におみちを思い出し、しくりと胸が痛んだ。

村も今頃は雨が降っているだろうか。そんなことを考えながら床几に腰を下ろすと、最前、奉行所で渡されたばかりの文を懐から取り出した。

流麗な女手は小日向藩の陣屋からである。陣屋経由で江戸の奉行所に届いたのだ。

多門はゆっくりと文を開いた。

書式の略、失礼申し上げます。

長澤さまには大変お世話になりました。

長澤さまがいらっしゃらなかったら、この村に平穏は戻りませんでした。わしは何もしておらぬ。そんなふうにおっしゃるかもしれませんが、あなたがこの村に来てくれたお蔭でみんなの心が動いたのだと思います。文吉も金吾も小弥太も伊万里も、そして私もあなたに救われ、支えられました。改めて感謝申し上げます。

舅の権左衛門は所払いとなりましたが、麓の村で恙無《つつがな》く過ごしています。ただ、すっかり惚《ぼ》けたようになってしまいました。訪ねていっても私たちを覚えておらず、昔のこと、それも子ど

もの頃のことばかりを語ります。舅は舅なりに罪の重さを受け止めたのかもしれません。

梅雨入りをして、男たちは砥窪の水抜きに大わらわです。夫の足はだいぶ快復いたしました。いずれは砥窪に戻りますが、完治するまでは整形作業の傍ら、村の子らに手習い指南をしています。私も少しばかりお手伝いをしております。

村長の家は取り潰しになったので、私たち夫婦はタケ婆の住んでいた家に移りました。

そうそう、この間、村に女のやや子が生まれたんですよ。すぐそこの産屋から、元気な赤子の声が聞こえたときには私も嬉しくなりました。取り上げ婆は誰かって。おくにさんにおゆわさん、他にもお産を経験した女たちが力を合わせて赤子を取り上げました。

ともあれ、家の中は毎日子どもたちの声で賑《にぎ》やかです。中でも誰が一番うるさいか、長澤さまならおわかりでしょう。

ほんに女子はお喋りで――


「ねえ、加恵先生、これが終わったら遊んでもいいかい」

伊万里が訊いた。手には筆を持っているが、その身は既《すで》にうずうずしている。今にも表へ飛び出していきそうだ。

「そうね。でも、お昼までは我慢なさい」

笑いをこらえ、加恵が真面目な顔を作ってみせると、

「ちぇっ。けど、やっと雨がやんだんだよ。たもじいだったら、いいよって言うんだけどなぁ」

桜色の頬がぷうっと膨らんだ。七輪の上の餅みたいだ。

「まあ、長澤さまはそんなに甘かったの？」

「うん。甘々だよ。ほうか、ほうか、って何でも許してくれた」

「そうだじょ。じい先生は、紙を握り潰したみたいに笑うんだじょ」

伊万里の言に得意げに追従《ついじゅう》したのは、最年少の佐三郎だ。

「何だよ、さぶ。墨をこんなところにつけやがって」

伝法な口調だが、伊万里が佐三郎の頬についた墨を手巾《しゅきん》で拭ってやっている。こういうところは女子だな、と加恵は感心する。

「痛いじょ、そんなにごしごしすんな」

こちらはこちらで。伊万里の手から逃れようとしていながら、何とも嬉しそうな顔をしていた。

子どもたちはあっという間に伊万里に馴染《なじ》んだ。それは明るい伊万里の気性もあるのだろうが、それだけじゃない。子どもらの真ん中でどっしりと座る、ひときわ大きな子どもを加恵は心強い思いで見つめた。

金吾である。

――伊万里はおれらと何も変わらない。この村の子どもなんだ。

子どもたちにそんなふうに語ったという。来年、彼は十三歳になるが、きっと立派な山の男になるだろう。

「確かに、やっと雨が上がったからなぁ。今日はこの辺にしたらどうだ」

そう言って表を見たのは、夫である。

「やった！　さすが新太郎先生だ！」

早速、伊万里は片付けを始め、佐三郎も嬉しそうにそれに続いている。頬の墨は半端にこすったから、余計に広がり、わざとなすりつけたみたいになっているが、それも子どもらしくてよい。

「泥濘《ぬかるみ》に気をつけるんだぞ」

夫の言葉に生返事をし、子どもらは脱兎《だっと》のごとく屋敷を出て行った。

板間はがらんとしたが、寒々しくはない。そこかしこに温みは残っているし、何より、その温みが失《う》せぬうちに彼らはここへ戻ってくるのだから。

「加恵、少し表へ出てみないか」

いつの間に立ったのか、夫が縁先から加恵を呼んだ。

硯《すずり》も墨もそのままに、加恵は急いで夫の傍に行く。

縁先に立つと梅雨明け間近の夏の風が吹き抜ける。

加恵は自然と傍にある夫の手を握っていた。

「ねえ、空を見て」

ほら、雲の切れ間から陽が――

ことり、と音が鳴って我に返った。

床几の上には湯気の立った茶と饅頭の載った盆が置かれている。

「ああ、すまんな」

多門の言に、茶屋の女がにっこり笑った。見れば、背負われた赤子はまだすやすやと眠っている。

「かわゆいのう」

多門の言葉に嬉しそうに頷くと、女は静かに奥へと戻っていった。

懐に文を仕舞い、茶を口に含む。心が美しい村に飛んでいる間に、すっかり雨はやみ、雲の切れ間から青空が覗いていた。

「雨が上がったな」

思わず独りごちた。返事の代わりに女は再び戻ってくると、静かによしずを外した。

心地よい白南風《しらはえ》が店先を吹き抜け、堀端の柳がさやさやと青い葉を鳴らした。

あの山にも眩しいほどの夏が訪れる。濃緑の木々と美しい岩肌、涼やかな清流の音が甦ると、山を去った日のことが胸の底から際やかに立ち上った。

集落で皆と別れ、ちょうど分かれ道に差し掛かったときだった。

崖へと続く左の道の入り口に二つの人影が見えた。杉の緑陰に紛《まぎ》れてしまいそうな朧《おぼろ》げな男女の影は、多門に向かって丁寧に頭を下げた後、すぐにかき消えた。

ああ、正平と初音だ。最後に己を見送りにきてくれたのだ、と多門は思った。

──兄ちゃんは待ってたんだ。長澤さまみたいな人が来るのを──

文吉はそんなふうに言ってくれたがそうではない。

己が二人に呼び寄せられたのだ。生まれてくる子を懸命に守ろうとした若い二人に。

わかっているつもりで、己は何もわかっていなかった。女にとって子を喪うことが、どれほどの痛みを伴うのか。自らの痛みにしか目が行かず、妻の痛みを芯からわかろうとしなかった。あの村へ行ったことで、そんな己の不遜《ふそん》さに気づけたのだ。礼を述べたいのは己のほうだ。

残りの茶を飲み干し、懐紙《かいし》を取り出すと饅頭をそっと包む。

「勘定はここにおくぞ」

多門が声を掛けると、女は両手を合わせて丁寧に頭を下げた。

通りに出た途端、夏の風が多門の頬を優しく撫でていく。

梅雨上がりの爽やかな風だ。屋敷に戻ったら、茅野を縁先に誘おう。

今日なら、心安く声をかけられる気がする。

実に容易《たやす》いことなのに。何でもないことなのに。

今まで上手《うま》くできなかったのはどうしてだろう。

ずいぶんと遠回りしたが、今、ようやくわかった。

大切なものこそ、何でもないことの中にあるのだと。

二人で茶を飲みながら庭を眺めよう。

ひとつの饅頭を分かち合って食べよう。

こうしたほうが美味い、と。

屋敷の庭は躑躅《つつじ》の青い葉がしっとりと濡れ、さぞ美しいことだろう。来年こそは、夫婦揃《そろ》って色とりどりの躑躅を見たい。いや、躑躅だけじゃない。

梅も桜も月も星も雨も雪も一緒に見たい。美しい時を茅野と分かち合いたい。

夏の空気を肺の腑いっぱいに吸い込むと、多門は光の射す堀端を足早に歩き始めた。

本作品は書下ろしです。

あなたにお願い

この本をお読みになって、どんな感想をお持ちでしょうか。次ページの「100字書評」を編集部までいただけたらありがたく存じます。個人名を識別できない形で処理したうえで、今後の企画の参考にさせていただくほか、作者に提供することがあります。

あなたの「100字書評」は新聞・雑誌などを通じて紹介させていただくことがあります。採用の場合は、特製図書カードを差し上げます。

次ページの原稿用紙（コピーしたものでもかまいません）に書評をお書きのうえ、このページを切り取り、左記へお送りください。祥伝社ホームページからも、書き込めます。

〒一〇一―八七〇一　東京都千代田区神田神保町三―三
祥伝社　文芸出版部　文芸編集　編集長　金野裕子
電話〇三（三二六五）二〇八〇　www.shodensha.co.jp

切りとり線

◎本書の購買動機（新聞、雑誌名を記入するか、○をつけてください）

＿＿＿新聞・誌の広告を見て	＿＿＿新聞・誌の書評を見て	好きな作家だから	カバーに惹かれて	タイトルに惹かれて	知人のすすめで

◎最近、印象に残った作品や作家をお書きください

◎その他この本についてご意見がありましたらお書きください

100字書評

龍ノ眼

住所

なまえ

年齢

職業

麻宮好（あさみやこう）
群馬県生まれ。大学卒業後、会社員を経て中学入試専門塾で国語の講師を務める。2020年、第一回日本おいしい小説大賞応募作である『月のスープのつくりかた』を改稿しデビュー。22年、『恩送り 泥濘の十手』で第一回警察小説新人賞を受賞。著書に『月のうらがわ』（小社刊）、『母子月 神の音に翔ぶ』『日輪草 泥濘の十手』がある。

龍《りゅう》ノ《の》眼《め》

令和6年9月20日　　初版第1刷発行

著者――――麻宮《あさみや》　好《こう》
発行者――辻 浩明
発行所――祥伝社《しょうでんしゃ》
〒101-8701　東京都千代田区神田神保町3-3
電話　03-3265-2081（販売）　03-3265-2080（編集）
03-3265-3622（製作）
印刷――――萩原印刷
製本――――ナショナル製本

ISBN978-4-396-63666-1 C0093
祥伝社のホームページ・www.shodensha.co.jp

祥伝社

四六判文芸書

人は弱い。弱いからこそ、
誰かのために生きていく。

月のうらがわ

大切な人との幸せな記憶――
書きかけの本に隠された秘密とは?

麻宮　好